CHRISTINE GRÄN

Marx, my love

Buch

Rothaarig, lasterhaft und vom Leben geschüttelt wie ein guter Wodka-Martini: Anna Marx ist unwiderstehlich wie eh und je. Die ehemalige Klatschreporterin ist der Regierung und der Kriminalität nach Berlin gefolgt und schlägt sich dort als Privatdetektivin durch. Spezialität: untreue Ehemänner, entlaufene Haustiere. Um den drohenden 50. Geburtstag in sündhaft teuren italienischen Schuhen verbringen zu können, geht sie widerwillig einem lukrativen Auftrag nach. Die ebenso mächtige wie eigenwillige Filmproduzentin Rosamunde Stark fühlt sich von einem verkrachten Drehbuchschreiber bedroht und wird prompt in einem Nobelrestaurant ermordet.

Verdächtige gibt es genug: Rosamundes koksender Ehemann, ihre ehrgeizige Assistentin, ein aufstrebender Schauspieler und natürlich der Drehbuchschreiber kommen als Täter in Frage. Sie alle haben ein Motiv, sind als Komplizen oder Opfer in Rosis Machenschaften verstrickt. Denn hinter der glänzenden Fassade der prominenten Geschäftsfrau, deren ganzer Stolz der Oscar war, die aber eigentlich nur Serienramsch produzierte, tut sich ein Sumpf von miesen Praktiken und erpresserischen Machenschaften auf.

Autorin

Christine Grän gehört seit Romanen wie »Die Hochstaplerin« und »Hurenkind« zu den erfolgreichsten deutschsprachigen Autorinnen. In den 80er Jahren hat sie mit Anna Marx einen der ersten weiblichen Detektive in der deutschen Kriminalliteratur geschaffen. Eine Fernsehserie folgte – und eine lange Pause, bis Anna Marx wieder zum Leben erweckt wurde. Die Autorin lebt in München.

Weitere Informationen zur Autorin und ihren Romanen im Internet unter www.christinegraen.de.

Von Christine Grän außerdem bei Goldmann lieferbar:

Die drei Leben der Anna Marx (13132) · Dame sticht Bube (44381) · Liebe ist nur ein Mord (44874) · Die Hochstaplerin (44983) · Hurenkind (45385) · Villa Freud (45722)

Christine Grän

Marx, my love

Roman

GOLDMANN

Umwelthinweis:
Alle bedruckten Materialien dieses Taschenbuches
sind chlorfrei und umweltschonend.

1. Auflage
Taschenbuchausgabe Juli 2006
Wilhelm Goldmann Verlag, München,
in der Verlagsgruppe Random House GmbH

Umschlaggestaltung: Design Team München
Umschlagfoto: Hanka Steidle
BH · Herstellung: Str.
Druck und Bindung: GGP Media GmbH, Pößneck
Printed in Germany
ISBN-10: 3-442-46175-8
ISBN-13: 978-3-442-46175-2

www.goldmann-verlag.de

Vorbemerkung

Alle Protagonisten dieses Romans sind Fantasiegeschöpfe. Ähnlichkeiten mit lebenden Personen sind ausgeschlossen, ungewollt, zufällig. Mit den Worten von Raymond Chandler: »Die hochtrabende Nichtigkeit, der ganze schwindelhafte Enthusiasmus, die permanente Sauferei und Hurerei, die pausenlose Balgerei ums Geld… die Blasiertheit der Großkopfeten (und ihre im Regelfall umfassende Unfähigkeit, irgendetwas zustande zu bringen, was sie sich in den Kopf setzen), die unablässige Angst, dieses ganze märchenhafte Gold zu verlieren und wieder das Nichts zu werden, das sie immer geblieben sind, die verschlagenen Tricks, die ganze verdammte Wurstelei, *all das ist nicht von dieser Welt.*«

1. Kapitel

Harter Regen fällt auf das Blechdach, unter dem die Rothaarige Zuflucht gesucht hat. Keinen Schirm zu besitzen ist eine lächerliche Form des Anarchismus, außer wenn es schüttet, als wäre die Sintflut kein biblisches Märchen. *And it's a hard rain's a-gonna fall*, summt die nasse, fette Katze, um sich zu trösten. Dylan ist kein junger Wilder mehr und sie beinahe fünfzig, was ihr vor vielen Jahren als Alter erschien, in dem man fast tot ist. Der Perspektivenwechsel vollzieht sich in Jahrzehnten. Als sie dreißig wurde, dachte sie, dass sie noch zehn gute Jahre vor sich habe. Mit vierzig noch einmal, jedoch mit weniger Zuversicht.

Anna Marx wird in siebzehn Tagen fünfzig, und sie steht an der Mauer eines alten Hauses, dessen Einschusslöcher schlimme Geschichten erzählen könnten. Die Frage, wie weit ihre Kamera wasserdicht ist, lenkt sie von Jahreszahlen ab. Sie predigen einem vieles im Kapitalismus, doch wenn es ernst wird, haftet keiner für den Schaden. Anna gehört zu denen, die niemals das Kleingedruckte lesen. Alles sollte groß geschrieben werden und klar und einleuchtend sein. Nichts ist wahr, das sich verstecken muss.

Wie die beiden hinter dem Fenster des Stundenhotels, der Ehemann und seine Geliebte, denen sie seit Tagen hinterherspioniert im Auftrag ihrer Klientin, die natürlich die Ehefrau ist. Was für ein beschissener Job, besonders an Regentagen. Der alte Trenchcoat, in dem sie sich wie Philip Marlowe fühlen möchte, klebt an ihrem Körper, die Imprägnierung ist längst dahin, und bis zu ihrem Tod wird sie sich nicht von diesem Kleidungsstück trennen, das sie liebt wie den alten Bademantel, den ihr ein Mann namens Philipp vor langer Zeit geschenkt hat.

Die beiden Mäntel haben noch siebzehn Tage. Aber vielleicht stirbt sie schon vorher an einer Lungenentzündung oder an der Monotonie des Wartens. Während die beiden in einem warmen Zimmer und einem weichen Bett alles Vergnügen haben, das Sex bereiten kann, steht Anna im Regen unter einem Blechdach und wartet auf den fremden Orgasmus. Damit das Paar endlich das Hotel verlässt, sie ihre Fotos machen und verschwinden kann.

Wenn es vorbei ist, geht der Mann zurück ins Büro, und die Frau steigt in ein Taxi, das er ihr bezahlt. Die Geliebte trägt immer dieses verräterische Lächeln postkoitaler Zufriedenheit im Gesicht. Vom Hotel fährt sie in das Kaufhaus am Ku'damm, in dem sie als Angestellte arbeitet, in der Abteilung exklusiver Damenunterwäsche.

Möglich, dass sie sich dort begegneten, wo sonst sollten sich die Wege eines Finanzberaters und einer Dessousverkäuferin kreuzen? Das Fitness-Center wäre auch eine Möglichkeit, dieser körperliche Ort, in dem Leiber einander begegnen und begehren, manchmal. Die zwei besuchen denselben Club, und der Besitzer, den Anna, als Journalistin getarnt, interviewte, meinte, dass nirgendwo »dating easier ist« als an Plätzen wie diesen. Er sprach sehr viel Englisch und sah dabei abschätzend auf Annas fitnessresistentes Fleisch, das sie in weiten Hosen, Pullovern und Mänteln tarnt. Sie verabscheute diesen Ort schon deshalb, weil man nirgendwo rauchen durfte, und sein Angebot eines kalorienarmen Energie-Drinks lehnte Anna ebenso ab wie das »kostenlose

Schnupperweekend« in seinem Etablissement der Körperkultur.

»Sonntags beschäftige ich mich mit Schlafen, Lesen, Essen und Trinken«, sagte Anna und ertrug seinen verächtlichen Blick mit dem Stolz der verfolgten Minderheit. Fügte sie hinzu, dass sie Sport in jeder Form ablehnt? Egal, es war ohnehin eine Begegnung zweier Fremdlinge, und in der Sache brachte es sie nur insofern weiter, als sie sich notierte, dass die Zielsubjekte zur selben Zeit trainieren.

Auf welcher Skala fettverbrennender Leibesübungen rangiert Sex? Sie versucht, sich die beiden vorzustellen in ihrer einsamen Position schräg unter dem Fenster, auf der anderen Straßenseite. Unter dem Blechdach, das mit dem Ende der Sturzfluten verstummt ist, sodass sie nur noch den Verkehrslärm hört und das Kreischen eines Kindes, das vielleicht gerade verprügelt wird. Um so etwas kümmert sich niemand. Schnüffler vom Kaliber Annas leben vom außerehelichen Beischlaf und von eifersüchtigen Partnern.

Vielleicht ist jede Geschichte einmalig, wundervoll und schrecklich, doch für die Detektivin bedeutet sie immer nur das: beschatten, belauschen, fotografieren, Berichte und Rechnungen schreiben. Und während die ersten Fälle sie noch berührten, Liebe, Verrat und Rache ein romantisches Abenteuer waren, an dem sie Anteil nahm, erscheint ihr heute alles nur noch – nass. Schweiß, Sperma, Tränen – und eine Frau, die im Regen steht. Warum sie sich vor allem schlechtes Wetter zum Kopulieren aussuchen, weiß der Himmel. Anna kann sich an nur wenige Momente ihres Schattendaseins erinnern, in denen sie in der Sonne stand und sich an deren Strahlen wärmte.

Dies ist ein Stundenhotel, und sie wartet bereits siebzig Minuten, begafft von einem Obdachlosen, der aus seinem berauschten Schlaf erwacht ist. Irgendwann wird er sich aufraffen, die Straße überqueren und Kleingeld fordern. In Berlin wird selten gebeten. Demut schickt sich nicht in der Straßenszene einer Metropole, die es sich auf einem west-östlichen Diwan aus Stahl bequem gemacht hat.

Anna ahnt, warum der Penner vor diesem Hotel sitzt. Jeder Zweite, der hinein- oder herausgeht, ist von schlechtem Gewissen geplagt. Das ist eine gute Basis für Schnorrer. Dieser hier sollte jetzt nicht an einer Bulette kauen, denn Annas Magen fühlt sich leer und hungrig an. Er ist ein Organ mit sehr direktem Draht zum Gehirn. Man sieht es. Wohlwollende nennen Anna üppig, die anderen fett. Sind nur Worte, und in fünfzig Jahren minus siebzehn Tagen lernt man, mit dem Urteil anderer zu leben. Schuldig des Verbrechens der Gier, und die Strafe ist das Gefängnis eines Körpers, den man sich so nicht aussuchen würde. Schwanenhals, Wespentaille und Gazellenbeine wären nett, sind aber leider nicht in die Wiege gelegt. Sie war ein fettes Kind und blieb es auch, und jetzt möchte sie mit dem Fuß aufstampfen, nach ihrer Mutter schreien und mit Nahrung versorgt werden.

Wogegen einiges spricht: Annas Eltern sind tot, und für das täglich Brot muss sie schon alleine sorgen. Kein Mann hat jemals angeboten, sie bis ans Lebensende durchzufüttern. Es fielen immer ein paar Abendessen vor den Nächten ab, das war's auch schon.

Auch der hübschen Dessousverkäuferin wird es nicht anders ergehen mit diesem Mann, doch dieser Trost ist hinfällig. Denn das Mädchen ist jung, und eines Tages wird einer kommen und fragen, und sie wird es tun und die begehrenswerteren Männer, die verheiratet waren, vergessen, zumindest für eine Weile ...

Nicht mitfühlen, Anna, es bringt nichts, Partei zu ergreifen. Detektive sind distanzierte Beobachter, lausige Fotografen und Überbringer von schlechten Nachrichten. Und doch wird das Elend der Betrogenen sie immer wieder mitreißen. Und so, wie sie hier steht, kann sie nicht anders. Manchmal geht Anna mit einer Mandantin essen, weil sie daran glaubt, dass Nudeln und Wein die Seele speisen. Mit Männern überschreitet sie die berufliche Grenze eher selten: Männer leiden auf eine Weise, die sie weniger bewegt. Wütender, selbstgerechter sind sie als Frauen, die letztendlich die Schuld für ihre Misere bei sich selbst suchen.

Wovon hat sie geträumt, als sie von Bonn nach Berlin zog? Nicht davon, sich vor Stundenhotels die Beine in den Bauch zu stehen. Geheimnisvolle, mörderische Fälle wollte sie lösen, Verbrecher jagen und mit russischen Dichtern ins Bett gehen. Der einzige Russe, den sie bisher kennt, trägt ein dreifaches Doppelkinn und schreibt obszöne Briefe an Emigrantenzeitungen, denen er Vaterlandsverrat vorwirft. Er bewohnt das Appartement über Annas Büro im alten Scheunenviertel, in einem Jugendstilhaus, das würdevoll vor die Hunde geht, zumindest von außen betrachtet. Innen riecht es nach Moder, Haschisch und Weißkohl, eine Duftmischung, an die Anna sich im Verlauf eines Jahres gewöhnt hat. Die Miete für Büro und Wohnung ist spottbillig, die Besitzverhältnisse sind ungeklärt, und so wird es unbestimmte Zeit dauern, bis Sanierer das alte Haus in ein teures Prestigeobjekt verwandeln.

So hoch war die Abfindung der »Bonner Zeitung« für ihre langjährige Redakteurin nicht, als dass Anna sich davon eine Luxusherberge hätte leisten können. Und so war sie einmal im Leben vernünftig und legte einen Teil des Geldes auf die Bank, ließ sich überreden, Aktien zu kaufen und …

Nein, besser nicht daran denken. Der kurze Ausflug in das kapitalistische Lager endete mit der schmerzlichen Erfahrung, dass Geld eine verderbliche Ware ist. Gut, dass die Miete ihren finanziellen Verhältnissen entspricht, und zumindest denken die Leute, die dem Schild »Anna Marx – Privatdetektivin« folgen, dass sie preiswert sei. Vielleicht nicht wahnsinnig erfolgreich, aber immerhin bezahlbar für die Opfer von Lug, Betrug und der schmerzlichen Gier nach Wahrheit.

»Warum wollen Sie es wissen?«, fragt sie ihre Klienten und kennt die Antwort: Weil die Wahrheit bitter ist, aber nie so ätzend wie die Lüge. Warum fragt sie überhaupt? Froh soll sie sein, dass sie davon leben kann, nicht so sorglos wie in den Bonner Jahren, aber immerhin. Solange es fürs Essen reicht, für Alkohol und Zigaretten, ist die Marx nicht verloren. Unweit ihres Hauses hat sich in einem leer stehenden Haus der »Club erfolgloser polnischer Frauen« niedergelassen. Sie war so fasziniert von dem Namensschild, dass sie stehen blieb und durch das Fenster spähte. Drinnen strickten oder häkelten sie und tranken Tee aus geblümten Kannen. Sie redeten und lachten, und Anna dachte, dass sie ihnen allen Erfolg dieser Welt wünscht.

Wenn es nicht regnet, pfeift der Wind durch Berliner Straßen, und Anna hält ihren Hut fest, dabei fällt ihr die Kamera aus der nassen Hand. In diesem Augenblick verlassen ihre Zielobjekte das Hotel. Ausgerechnet jetzt bewegt sich der Penner auf sie zu, um sie anzuschnorren. Sie bückt sich nach dem Fotoapparat, und als sie hochkommt, steht der Mann neben ihr. Er ist zu alt, um seinem Leben noch eine andere Wendung zu geben, und zu jung, um resigniert zu haben. Er riecht nach einer Mischung aus Knoblauchfeld und Weinkeller. »Haste wat für mich«, sagt er in einem Ton, der keinen Widerspruch duldet.

Anna sagt »Zieh Leine« und fotografiert über die Pennerschulter das Paar, das sich in Richtung Taxistand bewegt. Die

Frau legt den Arm um den Geliebten, das ist fotogen, sie kann die beiden ja nicht gut im Bett ablichten. Die Frau sieht glücklich aus, und der Mann ungeduldig. Mit ihren hochhackigen Schuhen kann sie seinen eiligen Schritten kaum folgen.

»Spionin«, zischt der Penner, der in einem früheren Leben zu viele Thriller gelesen hat. Als Anna ihn ignoriert, fängt er an zu schreien, alle Wut, die in ihm ist, fokussiert er auf die Rothaarige, und weil er so laut ist und die Straße plötzlich so leise und leer, bleiben die beiden stehen. Sie starren auf Anna und den Penner, und der Mann sagt etwas zu seiner Begleiterin und geht dann auf Anna zu.

Er will mir helfen, denkt Anna, und dass dies nicht in ihrem Handbuch für Detektive steht. Sie lässt die Kamera in ihrer Handtasche verschwinden und sucht ihre Brieftasche, um den Schreihals zum Schweigen zu bringen. »Ist ja gut, ich such nur mein Geld«, sagt Anna, doch jetzt ist es zu spät für einen Ablass, es existiert nur noch die Wut, die ein Ventil gefunden hat, und es steht vor ihm und hat rote Haare unter einem Al-Capone-Hut und große, grüne, alte Augen. Niemand hat ihm je zugehört, auch diese Frau nicht, deshalb muss er schreien, sie in Furcht versetzen, denn auch dies ist eine Form von Würde: Dass jemand Angst vor einem hat.

Alkoholgeschwängerter Atem begleitet seine Sätze über den Zustand der Welt im Allgemeinen und Besonderen. Anna nestelt nach einem Fünf-Euro-Schein, alles Geld fühlt sich gleich an in ihren Fingern, und sie will ja keinen Fünfziger zücken … und plötzlich, sie hat nicht aufgepasst, steht die Zielperson vor ihr.

Horst Liebig, Finanzberater, seit fünfzehn Jahren verheiratet, sagt zu ihr, und es klingt, als ob er, während er spricht, zu Erkenntnissen kommt, die sehr unangenehm werden könnten: »Ich kenn Sie doch. Ich hab Sie schon ein paarmal gesehen.«

»Berlin ist ein Dorf«, erwidert Anna und zieht die Hand aus der Tasche.

»Misch dich bloß nicht ein«, sagt der Penner. Er ist noch nicht zu Ende, doch der Zehner in Annas Hand überzeugt ihn, dass Kommunikation sinnlos ist, niemand hört mehr zu. Außerdem hat er großen Durst und kleine Lust, sich mit einem stämmigen Mann anzulegen. Er reißt Anna den Geldschein aus der Hand, unterdrückt Danksagungen und entschwindet auf die andere Straßenseite. Anna sieht ihm nach und wünscht sich, er wäre geblieben, um von ihrer Person abzulenken.

»So klein isses auch wieder nicht. Und was sollte die Kamera, wenn ick fragen darf?«

»Touristin.« Anna hat jetzt ein starkes Bedürfnis nach einer Zigarette und Schnaps. Etwas, das wärmt und beruhigt. Wie konnte sie es nur so weit kommen lassen? »T'schuldigung, aber ich muss weiter. Gibt ja so viel zu sehen in der Stadt.«

Er hält sie am Arm fest, als Anna sich abwenden will. »Nicht in *der* Gegend. Sie verfolgen mich, geben Sie's doch zu. *Spionin*, das hat der Penner geschrien. Sie sind eine gottverdammte, ick werd verrückt... jetzt dämmert's mir... meine Alte hat Sie mir auf den Hals gehetzt...«

Shitshitshit, denkt Anna, und es trifft die Situation genau. Ungeordneter Rückzug ist das Gebot der Stunde, und sie umklammert ihre Kamera, als wäre sie ihr geliebtes Kind, und reißt sich los, um über die Straße zu sprinten.

Es gibt Situationen, in denen man nichts richtig machen kann. Sie hätte besser die Handtasche festgehalten, denn bei dem Versuch, sich aus seinem Griff zu lösen, fällt diese zu

Boden. Eine große Tasche mit viel Inhalt, der sich jetzt auf das Trottoir verteilt…

Die Tampons sind ihr peinlich, aber viel schlimmer ist die geöffnete Brieftasche, die am Boden liegt. Er hat Anna losgelassen und hebt ihr Portemonnaie auf. Hinter der Kreditkarte und dem Personalausweis steckt die verräterische Plastikkarte, die sie als Detektivin ausweist. Er entnimmt sie und hält sie in seiner Hand, als habe er eine schleimige Kröte angefasst.

»Hab ich's doch gewusst. Du dreckige kleine Schnüfflerin…«

Sie ist nicht klein, schon lange nicht mehr. Sie ist eine große, starke Frau, die vor vielem Angst hat und jeden Tag und jede Nacht versucht, damit fertig zu werden. »Geben Sie mir meinen Ausweis zurück. Ich mache nur meinen Job, wie Sie auch.«

Anna versucht ein Lächeln. Ihr Mund ist zu groß, sie weiß es. Und seine Augen sind wie harte Kieselsteine. Anna greift nach der Karte, und er zieht seine Hand zurück. Mit der anderen greift er nach der Kamera, und Anna sollte jetzt »Hilfe« schreien, aber irgendwie bringt sie es nicht fertig. Gelähmte Zunge und zerschnittene Stimmbänder; es ist einer dieser Tage, an denen sie alles falsch macht. Sie umklammert die Kamera und hebt ihr Knie an, um den Angreifer dort zu treffen, wo es wehtut; der Trick wird einem von Müttern überliefert, bevor man das Zielobjekt mit bloßem Auge gesehen hat, und er ahnt, was sie vorhat, weicht einen halben Schritt zurück und platziert einen Boxhieb auf die linke Seite ihres Gesichts.

Man schlägt doch Frauen nicht, denkt Anna, während sie zu Boden geht. Der Hut fliegt weg, und sie fällt wie ein nasser Sack auf das Pflaster. Als ob sie ein Kissen wäre, fängt ihre

Riesentasche den Hinterkopf auf, und zumindest dort, wo Annas beste Hoffnungen liegen, ist die Landung relativ sanft. Das Letzte, was sie sieht, ist ein Tampon, dann schließt sie die Augen und ergibt sich dem Schmerz, der sie in Ohnmacht sinken lässt.

»Prost«, sagt der Penner, der sich mit einer Vinoflasche aus dem Kiosk über Anna beugt. »Is' sie hinüber?« Schade, dass sich bereits Passanten um die Schlafende versammelt haben, andernfalls würde er ihre Handtasche plündern. Braucht sie ja vielleicht nicht mehr. Einige rufen nach dem Arzt, und jemand zückt sein Handy, um die Notrufnummer zu wählen.

Der Obdachlose setzt seinen Schuh auf den silbernen Kugelschreiber, der aus der Tasche gerollt ist. Wenn niemand zusieht, wird er sich bücken und ihn unauffällig aufheben. Ein Glück, dass er so große Füße hat.

2. Kapitel

Die Sonnenbrille verdeckt ein Drittel ihres Gesichts und lässt die Welt in düsteren Farben erscheinen. Die Welt, das ist ihre kleine Wohnung und das Büro, das zur Straße geht und mit all den Geräuschen die Illusion nährt, dass sie Teil des pulsierenden Stadtgeschehens ist. Urbane Gestalten brauchen einen gewissen Lärmpegel, um sich wohl zu fühlen. Das Landleben ihrer Kindheit war eine Erfahrung, die sie nicht missen möchte. Doch reichen achtzehn Jahre Natur, Kühe und Gähnen für den Rest ihres Lebens, der sich auf sechzehn Tage bemisst, wenn sie daran glauben möchte, dass mit fünfzig alles vorbei ist.

Anna Marx sitzt an ihrem Schreibtisch, mit schwarzer Sonnenbrille und hochgelegten Beinen. Sie raucht und liest die Zeitung, dic sie nur aus der Hand legt, um Kaffee zu trinken. *And I was so much older then*, singt Dylan aus einer alten Stereoanlage. Sie ist in der musikalischen Phase der Interpreten über fünfzig, die magische Zahl steht in dem Kalender, der aufgeschlagen auf ihrem Schreibtisch liegt und bemerkenswert wenige Termine aufweist. Eine azyklische Tendenz, denn normalerweise kriechen die Ehebrecher im Frühjahr aus ihrem Winterschlaf und begeben sich auf die Jagd, verfolgt von den Betrogenen, die irgendwann verzweifelt genug sind, um zu einer wie Anna Marx zu finden.

Sie nimmt zweihundertfünfzig Euro am Tag plus Spesen, worunter Taxifahrten, Restaurant- und Barbesuche fallen. Die Zigaretten, die sie auf ihren Observationstouren raucht, aber auch den Kaffee und das Mineralwasser bezahlt Anna selbst. Vor allem deshalb, weil sie zu faul und zu schlampig ist, Belege zu sammeln. Ihre große Handtasche ist das Bermuda-Dreieck, in dem ohnehin alles verschwindet.

Es muss ein großer Haufen gewesen sein, der auf dem Pflaster verstreut war, als sie zu Boden ging. Im Krankenwagen erzählte ihr der Notarzt, dass der Schläger alles eingesammelt habe, nach heftigem Streit mit einem Penner, der ihren Kugelschreiber enteignen wollte. Ein netter Schläger, dachte Anna, was einigermaßen absurd war, und als er sie mit einem großen Strauß gelber Rosen abholte und nach Hause fuhr, hatte sie ihm fast schon verziehen. Zerknirschte Männer haben etwas Rührendes, auch wenn sie gelbe Blumen nicht ausstehen kann.

Er habe noch nie eine Frau verprügelt, sagte er, und Anna glaubte ihm. Und als er ihr zwei Fünfhundert-Euro-Scheine in die Hand drückte, als Spesenerstattung, wie er es ausdrückte, verstärkte sich dieser Glaube. Im Film hätte der Detektiv das Geld lässig zurückgewiesen. Anna steckte es in ihre Manteltasche. Man muss nicht stolzer erscheinen, als man ist. Aber auch nicht mehr als »In Ordnung« sagen.

Am Ende der Fahrt, vor ihrer Haustür, erklärte er ihr noch, dass er seine Geliebte verlassen habe. Die anschließenden Treueschwüre klangen so verlogen, dass Anna doch ein wenig übel wurde. Als sie ausstieg, sah sie, wie er die russische Go-go-Tänzerin musterte, die unter ihr wohnt und auf dem Weg zur Arbeit war. Wir zwei sehen uns wieder, dachte sie und ging nicht in ihre Wohnung, sondern zum Optiker, wo sie eine dunkle Sonnenbrille kaufte, die größte, die es in dem Laden gab. Weil sie sich vorübergehend reich fühlte, fragte sie nicht nach dem Preis. Anna ist großzügig gegen sich selbst, und sie neigt dazu, ihre Schwächen zu Stärken zu erheben.

Ihr Finanzgebaren ist insofern fragwürdig, als sie brutto gleich netto lebt, also nie etwas für die Steuer zurücklegt. Sie nennt es Anarchismus, aber zu Zeiten der Steuererklärung findet sie sich eher wahnsinnig. Anna hat einfach keinen Respekt vor Geld. Weiß, dass man es braucht, aber alles, was über die Erfüllung von Grundbedürfnissen und ein wenig Luxus hinausgeht, also auf einem Sparkonto liegt, findet sie unerotisch und leblos. Zahlen waren noch nie ihre Leidenschaft, und Rechnungen zu schreiben, findet sie fast ebenso schrecklich, wie sie zu bezahlen. Manchmal reduziert sie ihre Tagespauschale, bei den Sozialfällen, den verarmten Gehörnten, die ja auch ein Recht auf Wahrheit haben. Anna hat ein großes Herz, aber ein kleines Bankkonto.

Das Veilchen sitzt links, und es schillert in allen Blautönen, eine Farbe, die ihr normalerweise steht, nur nicht da, wo sie jetzt ist. Deshalb die Sonnenbrille, die sie nur zum Waschen und Schlafen abnimmt. Es tut höllisch weh, wenn man die Augengegend berührt oder den Kopf hektisch schüttelt, was leicht zu vermeiden ist, denn eine große, träge Person neigt nicht zu quirligen Bewegungen.

»Zuhälter?«, fragte der Mann, der sie im Krankenhaus verarztete, und sie erwiderte »Finanzberater«, was ihn nicht zu erstaunen schien. In Zeiten des knappen Geldes laufen Vertreter aller Branchen Gefahr, zu prügeln oder geprügelt zu werden. Der Arzt ähnelte ein wenig George Clooney. Seit sie geschlechtsreif ist, hat Anna versucht, einen Serienhelden im wahren Leben zu finden, doch scheint es, dass die Helden jenseits des Fernsehens ausgestorben sind. Als George Clooney sie fragte, ob es wehtue, lächelte sie ihn strahlend an. Frauen sind Idiotinnen, besonders eine, die sie recht gut kennt.

Sie nimmt die Sonnenbrille ab, es kann sie ja keiner sehen, und vertieft sich in die Zeitung. Gelesene Seiten wirft sie in den Papierkorb unter dem Schreibtisch, der vom Sperrmüll stammt. Er wurde von der »Alternativen Werkstatt behinderter Ossis« aufpoliert. Berlin ist voller Überlebenskünstler, und die Marx ist eine von ihnen. Sie mag das Möbel, es ist groß und mahagonifarben und bietet Platz für Zeitschriften, Bücher, Akten und Rechnungen. Für den Laptop, den sie sich gekauft hat, bevor die Aktien in den Keller stürzten. Der Finanzberater ihrer Bank sagte: »Pech gehabt.« Warum hat sie ihm nicht ein blaues Auge verpasst? Ach ja, er hatte angerufen, und es wäre umständlich gewesen, in die Bank zu fahren, um ihn dort zu verprügeln. Also fluchte sie nur und nannte ihn eine seelenlose Geldvernichtungsmaschine. Die Hälfte ihrer Abfindung war perdu. Die Hälfte von fünfundzwanzig Jahren bei der »Bonner Zeitung« verschwand in wertlosen Medienaktien. Das Fernsehen ist noch blöder geworden und sie ärmer, und beides schmerzt auf unterschiedliche Weise.

Nicht zurückschauen, Anna. Es waren satte Jahre in Bonn, jeden Monat das Gehalt auf dem Konto, und immer dieselben oder gleichen Visagen im Regierungsviertel. Manchmal hatte sie das wahnwitzige Verlangen, bei Empfängen zu rülpsen, nur damit irgendetwas passierte.

Jetzt sitzen sie alle in Berlin und sind nicht besser geworden. Anna ist dem Tross gefolgt, nicht als Klatschreporterin, sondern im freiberuflichen Dienstleistungsgewerbe. Es hat schon wehgetan, dass sie sie loswerden wollten, obwohl Anna immer wieder verkündet hatte, dass sie diesen Job hinschmeißen würde. Sie waren halt schneller. Das Schlachtschiff wurde versenkt, so war es, und aus arbeitsrechtlicher Erwägung, die sie als Güte tarnten, warfen sie ihm noch ein paar Scheine hinterher.

Dass der Berliner Ableger der »Bonner Zeitung« wieder eingestellt wurde, ist ein kleiner Trost. Anna ist ein bisschen rachsüchtig und ziemlich nachtragend, und die Uhr, die sie ihr zum Abschied schenkten, hat sie auf dem Nachhauseweg in den Rhein geworfen. Sie war betrunken, und die Uhr ein besonders scheußliches Exemplar. Beim letzten Glas in ihrer Wohnung fasste sie den Entschluss, die kleine Stadt am Rhein zu verlassen. Wenn etwas zu Ende geht, muss man ganz neu beginnen. Furchtlos sein und zuversichtlich. Nun, das ist sie immer noch. Gewissermaßen. Und genauso allein, wie sie in Bonn war. Prinzipiell, nicht immer.

Affären gab es schon, auch in Berlin, aber mit zunehmendem Alter werden sie kürzer und unbefriedigender. Nicht unbedingt sexuell gesehen, mehr auf dem unwegsamen emotionalen Gelände. Auf dem Friedhof ihrer Leidenschaften sind verheiratete, verrückte, verhärtete Männer beerdigt, und alle hat sie einmal ein bisschen geliebt, aber nie lang genug, um sie unter Schmerzen zu begraben. Mit einer Ausnahme, aber auch diese Leidenszeit erscheint ihr heute wie ein Film, ein Klassiker, zu dem man weinen oder lachen kann, je nach Stimmung und Alkoholpegel.

Abgesehen davon, dass die Männer ohnehin nie Schlange standen, um Anna Marx zu erwerben, stehen die Chancen einer älteren Dame natürlich schlecht. Die Verkaufsregale sind mit Jugend, Sex und Schönheit gefüllt, und in diesem Kontext darf sie sich als Ladenhüter betrachten. So unromantisch. Als ob sie nicht auch über eine Blumenwiese laufen wollte. Ja, aber mit wem? Einem, der nach einem Ladenhüter greift?

»Man muss nehmen, was man kriegen kann«, sagt Sibylle, die die Kneipe gegenüber betreibt und etwas jünger als Anna ist. Eine Freundin, ein Zuhause, das den Namen »Mondscheintarif« trägt, die Speisekammer, der Weinkeller, den Anna nie besitzen wird, obwohl ihr Durst groß ist.

Sibylles Geschlechtsleben ist abwechslungsreich, auch insofern, als sie in der Auswahl des Geschlechts variiert. Manchmal, wenn Sibylle in Stimmung ist und Anna die letzte Wahl, unterbreitet sie ihr sexuelle Angebote, über die sie dann bei einer weiteren Flasche Witze machen. Sibylle ist furchtbar blond, aber niemals blöd und meistens komisch. Ihr Hang, alle Hungrigen und Durstigen zu bewirten, ungeachtet der zu begleichenden Rechnung, wird sie irgendwann in den Ruin treiben. Oder die jungen Männer, die sie ausnutzen. Egal, bis dahin wird sie sehr erotisch gelebt haben.

»Ich bin mein einziges Vergnügen«, murmelt Anna, als die Zeitung zur Gänze im Papierkorb liegt. Aber auch, das kommt erleichternd hinzu, ihr einziges Missvergnügen. Kein Mann, der sie betrügt oder einfach nur durch seine Anwesenheit in den Wahnsinn treibt. Nur der Russe oben, der seine Liebe zu sakralem Gesang mit dieser Eunuchenstimme auslebt, die sie erschauern lässt. Ein Mafioso, der irgendwann kastriert wurde? Nichts ist so blühend wie Annas Vorstellungskraft. Sie wäre besser Märchenerzählerin geworden oder dichtende Gärtnerin. Nein, sie hat den todbringenden grünen Finger. Nachdem jede Pflanze, die sie fürs Büro gekauft hatte, eingegangen ist, steht nur noch der Gummibaum neben dem Schreibtisch. Er dient auch als Garderobenständer für Klienten. Sofern sie kommen …

»Sekretariat Detektei Marx«, sagt Anna am Telefon, wenn jemand anruft. So weit, ihre tiefe Stimme zu verstellen, geht sie nicht. Wer erinnert sich schon an Telefonate mit Sekretärinnen? Aber dass es wie jetzt an der Tür schellt, geschieht selten. Die Leute rufen vorher an. Geben einen falschen Namen an, erklären den Fall unter Vorgabe einer Freundin und erkundigen sich nach dem Preis, der ihnen meist ein Stöhnen entlockt.

Der direkte Weg ist ungewöhnlich, und Anna zögert eine Sekunde, bevor sie auf den Knopf drückt, der die verwitterte Holztür öffnet. Auch ein Werk der »Alternativen Ossis«, die einfach alles können und dafür von Anna geliebt werden.

Sie hört Schritte und zählt sie mit. Fünfundzwanzig Stufen. Furchtsame würden jetzt umkehren, erschlagen von den Gerüchen des Hauses oder den Lustschreien des schwulen Paares, die ausgerechnet jetzt durchs Haus hallen. Aber nein, die Schritte kommen näher, und Anna nimmt sich eine Akte vom Schreibtisch, schlägt sie auf und starrt blind auf einen Bericht über eine Parfümvertreterin, die ihren Mann mit seinem Vater betrog. Ein trauriger Fall, besonders weil das Honorar noch nicht bezahlt ist.

Bitte, geh nicht weg, denn ich bin erstens neugierig und

zweitens auf Klienten angewiesen. Das Schmerzensgeld wird nicht reichen, die Steuerschulden zu bezahlen. Im Wonnemonat Mai wird Eichel zu Annas Todfeind. Das Haushaltsdefizit Berlins ist so astronomisch, dass sie um jeden Steuereuro feilschen und selbst kleine Fische wie Anna an den Haken nehmen.

Das Klopfen an der Bürotür ist fordernd. Anna schwingt ihre Füße vom Tisch und geht zur Tür, öffnet sie ... und starrt auf Marx in Blond. Hat sie sich nicht immer für einmalig gehalten? Nein, es war nur der erste Eindruck, das Gefühl, diese Frau schon einmal gesehen zu haben.

Sie ist in Annas Alter, doch dicker von Statur. Und sie hat ihre kurzen Haare so hell gefärbt, dass sie fast weiß erscheinen. Mit einer violetten Strähne, neonfarben. Eine mutige Frau, denkt Anna. Und dass es in Berlin viele Sadisten unter Friseuren gibt.

»Tach«, sagt die Fremde, die Anna ebenso abschätzend gemustert hat. Die Detektivin tritt zur Seite, um Platz zu machen, und dann schließt sie schnell die Tür hinter der potenziellen Klientin.

Die Besucherin bleibt in der Mitte des Raumes stehen und sieht sich um. »Sehr hübsch«, sagt sie, und mit Blick auf den Gummibaum und die überaus kitschige Lampe auf Annas Schreibtisch: »Spätes Disneyland?«

»Sehr witzig«, murmelt Anna und zieht sich hinter ihren Schreibtisch zurück. Sie widersteht dem Impuls, die Füße auf den Schreibtisch zu legen und sich in ihrem Stuhl zurückzulehnen. Stattdessen schlägt sie die Akte zu und greift nach der Zigarettenschachtel.

»Ich rauche nicht«, sagt die Neonfarbige.

»Stört mich nicht«, erwidert Anna. Sie zündet die Zigarette mit einem langen Streichholz an, eines, das man für Kamine benutzt. Nun, in gewisser Weise ist sie auch einer, denn etwas muss brennen, damit es ihr gut geht.

»Warum tragen Sie diese große Brille?« Die Besucherin ist vor Annas Schreibtisch stehen geblieben. Es gibt einen Stuhl für Klienten, aber offenbar traut sie ihm nicht.

»Verkehrsunfall«, sagt Anna, und sie sagt es so, dass es nach Geschlechtsverkehr klingt. Soll die Besucherin sich doch Gedanken machen, wie man sich beim Sex ein Veilchen holt. Vielleicht könnte sie ihren Barbier fragen. Die Haare blenden. Die Person insgesamt hat etwas an sich, das ihr Gegenüber zum Schrumpfen bringt. Sie füllt jeden Raum aus, denkt Anna und richtet sich in ihrem Stuhl auf und weist auf den Platz vor dem Schreibtisch. »Setzen Sie sich doch.«

»Sieht aus wie Sperrmüll. Gehen die Geschäfte so schlecht?«

Berliner Schnauze der gemeinen Sorte. Annas Ohrläppchen beginnen zu glühen, ein Zeichen für aufkeimende Wut. Das ist nicht gut fürs Geschäft. »Antik, kein Sperrmüll. Sie werden ihn nicht umbringen.«

»Ich bin groß und stark«, sagt die Blonde, während sie den antiken Sperrmüllstuhl mustert. »Ich verabscheue Diäten jeder Art. Aber Sie sehen auch nicht gerade wie 'ne Hungerleiderin aus.«

Wir haben immerhin etwas gemeinsam, denkt Anna. Kuh oder Ziege, dafür muss man sich ab einem gewissen Alter entscheiden. Anna mag Kühe lieber, und die Besucherin ist ein prächtiges Exemplar. Sie hat sich jetzt vorsichtig auf dem Stuhl niedergelassen, und er hat nur leise geächzt. Dass in diesem Raum nicht ein Möbel zum anderen passt, ist keineswegs »spätes Disneyland«, sondern Annas Entscheidung, ihr Geld lieber in Schuhe, Essen und Trinken zu investieren.

»Was führt Sie zur mir, Frau …?«

»Rosamunde Stark, besser bekannt als Rosi Stark. Die

Journalisten lieben die Vereinfachung. Ich dachte, dass Sie mich erkannt haben. Sie sahen so verblüfft aus, als ich an der Tür stand.«

Ja, jetzt weiß sie es. Sie ist die Produzentin, eine dieser Berliner Filmgrößen, die in Nobellokalen und Klatschspalten auftauchen. Nicht Annas Welt, und die Frage ist, wie sie in jene von Rosi Stark passt. Es gibt teurere Detekteien in Berlin, vermutlich auch bessere, und Rosamunde könnte sich jede von ihnen leisten.

»Kaffee? Wasser? Schnaps?«

Die Besucherin schüttelt den Kopf und öffnet ihre Handtasche. Sie ist das kleinste Exemplar ihrer Gattung, das Anna in letzter Zeit gesehen hat. In der Farbe passend zu den Schuhen. Das Täschchen ist mit Initialen versehen, damit jeder weiß, dass die Winzigkeit in keinem Verhältnis zum Preis steht. Das geöffnete Ding, dieser Taschenzwerg, gibt den Blick auf ein Bündel von Banknoten frei, zusammengerollt und von einem goldfarbenen Gummi gehalten. Es sieht obszön aus, denkt Anna, und dass man so etwas nicht zur Schau stellen sollte in einer Stadt, in der sechs von zehn Leuten pleite sind.

Rosi Stark entnimmt ihrem Designerding eine Puderdose, die sie öffnet, um sich die Nase zu betupfen. Sie lässt sich Zeit, es ist eine Taktik, die Anna nicht ausstehen kann. Das Geldbündel ist im Weg, als sie die Dose zurück in die Tasche stopft. Sie hat Annas begehrlichen oder verächtlichen Blick registriert, und jetzt lächelt sie. »Leute wie ich finden wohl nicht oft hierher?«

»Machen Sie eine Umfrage, oder haben Sie ein Problem?«

»Ein kleines Problem«, sagt die Produzentin. Eine so große Frau, denkt Anna, die sich mit Miniaturen schmückt. Wenn sie könnte, würde Rosamunde vermutlich Puppenkleider tragen, aber die sind in Größe sechsundvierzig nicht zu haben.

»Und bevor Sie mich fragen, wie ich ausgerechnet auf Sie kam: Ich bin zufällig vorbeigekommen. Mein Schneider arbeitet hier in der Nähe, sehr billig und wirklich zu empfehlen, und als ich ihr Schild sah, fiel mir eben mein kleines Problem ein.«

Weil sie dachte, dass auch ich billig bin, ist Annas erster Gedanke. Ein Bündel Geldnoten in der Handtasche zu tragen heißt noch lange nicht, dass man willens ist, es unters Volk zu verteilen. Die wenigen Begüterten, die sie kennen lernte, waren eher geizig denn großzügig. Vielleicht verdienen die Reichen ihr Geld, weil sie es so hoch schätzen?

»Ich nehme dreihundert pro Tag plus Spesen«, sagt Anna, und sie ist dankbar für die Sonnenbrille, weil sie jetzt bestimmt schuldbewusst aussieht. Lügen haben kurze Beine, und Annas sind lang und wohl geformt, nach oben hin leider ein wenig ausladend.

»Ich gebe Ihnen eine Wochenpauschale von tausend Euro. Das inkludiert die Spesen. Dafür brauche ich keine Rechnung, diese Lappalie kann ich ohnehin nicht von der Steuer absetzen.« Die Produzentin lächelt gewinnend und zeigt ein makelloses Gebiss, gräulich, aber nur weil Anna die Sonnenbrille trägt.

»Nein«, sagt Anna.

»Aber vielleicht haben Sie den Job in drei Tagen erledigt, dann machen Sie einen Schnitt. Sie sehen aus wie eine Spielerin. Das ist doch ein guter Deal.«

»Nochmals nein.« Annas dunkle Stimme zittert ein wenig, doch sie bläst ihrem Gegenüber Rauch ins Gesicht. Aus dem Handbuch für Detektive: Immer souverän bleiben und den anderen zu irritieren versuchen, wenn man in der Schusslinie steht.

Rosi Stark fächelt den Rauch weg, und dabei klimpern ihre

Goldreifen, die sehr zierlich sind, doch sie trägt zwei Dutzend davon. Sie zieht das Bündel aus der Handtasche und blättert zwölf Hunderter auf den Schreibtisch. »Das ist mein letztes Angebot, und wenn ich mir Ihr Büro so ansehe, sollten Sie es nicht ablehnen. Falls Sie länger als ein Woche brauchen, verdopple ich.«

Sie spielt besser Poker als ich, überlegt Anna, aber sie hat auch bessere Karten in Form einer Geldrolle. »Sagen Sie mir erst, worum es geht.«

»Um eine kleine Ratte. Lassen wir den Namen erst mal beiseite, bis Sie sich entschieden haben. Nennen wir ihn X. Er belästigt mich. Eher wie eine Mücke als eine Ratte, vor der könnte ich ja noch Angst haben. X geht mir einfach auf die Nerven. Ich möchte, dass Sie ihn mir vom Hals schaffen, wie auch immer.«

Anna schnipst Asche vom Schreibtisch. »Reden wir jetzt von einem Auftragsmord? Ist nicht so ganz mein Metier, aber einen Stock höher wohnt ein Russe, von dem ich glaube, dass er der Mafia angehört. Vielleicht versuchen Sie es mal bei dem. Der Kurs liegt zurzeit bei fünftausend, wenn ich richtig informiert bin.«

Rosamunde fängt an zu lachen und schlägt sich dabei mit der Hand auf die Schenkel, sodass die Seide ihres violetten Kostüms knistert. Die Farbe ist auf die Haarsträhne abgestimmt. »Sie sind gut. Sie gefallen mir. Nein, so viel ist mir X nicht wert. Er ist einfach nur lästig. Ich möchte, dass Sie ihn beobachten, etwas über ihn herausfinden und ihn damit konfrontieren, verbunden mit der Forderung, mir künftig aus dem Weg zu gehen. Das ist doch nicht so schwer, oder?«

»Und wenn ich nichts finde?«

»Jeder hat Dreck am Stecken. Das müssten Sie doch am besten wissen.«

Du auch, denkt Anna. Du weißt es, weil du den Dreck sehr gut kennst und vielleicht sogar magst. Zu den gängigen Vorurteilen eines Proletarierkindes gehört, dass diejenigen, die es von unten nach oben geschafft haben, nicht gänzlich rein bleiben können. Entweder du kriechst durch einschlägige Körperteile, oder du bedienst dich derselben. Hat einer einmal zu Anna gesagt, und sie hat seinen Namen vergessen. Absichtlich?

Ihr Gegenüber wippt ungeduldig mit den Füßen, die in goldfarbenen Schuhen stecken. Sie sind von der Art, die man nicht trägt, sondern die einen tragen. Neid ist ein Gefühl, das Anna selten an sich zulässt, weil es weder tragisch noch komisch ist, nur bitter. Aber bei Schuhen hört die Selbstdisziplin auf. Wenn sie reich wäre, würde sie auch solches Fußwerk tragen. Was zumindest in Ansätzen dafür spräche, den Auftrag anzunehmen.

»Können Sie sich mal entscheiden? Ich hab nicht ewig Zeit.« Rosis Ton ist scharf, doch sie lächelt, vielleicht weil sie weiß, dass sie gewonnen hat. Das Geld liegt auf dem Schreibtisch, und Anna muss nur die Hand ausstrecken. Ihr Instinkt sagt ihr, dass sie besser eine Zigarette rauchen oder die Hände in die Hosentasche stecken sollte. Ihr Instinkt hat sie schon ein paar Mal getrogen. Zuletzt, als sie versuchte, einen Finanzberater mit dem Knie außer Gefecht zu setzen. Sie sieht noch einmal auf das Objekt ihrer Begierde, die goldenen Schuhe. Dann streckt sie die Hand aus.

3. Kapitel

Berlin ist voller Hunde. Die meisten sehen aus wie Hamburger auf Beinen. Sie fühlen sich zu Schnüfflern hingezogen, wenn diese auf Parkbänken sitzen, rauchen und vorgeben, eine Zeitung zu lesen. »Geh weg«, sagt Anna zu dem Köter, der an ihrem Schuh leckt. Vielleicht ein chinesischer Hund? Ein Fußfetischist? Sie tritt ihn sanft mit der Schuhspitze, weil er ihr nicht zuhört, und die dazugehörige Person scheint nur auf diesen minderschweren Fall von Tierquälerei gewartet zu haben, um aufzutauchen und Anna zu beschimpfen.

»Sadistin« ist eines der Worte, die fallen, und Frauchen nimmt ihr Tier auf den Arm, um es vor weiteren Tritten zu schützen. Es kläfft, nun, da es oben ist, in diesen schrillen Tönen kleiner Rassen, und Anna fühlt, dass ihre Liebe zu Mensch und Tier wieder auf die Probe gestellt wird. Sie nimmt ihre Brille ab, präsentiert ihr violettes Auge und übertönt die beiden Kläffer: »Wenn Sie nicht sofort mit Ihrem Vieh verschwinden, verpass ich ihm auch so was.«

Die Frau sieht Anna erschrocken an. Sie verstummt fast synchron mit »Attila« oder wie immer sie ihn nennt, und entschwindet, Hund auf dem Arm, in den Park. Man hört noch leises Schimpfen, dann ist sie hinter den Kastanienbäumen verschwunden.

Na bitte, geht doch, sagt Anna zu sich selbst, bevor sie ihre Brille wieder aufsetzt. Den beiden hat sie es gezeigt, und manchmal tut es gut zu gewinnen, auch wenn es nicht gut war. Sie ist keine aktive Tierfreundin, könnte aber andererseits keiner Fliege etwas zuleide tun.

Rosi Stark ist von anderer Qualität, davon ist Anna überzeugt. Gegen Ende ihres Besuchs, nachdem Anna das Geld eingesteckt und quittiert hatte, setzte sich eine Fliege auf das Papier mit ihrer Unterschrift. Saß einfach nur da und dachte über das Fliegenleben nach, was auch immer. Die Produzentin nahm eine Akte vom Schreibtisch und schlug zu. Es war ein schneller, leiser Tod, und die Fliege hinterließ nur einen hässlichen Fleck auf der Quittung. In Form eines Kreuzes, so sah es Annas blühende Fantasie, und sie fragte sich, ob dies ein böses Omen war. Sie ist nicht abergläubisch, kaum, und ihre Glückszahl ist null. So schön rund und unteilbar, und sie macht sich gut auf Geldscheinen.

Das Leben besteht zum großen Teil aus Warten. Warten auf den Schlaf, den nächsten Tag, das Essen, das Glück, die Liebe, den Tod. Zwischendrin vergeht einfach nur Zeit, die man irgendwie ausfüllt. Mit Warten. Anna lauert im Park auf X, der Harry Loos heißt und in der alten Villa wohnt, die an die Grünfläche grenzt. Früher müssen Bonzen darin gewohnt haben, doch das Haus verfiel mit dem System und erinnert heute mehr an eine Ruine als einen repräsentativen Bau, der es sicher einmal war. In jeder anderen Stadt hätte es längst einen Käufer gefunden, der es mit viel Geld renoviert hätte. Berlin ist nicht wie andere Städte. Der Verfall gehört dazu, die bröckelnde Erinnerung an alles, was war. So vieles, Gutes und Böses, und beides spiegelt sich auch in seinen Häusern, Straßen und Plätzen, genau das mag sie an Berlin. Die Unvollkommenheit, die Größe, sich dem Restaurierungswahnsinn zu entziehen. Anna misstraut der Perfektion in allen Bereichen des Seins und geht dabei natürlich von sich selbst aus.

Der Kniestrumpf unter der Hose hat eine Laufmasche, und die Schuhe stinken nach Hundescheiße, in die sie trat, bevor sie die Parkbank fand. Sie hat in den Himmel gesehen, der von fast stählerner Bläue ist. Keine Wolke, aber dafür Scheiße am Boden.

Harry Loos müsste um diese Zeit das Haus verlassen, um im »Kaffee Krause« zu frühstücken. Das hat er auch gestern getan, am ersten Tag der Observierung, und der Typ hinter der Theke, den sie ausfragte, erzählte ihr, dass Harry täglich so gegen zehn komme, außer wenn er krank sei oder die Stadt verlasse, was aber so gut wie nie passiere. Ein Stammkunde, der automatisch bedient wird, weil seine Essgewohnheiten niemals variieren. Harry konsumiert eine große Tasse Milchkaffee und zwei Croissants, jeden Tag. Danach raucht er drei Zigaretten, liest drei Zeitungen und verschwindet wieder. Er zahlt wöchentlich, und zurzeit ist er im Rückstand.

»Jeder ist pleite, aber niemand will verhungern«, sagte der Typ hinter der Theke, der eigentlich Computerfachmann ist. Die Stadt ist voller »Eigentlich-Männer«, sie jobben als Taxifahrer, Kellner, Fahrradkuriere und erzählen jedem, dass sie dies vorübergehend tun, weil sie eigentlich Manager, Schauspieler, Regisseure, Fotografen sind. Von irgendwas muss der Mensch leben. Coole Armut. Sich über jede Verzweiflung hinwegzulügen ist Teil der Überlebensstrategie. Anna erzählte dem Computerfachmann, dass sie auf Figurensuche für eine Reality-TV-Show sei. So etwas glaubt einem in Berlin jeder, und er war beeindruckt und sehr gesprächig.

Menschen auszuhorchen, findet Anna erschreckend einfach. Man muss nur den richtigen Knopf finden, meistens steht in großen Buchstaben »Eitelkeit« darauf. Geh auf sie zu, nimm sie ernst und wichtig, und sie öffnen Mund und Herz. Manchmal schämt sie sich, es ist ein fragwürdiges Gewerbe, hinter Freiwild herzuschnüffeln wie ein Jagdhund nach der Beute. Damit ein anderer sie erlegt und ausweidet. Was Rosi Stark im Prinzip mit Harry Loos vorhat. Er sei ein Irrer, und die gehörten selbst in Berlin von der Straße, sagte sie in Annas Büro, und Anna hatte sogleich die Vision einer

Stadt ohne Menschen. Nur Rosi ist noch da und produziert Filme mit Schauspielern und Statisten, die nach ihren Drehbüchern, ihrer Regie agieren und in der Versenkung verschwinden, sobald die Scheinwerfer erlöschen.

Harry Loos ist Drehbuchautor. Als solcher kreuzten seine Wege jene von Rosi Stark. Er habe ein paar Ideen für eine Serie geliefert, sagte die Produzentin, aber nur wenige waren brauchbar. Nachdem sie ihn zweimal zum Essen eingeladen und erkannt hatte, dass schwierige Autoren ihre Kräfte überfordern, habe sie ihn ausbezahlt.

»Das ist alles?«, fragte Anna.

Die Wahrheit, so verborgen wie die Lava in einem Vulkan, eruptierte in kleinen Ausstößen. Harry, so die Produzentin, war einfach gierig und wollte mehr Geld, darüber sei es zu einem Streit am Telefon gekommen, natürlich ohne Einigung, und seither verfolge der Mensch sie mit seinem Hass. Im Detail: Briefe, Telefonate, und manchmal tauche Harry irgendwo auf, bei einem Dreh oder in einem Lokal. Mit diesem irren Blick, der sie beinahe ängstige.

Sie sah nicht aus, als ob ihr etwas Angst machte. Das könne Zufall sein, meinte Anna.

Rosi Stark glaubt nicht an Zufälle. Sagte sie. Und auch, dass es keinen Sinn habe, die Polizei einzuschalten, obwohl sie den Polizeipräsidenten gut kenne. Harry müsse einen Schritt weiter gehen, damit die Bullen etwas unternehmen. Aber sie habe keine Lust, darauf zu warten. »Wer die Initiative ergreift, ist der Gewinner«, sprach sie und zeigte mit einem langen, rot lackierten Fingernagel auf Annas Sonnenbrille: »Und hier kommen Sie ins Spiel.«

Anna, prinzipiell lieber aufseiten der Betrogenen und Verlierer, zuckte bei diesem Satz zusammen. Diese Frau hatte etwas von einer Dampfwalze, eine raffinierte, technisch ausgereifte Version, der man besser aus dem Weg gehen sollte, um nicht überrollt zu werden. Doch, Eichel sei's geklagt, sie hat ihr Geld genommen. Und wer A sagt, muss auch B sagen. Ein Spruch ihrer verstorbenen Mutter. Sie war eine wunderbare Frau, die Anna zeit ihrer Kindheit mit Sätzen verfolgte, die sie für Lebensweisheiten hielt. Und so murmelte Anna, dass sie ihr Bestes tun wolle.

Sie begleitete die Produzentin zur Tür, nachdem sie Harrys Briefe in Empfang genommen hatte. Kopien der Briefe, die sie sofort las. Lange Computerausdrucke, mit krakeliger Schrift unterschrieben: Harry listet minutiös auf, was vereinbart war, was er geleistet und wie die Produzentin ihn um sein Honorar betrogen hat. Wenn es stimmte, was er schrieb, dann hatte sie ihm in der Tat übel mitgespielt. Tausend Euro Ausfallhonorar für einen Serienentwurf mit Figuren- und Handlungskonzeption, das erschien Anna als böser Witz.

Doch die Produzentin hielt dagegen, dass ihr kreativer Mitarbeiter, der bei den Gesprächen und der Abfassung der Treatments stets dabei gewesen war, den Löwenanteil der Arbeit geleistet habe. Harrys Forderungen entbehrten jeder Grundlage. Basta. Sie hatte es nicht für nötig befunden, auch nur einen von Harrys Briefen zu beantworten. Und so wurden die Schreiben, sechs waren es insgesamt, von Mal zu Mal anklagender, verzweifelter, bösartiger.

Harry droht mit Anwälten und irdischer Gerechtigkeit bis hin zum Jüngsten Gericht. Anna hat die Briefe in ihrer Handtasche, und sie liest sie noch einmal, während sie auf sein Erscheinen wartet. Sie wird ihm nicht noch einmal ins »Kaffee Krause« folgen, das würde ihm auffallen. Sie will, wenn er aus dem Haus ist, in seinem Mülleimer wühlen und sich erst dann auf seine Spuren heften. Dass er kein Auto besitzt und zu Fuß oder mit öffentlichen Verkehrsmitteln unterwegs ist, betrachtet Anna als Gottesgeschenk. Observierungen mit dem Wagen sind eine Katastrophe: Entweder verliert man die Zielperson im dichten Verkehr aus den Augen oder findet keinen Parkplatz. Detektive in Filmen haben es da eindeutig leichter, und Anna wäre besser in dieses Genre gewechselt. Vielleicht hat Rosi eine Rolle für sie, wenn Anna ihr Harry auf dem silbernen Tablett serviert?

Blödsinn. Während sie wartet, notiert Anna in ihr kleines Buch, was sie bisher über Harry Loos gesammelt hat. 1968 in Hamburg geboren, Eltern geschieden, er wuchs bei seiner Mutter auf. Abitur, abgebrochenes Publizistik-Studium in München, Volontariat beim Norddeutschen Rundfunk. Harry war wohl immer schon ein schwieriger Zeitgenosse, denn als Redakteur hielt er nur drei Jahre aus, dann kündigte er und ließ sich in Berlin als freischaffender Drehbuchautor nieder. Anfangs war er recht erfolgreich, er schrieb ein paar Drehbücher für die Reihe »Tatort« und einige Beiträge für Krimiserien. Aber irgendwie, irgendwann schien er sich mit allen anzulegen.

»Nie wieder Loos«, sagte eine NDR-Redakteurin, die Anna aus Bonner Zeiten kannte und die sie unter einem Vorwand anrief, um Fragen über Harry zu stellen.

»Warum interessierst du dich für diesen Querulanten? Ist es beruflich oder sexuell?«, fragte die Redakteurin. Anna entschied sich für die erotische Lüge und erfuhr, dass Harry ein Genie mit Wahnsinnstendenzen sei. »Wenn du sein Manuskript kritisierst, kriegt er hektische rote Flecken, fängt an zu schreien und zerreißt sein Werk vor deinen Augen. Dabei ist er gut. Vielleicht zu gut fürs Fernsehen. Halt dich bloß fern von ihm, Anna. Der Mann kann dich nur herunterziehen.«

So weit die Redakteurin, die Anna noch erzählte, dass sie sich von ihrem Mann getrennt habe und nun sehr glücklich sei. Ihre Stimme zitterte, als sie das sagte, und Anna gratulierte ihr. Es muss schön sein, mit fünfundvierzig endlich allein zu leben, sagte sie, und hörte ein Lachen, das ihr nicht gefiel.

Ein Filmagent, den Anna über Sibylle kennt (ihre erotischen Abenteuer sind ein Quell von Informationen), urteilte ähnlich, wenn auch nicht so hart. Harry sei klug und kreativ, aber eben extrem rechthaberisch. Und das könnten die wenigsten Film- und Fernsehschaffenden ertragen, weil sie überwiegend dumm, einfallslos und selber rechthaberisch seien. Nach seiner Vermutung hat Harry seit mindestens zwei Jahren keinen Auftrag mehr bekommen. Doch, sagte Anna, und erwähnte die Produzentin. Seine Reaktion war: Oh mein Gott. Und dann legte er erst recht los, während er mit Anna in Sibylles Kneipe Bier trank und seiner Ex-Affäre bisweilen anerkennend auf den Hintern starrte, als diese an den Tischen bediente.

Ich habe mehr über die Stark als über Harry erfahren, denkt Anna, und sie blickt halb zu Boden, als ihr Zielobjekt das Haus verlässt, den Gartenweg entlangschlendert, das ohnehin kaputte Tor offen stehen lässt. Wie erwartet geht er in Richtung seiner Frühstückskneipe. Er trägt schwarze Hosen und einen schwarzen Pullover, das hatte er gestern schon an. Er ist unrasiert und die Haare sind extrem kurz geschnitten. Aber er sieht nicht übel aus. Klug. Die Brille nimmt er beim Gehen ab und steckt sie in die Hosentasche. Er schlurft beim Gehen, gut möglich, dass er an einem Bandscheibenschaden leidet. Das Los der Sitzenden, die in die Jahre kommen, obwohl er im Vergleich zu Anna ein Jüngling ist.

Noch vierzehn Tage bis zur Stunde null. Sie hat sich immer noch nicht entscheiden können, ob sie verreisen, den Tag im Bett verbringen oder sich umbringen soll.

Ist Harry verheiratet oder sonstwie liiert? Hat sie vollkommen vergessen, obwohl das natürlich wichtig ist. Ebenso wie die Frage, ob er kokst, die Steuer betrügt, Päderast ist, Masochist oder Sadist, Alkoholiker, Schläger ... was immer es an menschlichen Neigungen gibt. Könnte man die Fantasie scannen, würde wohl jeder mit einem Fuß im Gefängnis stehen ... oder mit beiden Beinen.

Harry schaut in den Himmel wie Anna, während er geht. Sie sieht ihm nach und wünscht sich für einen Augenblick, nichts zu finden, das sie gegen ihn verwenden könnte. Eine sentimentale Anwandlung, die sie mit einer Zigarette und der Erinnerung an ihre Steuererklärung bekämpft. Dann steht sie auf und schlendert in Richtung des Hauses. Ungeklärte Besitzverhältnisse, wie so oft in Berlin. Von den Nazis arisiert oder den Kommunisten konfisziert, und die Stadt vermietet die Ruine einstweilen zu Billigmieten unter der Auflage, dass die nötigsten Reparaturen vorgenommen werden. Woran sich natürlich keiner hält.

Das Gartentor fällt beinah aus den Angeln, als Anna es berührt. Kein Namensschild, keine Klingel. Der Garten muss einmal prächtig gewesen sein, jetzt ist er nur noch Großstadtdschungel. Brennnesseln und Himbeerranken überwiegen, und Efeu schlängelt sich ungehindert über Boden und Mauern. Als Anna sich den Abfalleimern nähert, meint sie, eine Ratte zu sehen, die davonläuft. Vielleicht war es eine Maus, aber eine sehr große ...

Sie späht durch die ungeputzten Fenster ins Innere. In einem großen Raum, der einmal der Salon war, stehen ein Bett und ein Schreibtisch, auf dem sich ein Computer älterer Generation befindet. Eine Stereoanlage und ein Fernsehapparat komplettieren die Innenausstattung; Bücher, Zeitschriften und Kleidung sind in mehr oder weniger großen

Haufen auf dem Boden verteilt. Harry scheint Rotweintrinker zu sein, denn viele leere Flaschen sind in einer Ecke aufgebaut. Von der Decke hängen japanisch inspirierte Ikea-Lampen, das Zimmer entspricht den Minimalanforderungen an Gemütlichkeit. Nun, vielleicht braucht er das nicht, weil er ein Genie ist.

Harry weiß zu viel, um kreativ zu sein, sagte der Filmagent, mit dem Anna eine lange Nacht im »Mondscheintarif« verbrachte. Dieser Mann war stolz darauf, nur das zu wissen, was man braucht, um einen Porsche zu fahren. Es wurde zwei Uhr früh, wenn sie sich recht erinnert, später wechselten sie von Bier zu Rotwein, und zuletzt machte Sibylle eine Flasche Schampus auf. Italienischen, der auf der Zunge prickelte und von dort direkt in Annas alkoholgeschwängerten Kopf stieg. Früher hat sie mehr Alkohol vertragen, alles wird ein bisschen weniger mit den Jahren. Sex vor allem.

Man müsste als Greis auf die Welt kommen, das Leben lernen und als Baby sterben, das wäre angemessener. John Malkovitch hat das einmal gesagt, ein Schauspieler, den Anna nur zu gern auf ihrer Bettkante sehen würde. Er ist ungefähr in ihrem Alter, aber was heißt das schon bei Männern. Sibylle, die in dieser Nacht noch eine Verabredung mit einem erfolglosen Maler hatte, schlug vor, dass Anna und der Filmagent die Nacht gemeinsam beschließen sollten. Weil es doch so schrecklich sei, nach einem schönen Abend einsam ins Bett zu gehen. Anna, von besoffener Klarheit, lehnte ab. Warum eigentlich? Jetzt erinnert sie sich an die Brusthaare. Er hatte zu viel davon und zeigte sie auch noch unter geöffnetem Hemd und einer Goldkette, die auf schwarzen, gekräuselten Haaren ruhte. Außerdem war er ohnehin nicht speziell an ihr interessiert, nur bereits in dem Stadium, in dem er alles mitgenommen hätte. »If it moves, fuck it«, das war sein Spruch nach Mitternacht, über den er grölend lachte.

Dieses Lachen meint sie zu hören, während sie mit spitzen Fingern in der Mülltonne wühlt. Was für ein dreckiger Job, in jeder Hinsicht. Sie findet außer Zigarettenschachteln, Kippen, Dosen und Pizzaschachteln zerrissene, teils beschriebene Blätter, die sie herausnimmt und in ihre Handtasche stopft. Ein Teil der Papiere ist mit roter Sauce beschmiert, es könnte auch Blut sein.

Harry hält nichts von Mülltrennung. Er raucht, trinkt und schreibt. Er isst Dosenspaghetti und Gemüsepizza. Er ruft ungefähr dreimal täglich in Rosis Büro an und wird von der Sekretärin abgewimmelt, die auch unflätige Worte stoisch erträgt. Er wandert durch Berlin und sinnt auf Rache.

Das sind Informationen, die der Produzentin keineswegs Lustschreie entlocken werden. Anna steht unschlüssig vor dem Fenster, sieht zum Himmel, als fände sie dort Antworten, und zündet sich noch eine Zigarette an, weil Rauchen ihre Entscheidungsfreude stärkt.

Mit Rosamunde ist nicht gut Kirschen essen. Das sagt jeder, den Anna bisher fragte. »Eine Alphafrau«, so der Filmagent nicht ohne Bewunderung, schließlich weiß ein Porschefahrer die Erfolgreichen zu schätzen. Ihre Produktionsfirma hat sie praktisch aus dem Nichts aufgebaut. Die ehemalige Sekretärin einer Medienagentur heiratete Jacob Lenz, damals auf dem Höhepunkt seiner Schauspielkarriere, und bekam aufgrund seines Namens die Kredite, ihren ersten Fernsehfilm zu produzieren. Hauptdarsteller: Jacob Lenz. Der Film wurde mit Preisen ausgezeichnet, und Rosi begann ihren unaufhaltsamen Aufstieg als Produzentin. Wenn man ihr nachsagte, dass sie pleite sei, stieg sie wie Phönix aus der Asche mit einem neuen Projekt in den Filmhimmel. Ein Naturtalent. Eine Boxerin. Eine Frau mit dem Gespür dafür, was die Leute sehen wollten. Auch wenn es Schrott war …

»Sie gibt den Bienen ihren Honig, das ist wohl ihr Erfolgsrezept«, sagte der Filmagent kurz nach Mitternacht, und dabei lächelte er sibyllinisch. Dass Anna bei diesem Satz nicht nachhakte, wird sie sich nie verzeihen. Man sollte nicht bei der Arbeit trinken, zumindest nicht so viel.

Maßlos sei sie, meinte der Mann, den sie einmal geliebt hat. Er hatte in vielem Unrecht, aber in diesem Punkt nicht. Es fällt ihr schwer aufzuhören. Noch ein Glas, noch eine Zigarette, der Hintern klebt am Sessel, und die immer schwerere Zunge kann das Wort »Zahlen!« nicht formen. Aber die Hand noch das Glas heben … und hier steht sie nun mit leichten Kopfschmerzen und großem Nachdurst und starrt durch das Fenster auf leere Rotweinflaschen. Unentschlossen, nicht einmal auf der Höhe ihrer beschränkten Fähigkeiten. Sie legt die Hand auf die Scheibe, um besser Halt zu finden, und das Glas gibt nach. Bricht nicht, sondern signalisiert, dass dieses Fenster nicht verschlossen ist. Nur angelehnt, vermutlich weil die Rahmen klemmen. Sie hilft mit dem Fingernagel nach, und es öffnet sich nach innen. Ihre Hand ist schmutzig, wahrscheinlich wurde das Fenster zu Honeckers Zeiten zum letzten Mal gereinigt. Eine Kerze, die auf dem Fensterbrett stand, fällt zu Boden, und Anna duckt sich, nur für den Fall, dass noch jemand im Haus ist.

Es bleibt still. Die Vögel zwitschern, weil es Mai ist und ein blauer Himmel von einem langen Sommer kündet. Anna kommt wieder hoch und steht vor dem offenen Fenster. So einladend. Wenn sie einsteigt, ist dies Hausfriedensbruch. Wenn sie etwas mitnimmt, Diebstahl. Bleibt sie draußen, wäre es ein Akt feiger Dummheit. Also tut sie es doch, sie stemmt ihre zweiundsiebzig Kilo nach oben, findet Halt mit dem linken Bein und schwingt das rechte ins Zimmer. Ihre Sonnenbrille fliegt dabei zu Boden und landet neben der Kerze. Sie ist drin. Steht mit beiden Beinen auf Parkettboden, der bessere Zeiten gesehen hat.

Es ist ein großer, unordentlicher, jedoch sauber geputzter Raum. Nur auf den Flaschen hat sich Staub gefangen, und kunstvolle Spinnweben sind so zahlreich über Decke und Wände verteilt, als habe Harry die Tiere als Innendekorateure benutzt.

Anna geht auf Zehenspitzen, lautlos, wie sie hofft, schließlich ist sie eine Art Einbrecherin. Sie greift vorsichtig in die Taschen seiner Jacketts, viele sind es nicht, und findet vorwiegend Kleingeld und Streichhölzer. Keine Kondome, keine Spuren von Rauschgift. Doch, zwischen den Pullovern, allesamt schwarz, entdeckt sie eine Papiertüte, die mit Haschisch gefüllt ist. Unverkennbar der Geruch, sie hat es oft genug geraucht in Jugendzeiten. Sie schnuppert daran, und ihr Gedächtnis formt Bilder einer lachenden Rothaarigen, die studieren sollte und sich mit Männern herumtrieb. Haschte, lachte, viele Nächte in fremden Betten verbrachte. Die goldene Zeit der Freiheit und Furchtlosigkeit, und jetzt zuckt Anna zusammen, weil sie ein Geräusch hört, von irgendwoher in diesem großen Haus, in dem Harry Loos nur ein Zimmer bewohnt. Sie steckt das Päckchen zurück zwischen die Pullover. Ihr Kopf hämmert in angsterfülltem Rhythmus, doch nichts geschieht, das Geräusch verliert sich, vielleicht war es eine Maus oder Ratte. Alte Häuser wie dieses schweigen nie.

Neben seinem Bett liegt ein Stapel mit Büchern. Juristische vor allem, Harry kann sich keinen Anwalt leisten und versucht es mit einschlägiger Literatur. Rosi leistet sich die besten Juristen, so ist die Welt, sie bietet wenig an irdischer

Gerechtigkeit. In ihrer Studentenzeit, während sie alles tat, außer Germanistik und Anglistik zu erlernen, war die Marx eine Art Marxistin. Mehr als Hommage an den radikalen Chic denn aus ideologischer Überzeugung. Zu freudlos erschien ihr die Botschaft ihres Namensvetters, doch waren unter den kommunistischen Studenten einige hübsche, willige Exemplare. Man musste sie nur dazu bringen, im Bett den Mund zu halten.

Der Schreibtisch ist ordentlich aufgeräumt. Früher hat man nach Briefen und Faxen und Durchschlägen gesucht, heute ist alles im Computer gespeichert. Harrys Welt steckt in dem Ding, und natürlich scheitert Anna an dem Passwort. Sie probiert ein paar Wörter, aber das Wunder der Öffnung bleibt aus. »Rosebud«, sie hätte schwören können, dass dies sein Sesam-öffne-dich sei, aber Harry enttäuscht sie.

Anna ist alles andere als ein Computerfreak. Mit der Technik steht sie auf Kriegsfuß, das war schon immer so. Mit ihrem Ding, das neuer und moderner als Harrys ist, hat sie schon die wildesten Dialoge geführt. Es macht ihr Spaß, ihren Computer zu beleidigen, wenn er meint, sie ärgern zu müssen. Ein falscher Knopfdruck – und ein Text verschwindet in seinem Bauch. Er ist gefräßig wie Anna, und sie hegt den Verdacht, dass ihre prinzipielle Abneigung erwidert wird. »Fuckyou« ist ihr Passwort, vielleicht liegt es daran? Der Hacker, der auf der anderen Seite der Straße wohnt und Anna für ein Überbleibsel der Renaissance hält, behauptet, dass Computer die Herrscher der Welt sind und den Menschen nur in einer Interimszeit erlauben, mit ihnen zu spielen. So lange, bis sie sich organisiert haben und zum großen Vernichtungsschlag ausholen. Er ist ein Verrückter mit Computerleichenblässe, aber immer zu Diensten, wenn Anna ihn braucht.

Sie durchforstet die Disketten, die in einem Kasten geordnet und beschriftet sind. »Ideen« steht auf den meisten, Harry hat viele von ihnen, aber die Disketten, auf denen »Drehbücher« steht, sind spärlich. Sie hat jetzt die Wahl zwischen Hausfriedensbruch und Diebstahl. Anna legt die Disketten zurück, mal wieder schwankend zwischen dem Richtigen und dem Guten, was ja nicht immer dasselbe ist.

Und wieder hört sie ein Geräusch, diesmal lauter und näher. Wenn es Mäuse sind, dann in Armeestärke. Sie steht am Schreibtisch mit dem Rücken zur Tür, vor ihr das Möbel, dann das geöffnete Fenster. Sie sollte jetzt den Rückzug antreten, ohne Disketten, aber sehr schnell. Doch Annas Füße scheinen von einer Art Lähmung befallen. Es sind doch nur ein paar Schritte… es kann unmöglich Harry sein, um diese Zeit raucht und liest er… eine Freundin, die ein Bad genommen hat? Beweg dich, Anna!

Sie schafft es am Schreibtisch vorbei bis zum Fenster, und dort bleibt sie stehen, ein Bein in die Höhe geschwungen, was ziemlich grotesk aussieht. Sie hört eine Stimme in ihrem Rücken: »Was zum Teufel tun Sie da?«

Harry ist schwul, denkt Anna, denn diese Stimme gehört zu einem Mann. Nicht ganz akzentfrei, sie tippt auf Osten. Sie sollte jetzt etwas sagen oder sich zumindest umdrehen.

»Ich genieße die Aussicht«, sagt Anna, während sie ihr Bein auf den Boden setzt und eine behutsame Wendung vollzieht. Blöder Satz, dafür könnte er sie jetzt erschießen und sich vor Gericht auf Notwehr und Provokation berufen.

Hat sie gepfiffen? Hoffentlich nicht, doch der Anblick, der sich ihr bietet, hätte Anlass geboten. Der Mann, der jetzt langsam auf sie zugeht, ist halb nackt. Genau genommen hat er nichts an außer einem Handtuch, das um die Hüfte geschlungen ist. Und sein Körper ist einfach schön, mit genau dem richtigen Maß an Muskeln, Haut und Haaren. Schwarze Haare, auch auf dem Kopf, und grüne Augen. Die Nase ist zu groß und der Mund zu klein, das ist gut, sonst wäre er vollkommen gewesen, nicht auszuhalten in dieser kompakten Schönheit. Er ist sowieso schwul, was soll sie sich aufregen? Exhibitionist scheint er auch zu sein.

Zwischen ihm und ihr ist nur noch der Schreibtisch. Er bleibt stehen und mustert Anna mit diesem grünen Blick, den sie nicht einordnen kann.

»Sind Sie Komikerin? Oder bloß 'ne Einbrecherin? Oder beides?«

»Nichts von allem. Ich wollte Harry überraschen, und das Fenster stand offen.« Jetzt eine Zigarette, das würde ihre zitternden Hände besänftigen. »Darf ich rauchen?«

Er glaubt ihr kein Wort, das ist offensichtlich. Doch er schiebt ihr den Aschenbecher hin, der auf dem Schreibtisch steht. Anna holt sich die Packung aus den Tiefen ihrer Handtasche, das Papier raschelt, das sie hineingestopft hat, und der Handtuchmann spannt alle seinen schönen Muskeln an, vielleicht in Erwartung einer Pistole. Sie hat eine in der Tasche, eine Gaspistole, doch wenn sie die jetzt auf ihn richtete, wäre der Schlamassel noch perfekter. Sie zündet sich eine Zigarette an und setzt sich auf die Fensterbank, weil sie Halt braucht.

»Es gibt hier wenig zu klauen«, sagt er. »Eine Verwandte?«

Denk nach Anna, und das schnell. Nur eine gute Geschichte kann sie retten. »Ich will ehrlich sein«, beginnt sie ihre Lüge: »Ich bin spazieren gegangen, und dann sah ich das Haus. Es ist so schön mit diesem verwilderten Garten. Ich dachte, dass ich es vielleicht erwerben könnte. Na ja, und dann konnte ich dem offenen Fenster nicht widerstehen. Ich weiß, das ist nicht in Ordnung, aber ich bin einfach reingeklettert, als ich sah, dass niemand da war. Ich habe nichts angerührt, ich habe mich nur umgesehen. Klingt verrückt, aber das ist die Wahrheit.«

Grüne Augen, er hat eine entfernte Ähnlichkeit mit Keanu Reeves, aber der Mund ist ein Schönheitskiller. Anna schätzt ihn auf etwa dreißig, sie könnte also seine Mutter sein. Ist sie aber nicht. Er sieht sie an, und dann lächelt er mit diesem kleinen Mund, das steht ihm gut, er wird größer so.

»Ein bisschen verrückt sehen Sie ja aus. Aber das Haus ist nicht zu verkaufen. Ungeklärte Besitzverhältnisse. Außerdem würde es ein Vermögen kosten, diesen Kasten instand zu setzen.«

»Denk ich auch. Ich heiße übrigens Anna Marx. Darf ich fragen, wer Sie sind?«

Er vollzieht eine angedeutete, spöttische Verbeugung. »Rafael. Der Nachname ist polnisch und fast unaussprechbar. Ich wohne hier, im ersten Stock. Dies hier ist Harrys Zimmer, und unterm Dach haust Lily. Sie schläft immer bis Mittag, und Harry ist zum Frühstücken weg. Ich habe geduscht, während Sie hier eingestiegen sind. Reicht das an Informationen?«

»Doch. Schon. Ich glaube, ich sollte jetzt gehen respektive aussteigen. Hat mich sehr gefreut, Sie kennen zu lernen, auch wenn die Umstände ungewöhnlich waren.« Anna lächelt ihn strahlend an, ihr Mund wird noch breiter, und dann schwingt sie ihr Bein hoch, um sich stilvoll zu entfernen. Der Gürtel des Trenchcoats bleibt am Fenstergriff hängen, und so kommt es, dass Anna halb aus dem Fenster hängt, ein Bein drinnen und eines draußen, und ihr Körper irgendwo dazwischen in reichlich verdrehter Stellung. Sie flucht, und Rafael beginnt zu lachen, gibt es Schlimmeres, als sich der Lächerlichkeit preiszugeben? Ihre Tasche ist im Weg, wie immer.

»Wenn Sie mit dem Lachen fertig sind, würden Sie mich dann befreien? Bitte!«

Sie spürt seine nackte Haut durch den dünnen Mantel und das T-Shirt, als er den Gürtel löst und sie dabei festhält. Ein erotischer Moment, zumindest aus Annas Sicht, und dann fällt ihr die Fünfzig ein, diese vermaledeite Zahl. Sie ist alt. Und frei. Murmelt »Vielen Dank« und will den Abgang vollenden, diesmal richtig, als er sagt: »Wollen wir nicht zusammen frühstücken?«

»Warum?« Warum fragt sie, statt ihn verführerisch anzulächeln?

»Einfach so. Sie sind ja noch nicht ganz draußen, und ich habe schon Kaffee aufgesetzt. Irgendwo muss es noch Brot und Honig geben. Ich mag nicht alleine frühstücken, und Harry muss morgens immer raus, sonst fällt ihm die Decke auf den Kopf.«

Anna schwingt sich, Beine voraus, wieder ins Zimmer. Sieht nach oben: »Das könnte ohnehin geschehen. Es sind eine Menge Risse zu sehen. Sind Sie und Harry liiert?«

Jetzt könnte er sagen: Geht Sie das was an? Ihre Neugierde wird sie eines Tages noch umbringen. Das Handtuch, es hat sich fast gelöst, und Anna kann gar nicht anders, als darauf zu sehen. Er knotet es wieder fest, bevor sie in Ohnmacht fallen könnte. »Nein. Harry ist nicht schwul.«

Hat sie *danach* gefragt? Anna folgt ihm durch das Zimmer in die Eingangshalle, deren Marmorboden noch mehr Risse zeigt als die Decke. Eigentlich frühstückt sie nicht, doch wie viele andere dieser Stadt ist sie nicht festgelegt. Als Journalistin in Frühpension und als Detektivin eine komische Nummer. Absolut zu alt für diesen Mann, der eine wunderschöne Rückenansicht bietet. Babyhaut. Sie fühlt sich unzulänglich wie nie.

»Ihre Handtasche raschelt so komisch«, sagt Rafael, als sie die Küche betreten, die in beklagenswertem Zustand ist. Auf dem alten Gasherd liegt eine grünliche Fettschicht, Anna versteht jetzt, warum Harry außer Haus isst. Der Kühlschrank ist eines dieser alten Riesenmodelle, die wieder in Mode gekommen und sehr teuer sind. Rafael entnimmt ihm Brot, Butter und Honig, und stellt angeschlagene Teller und Tassen auf den Tisch. Anna wünschte sich, er würde etwas anziehen. Wenn sie ein Mann wäre, hätte sie jetzt einen Ständer. Sie sollte sich schämen. Tut sie aber nicht.

Er schenkt schwarzen, starken Kaffee ein und setzt sich ihr gegenüber. Streicht Butter und Honig aufs Brot und reicht ihr seinen Teller. Die Geste rührt sie. Alle Formen altmodischer Höflichkeit beeindrucken Anna sehr, vielleicht, weil sie im Aussterben begriffen sind. Wie die Wale und Gorillas und Elefanten. Die Annas dieser Welt. Sie liebt Elefanten und trägt ein kleines goldenes Exemplar um ihren Hals. Rafael berührt es mit seiner Hand und sagt: »Sehr hübsch.« Gänsehaut. Sie sollte sich wirklich schämen. Könnte er ihre Gedanken lesen, würde er schreiend weglaufen. Und was wird sie tun, wenn Harry heute ausnahmsweise nicht herumstreunt, sondern zurückkommt? Der Blick in grüne Augen sagt ihr, dass es vollkommen gleichgültig ist, was geschehen wird. Was je geschehen ist. Weil nur zählt, was jetzt ist. Der vollkommene Augenblick, flüchtig wie ein Lidschlag.

»Wie verdienen Sie Ihr Geld?«, fragt Rafael. »Harry schreibt Bücher, die er nie zu Ende bringt. Lily ist Schauspielerin ohne Talent. Und ich bin ein polnischer Dealer.«

Anna verbrüht sich die Lippe an heißem Kaffee. Spuckt schwarze Brühe auf den Tisch. Wie kommt sie dazu, an Vollkommenheit zu glauben, und sei es nur für den Augenblick?

4. Kapitel

»Erinnerst du dich an mich? Ich bin die Frau, mit der du letzte Nacht geschlafen hast.«

Anna spricht mit einer Maschine, die ihr sagte, dass Rafael zurzeit nicht erreichbar ist, worauf sie auch von selbst gekommen wäre. Sie verabscheut Anrufbeantworter, anonyme Stimmen, das Piepsen, das zum Sprechen auffordert. Entweder beginnt sie zu stottern oder sagt Sätze, die wenig Sinn ergeben. Von den technischen Errungenschaften des 21. Jahrhunderts überfordert, versucht Anna Marx, irgendwie mitzuhalten. Sie besitzt alles, was der Mensch so braucht, und begegnet Telefonen, Computern, Faxgeräten und Kopierern mit dem ungläubigen Staunen von Alice im Wunderland.

Es geht nichts über direkten Kontakt. Eine Nacht mit einem perfekten Körper, und, hier liegt die Crux, nie war sie sich ihrer Unvollkommenheit so schmerzhaft bewusst. Die großen Brüste: hängend. Der Bauch: eine hügelige Ebene. Das Fleisch ergibt sich langsam, aber unausweichlich der schlaffen Melancholie des Verfalls. Jede Gier, die Anna umtrieb und noch treibt, ist in diesem Körper gefangen, dem sie keinen Vorwurf machen kann. Sie ist lieblos mit ihm verfahren.

Die Füße sind hübsch, doch von den Zehennägeln splittert der Lack. Sie ist eine Schlampe, eine große, rothaarige, unvollkommene Schlampe mit der ewigen Sehnsucht nach blonder, ätherischer Schönheit. Darüber kann sie manchmal lachen, die Frau hat Humor, der sich auch gegen sie selbst richtet. Aber nicht immer. Nicht, wenn ein Mann sie auszieht und sie denkt, dass sie gleich platzt, wenn sie noch weiter die Luft anhält, um den Bauch flach zu kriegen. Den Hals nach hinten verrenkt, um die Brüste anzuheben. Gott um Stromausfall anfleht…

Wunder geschehen. Rafael sagte, dass sie schön sei. Grüne Augen, im hundertprozentigen Besitz ihrer Sehkraft, und ein abgedrehter Geschmack in Bezug auf Frauen. Es war unprofessionell und aberwitzig, sich mit ihm für den Abend zu verabreden, ganz zu schweigen von dem, was folgte. Dafür gibt es keine Entschuldigung außer jener, dass sie außer Kontrolle geraten ist.

Noch zwölf Tage, der Countdown läuft, und sie sitzt in Sibylles Kneipe und verweigert das Essen. »Bist du krank?«, fragt die Freundin, und Anna schüttelt den Kopf. Rote Haare fliegen. Rafael sagte, dass sie ein Tizian-Modell sei. Sein Vater war Maler und Anstreicher in Krakau und seine Mutter von dem Wunsch beseelt, dass ihr Sohn ein berühmter Künstler werden sollte. Rafael ist Kellner. Das mit dem Dealer war ein Witz. Erklärte er, nachdem Anna Kaffee gespuckt hatte. Sein schräger Sinn für Humor ist nicht unbedingt erheiternd. Er klopfte ihr beruhigend auf den Rücken und wischte die Brühe weg. Ein kleiner Test, ihren Humor betreffend: Hat sie ihn nun bestanden oder nicht? Er gab ihr keine Antwort auf diese Frage, sondern schenkte Kaffee nach. Er ist nett und fürsorglich, dachte Anna, und dass sie keine Ahnung hat, wer er ist, und nicht immer auf seinen fast nackten Körper starren sollte. Es war nur einfach schwer, woandershin zu sehen. Die Küche bot keinerlei ästhetische Fluchtpunkte, und die Fensterscheiben waren so schmutzig, dass man kaum nach draußen sah.

Sibylle stellt einen Teller mit Tomaten und Mozzarella vor Anna auf die Theke. »Iss das, es macht dünn. Bist du jetzt auf dem Trip? Ist es ein Mann? Doch nicht etwa mein Filmagent? Du bist kein Typ für Porschefahrer, Anna. Such dir einen mit

Motorrad oder einem alten Citroën. Am besten wäre ein Koch. Warum isst du nicht und starrst stattdessen romantische Löcher in die Luft?«

»Nerv mich nicht. Ich hab einfach keinen Hunger.«

Sibylle kann nicht aufhören zu reden, und sie kann nicht allein sein. Deshalb betreibt sie eine Kneipe und Sex als Freizeitbeschäftigung. *Einen* Mann oder *eine* Frau könnte sie nicht ertragen, dazu ist sie zu neugierig, zu vergnügungssüchtig, zu promiskuitiv. Das Leben muss ein großes Fest sein, und eine Todsünde wäre, sich nicht zu amüsieren. Aber sie kann auch zuhören, wenn es sein muss. Sie ist großzügig und zuverlässig und die einzige Familie, die Anna in Berlin hat. Vatermutterschwesterkind. Manchmal übertreibt sie es ein wenig mit der Mütterlichkeit und nennt es Entzugserscheinung. Für ein Kind gab es nie den richtigen Mann oder richtigen Zeitpunkt, und jetzt ist es zu spät. Anna teilt diese unbestimmte Trauer, im Leben etwas versäumt zu haben. Auch das verbindet.

»Sag schon, wer es ist.«

»Niemand«, erwidert Anna, und in gewisser Weise stimmt das auch. Sie kann nicht einmal seinen Nachnamen aussprechen. Weiß nur das, was er ihr erzählt hat, und viel ist es nicht. Rafael kellnert in einem In-Lokal am Gendarmenmarkt. Abends und manchmal bis weit nach Mitternacht. Dieser Tag war sein freier, und so fragte er, als Anna auf die Uhr sah und von Aufbruch sprach, ob sie Lust habe, mit ihm abends essen zu gehen.

Nein, brüllte eine Stimme in ihr. Die Vernunft, auf die Anna zu selten hört. »Ja, aber warum?«, antwortete sie, und er schlug den »Guglhof« vor, den sie nicht kannte, und sie verabredeten sich für neun. Noch einmal, auch wenn es für eine Antwort zu spät war: Warum?

Er sei einsam, sagte Rafael, und sie gefalle ihm. Irgendwie. Frauen, die älter werden und dabei schlichter und selbstverständlicher, hätten ihn immer schon angezogen. Mit dieser Erklärung ging Anna aus dem Haus, vielleicht schwebte sie auch, obwohl das Wort »schlicht« interpretationsfähig war. Vielleicht meinte er damit, dass alte Kühe dankbarer waren als junge Kälber.

Anna sollte nicht über junge Männer nachdenken, sondern über ihre Arbeit. Die Observation von Harry Loos: Beinahe wäre sie ihm vor dem »Kaffee Krause« vor die Füße gefallen, doch Harry war in seiner Welt gefangen und beachtete die Rothaarige nicht. Er marschierte in Richtung Zentrum, zielstrebig, und er blieb seltener als am Vortag stehen, um eine Straßenszene zu beobachten: Liebespaare, die sich küssten; ein alternativer Golfspieler, der seinen Ball unter einer Mülltonne suchte; junge Türken mit geschwellter Brust auf der Suche nach unsterblichem Ruhm; eine alte Frau, die Kräuter verkaufte und dabei Arien sang.

Eine Weile rätselte Anna über sein Ziel, doch kurz vor der Oberbaumbrücke war es ihr klar. Rosi Starks Büro lag dort, drei Stockwerke hoch und ein wenig protzig mit der Marmor- und Glasfassade. Das Schild war zu groß geraten und das Logo eindeutig protzig: eine Frau, die den *Oscar* in der Hand hält. Hat sie nicht verdient, dachte Anna, weil sie bisweilen von Missgunst beseelt war. Harry steuerte auf das Haus zu. Die Detektivin, in zwanzig Meter Abstand, folgte ihm. Ein wenig atemlos, denn er war schneller als sonst gegangen.

Schlichtschlichtschlicht drehte sich in ihrem Kopf und lenkte von der Frage ab, was zum Teufel Harry in der Firma wollte. Man würde ihn nicht vorlassen. Und mit vorgehaltener Waffe?

Ein paar Meter vor dem Haus blieb er stehen. Sah nach

oben. In den so blauen Himmel oder auf das Büro im obersten Stockwerk, in dem Rosamunde zu vermuten war. Eine Bombe? Nein, er starrte nur auf das Gebäude. Anna, in sicherer Entfernung, griff wieder einmal nach ihren Zigaretten. Warten. Dann ging er plötzlich durch die Glastür, so schnell, dass sie ihn nur noch im Haus verschwinden sah. Wenn er sie erwischt, dachte Anna, ist der Auftrag auch erledigt. Gewissermaßen. Kamikaze-Flieger sind nicht aufzuhalten, und das einzig Sinnvolle war, ihre Auftraggeberin zu warnen.

Anna kramte in ihrer Handtasche nach dem Handy. Eines Tages würde sie eine Tasche kaufen, in der man alles auf Anhieb findet. Dann wählte sie Rosis Nummer, immerhin eingespeichert, und war mit der Sekretärin verbunden. Der Boss war nicht da, doch Anna sagte dennoch ihren Spruch auf: Harry Loos habe soeben das Gebäude betreten.

Den hätten sie schon längst wieder rausgeworfen, antwortete die Sekretärin, dann legte sie auf. Wo hatten sie ihn hin verfrachtet? In ein unterirdisches Verließ für renitente Drehbuchautoren? Anna sah keine Spur von Harry, nur Japaner mit Fotoapparaten, die aus unerfindlichen Gründen das Haus ins Visier genommen hatten. Und dann sah Anna ihn: Er stand auf der Brücke und warf mit Steinen gegen die großen, gläsernen Scheiben. Die Japaner, die das auch bemerkt hatten, waren entzückt und fotografierten ihn.

Harry war nicht schlecht mit seiner Trefferquote, doch die Steine waren zu klein, um die Scheiben zu Bruch zu bringen. Die Szene, dachte Anna, hat etwas Symbolisches: Kiesel gegen Panzerglas. Es war kein Panzerglas, aber trotzdem. Sie rief nochmals an und sagte der Sekretärin, dass auf der Brücke ein kleiner Junge stehe, der mit Steinen werfe.

»Ach nee, ham wer och schon bemerkt«, war die Antwort. Und bevor die Sekretärin auflegte, sagte sie noch, dass bereits die Polizei informiert sei. Anna hörte die Sirene, bevor sie das grüne Auto sah. Und hoffte, dass Harry dies auch tat, sie konnte ihn nicht gut warnen. Doch er rannte schon: über die Brücke an den Japanern vorbei in eine Seitenstraße, er war ein schneller Stadtläufer, und als die Bullen am Tatort eintrafen und zwei von ihnen recht behäbig ausstiegen, war er längst verschwunden.

Zielobjekt um 11.40 Uhr aus den Augen verloren, notierte Anna in ihr kleines Buch, als sie im Bus saß. Die Frau ohne Orientierungssinn steigt auch in falsche Busse oder U-Bahnen. In diesem öffentlichen Verkehrsmittel landete Anna am Ku'damm. Er war zu einer belanglosen Straße mit austauschbaren Billigläden verkommen, überhaupt begannen sich alle Hauptstraßen aller Städte zu gleichen, die Globalisierung der Bekleidungs- und Fastfoodketten triumphiert über nationale Identitäten. Die Straßenhändler sehen auch überall gleich aus: anders. Das Berliner Herz schlägt multikulturell, überwiegend, und auch den rheinischen Eroberungsfeldzug hat es fast unbeschadet überstanden. Die Stadt hat Humor. Er ist schräg, gemein und verletzend, aber nicht ohne heilende Wirkung für Einzelkämpfer vom Schlag der Anna Marx. Und nicht zum ersten Mal dachte sie, dass sie den völlig falschen Beruf gewählt hatte, verführt von Raymond Chandler.

Schlichtschlichtschlicht drehte sich in Annas Kopf, als sie sich, erschöpft von Beschattung und Irrfahrt, in ein Café setzte und die zerknüllten Blätter, die sie aus Harrys Mülltonne gefischt hatte, hervorholte. Schlicht erfolglos, dieser Tag, wenn man von der außerirdischen Begegnung mit einem tadellosen Körper absah. Sie bestellte Kaffee und blätterte in den Papieren. Harrys Ideenskizzen: ein Film über eine Nacht in Berlin; die Erlebnisse eines Müllmanns; Marlene Dietrich, auferstanden, wandelt durch diese Stadt; die Geschichte eines erst arisierten und dann von den Kommis beschlagnahmten Hauses im Scheunenviertel; eine ausgedruckte Anleitung aus dem Internet, eine Bombe zu basteln.

Ein Kinderspiel, dachte Anna, während sie die Seite studierte, nur, wenn sie es umzusetzen versuchte, würde sie vermutlich mit einer halbfertigen Bombe hochgehen. Anna, in Einzelteilen, an Wänden und Decke, das wäre schade. Sie kann kein Blut sehen, obwohl Rot ihre Lieblingsfarbe ist... nein, das kann Harry nicht ernst meinen. Die Welt wäre ein Schlachtfeld, wenn jeder Verlierer Rache nähme. Betrügen ist doch gesellschaftsfähig, das Spiel der smarten Ich-AG, zu der Anna jedes unternehmerische Talent fehlt. Harry ist vielleicht an dem Punkt, an dem er es leid ist, auf der falschen Seite zu stehen. Noch testet er seine Grenzen aus, die Kieselsteinattacke war ja nun wirklich nicht ernst zu nehmen. Doch wie lange noch, bis er die Linie überschreitet?

Anna hat nicht bemerkt, dass Sibylle neben ihr steht. »Willst du ne Bombe basteln?« Sie greift neugierig nach dem Blatt.

»Gib her, das ist ein Beweisstück. Und jetzt sind deine Fingerabdrücke drauf.«

Sibylle lässt das Blatt erschrocken fallen, und Anna bückt sich, um es aufzuheben. Sie wird, dessen ist sie fast sicher, kein Beweisstück weitergeben, das Harry an den Galgen bringen könnte. Sie ist eine lausige Detektivin und wird eines Tages verhungern, weil sie es nicht fertigbringt, diesen Job ordentlich zu machen. Das weiß sie eigentlich schon länger, nur leider auch, dass sie als Journalistin nicht mehr den Anflug einer Chance hat. Die Jungen, Gierigen stehen Schlange, und angerostete Fregatten werden ausrangiert. Versenkt auf den Meeresboden der Arbeitslosigkeit. Sie hat Rafael erzählt, dass sie freiberufliche Journalistin sei, Kulturthemen, das ist ein weites Feld, auf dem sich gut lügen lässt.

Während eines langen Abendessens, das vorzüglich war, mit Portionen, die Annas Appetit entsprachen, groß also, sprachen sie über vieles, während *schlichtschlichtschlicht* an eine Wand geschrieben stand, die Anna nicht wegschieben konnte. Sie trug ihren besten schwarzen Hosenanzug und fand sich trotzdem nicht gut genug. Sie hätte, um zumindest den Eindruck einer körperbewussten Frau zu machen, im Essen picken müssen. Stattdessen räumte sie ihre Teller leer und ertrug den Satz, dass er ihren Appetit bewundernswert finde. Der spanische Rotwein wirkte enthemmend, und ab einem gewissen Punkt, der zweiten Flasche, um genau zu sein, war ihr einfach alles egal. Es war ein schöner Abend mit gutem Essen und einem Rafael, dessen zu klein geratener Mund sehr ansprechend wurde, wenn er lächelte. Er lachte über ihre Geschichte mit dem blauen Auge, die sie als Burleske mit Fahrrad erzählte. Anna, der Clown, das ist eine Rolle, die sie von Kindheit an geübt hat.

Er fand Anna witzig, und zwischendrin fragte sie sich, ob sie die Rolle der komischen Alten nicht übertrieb. Doch Rafael wurde ernst beim Thema Harry, das Anna ganz beiläufig ansprach. Er sah nicht, dass sie ein wenig errötete. Aus Scham.

Rafael war überzeugt davon, dass Harry Unrecht geschehen war. »Er hat drei Wochen an diesem Serienentwurf gesessen. Manchmal kam der kreative Typ dazu, den Harry ja so nett fand, einer von Starks Sklaven, die für sie durchs Feuer gehen. Vielleicht hat er ja auch ein paar Ideen beigetragen. Aber der Löwenanteil stammt von Harry, er hat die siebzig Seiten auch geschrieben. Auf dem Laptop des Sklaven, das war Starks Einfall, weil Harrys Computer alt und ziemlich langsam ist. Hat mein Freund das Spiel durchschaut, frage ich dich? Natürlich nicht. Harry war so begeistert von seiner Serie, und die Produzentin hat ihn ja auch immer ermuntert und angetrieben… und als das Ding fertig war, geht sie hin und behauptet, dass ihr Kreativer das alles verfasst habe. Einen schriftlichen Vertrag gab es natürlich nicht, nur ein paar Zeilen, dass er für sie ein Serienexposé schreiben würde zu den üblichen Marktpreisen. Ich meine, Harry ist ein Idiot, so sieht es aus. Er projiziert seine Anständigkeit auf den Rest der Welt. Funktioniert aber nicht, wie man sieht.«

Anna fühlte sich schlicht und schlecht während dieser Phase des Gesprächs. Wie hätte sie jetzt noch die Wahrheit sagen können? Eine Lüge zieht immer eine andere nach sich, und eines Tages stürzt das Lügengebäude mit Getöse zusammen und begräbt den Architekten unter sich. Sie trank viel, um ihr Gewissen zu ersäufen. Und fragte Rafael, wie Harry sich denn zu wehren gedenke.

Er hatte Harry zu einem Anwalt geschickt, den er aus seinem Lokal kannte. Aber der hatte Bedenken über den Erfolg einer Klage geäußert. Urheberrecht, ein schwieriges juristisches Feld, wenig beackert, die Ernte sei ungewiss und würde viel Zeit in Anspruch nehmen – und natürlich Geld. Das war etwas, das Harry nicht hören wollte. Er war ausgeflippt und hatte den Anwalt als »Ferkelstecher« beschimpft, das war das Ende dieser Geschichte.

Harry habe viele Talente, aber nicht jenes, Unrecht hinzunehmen, sagte Rafael, und dass sein Freund an diesem Anspruch zugrunde gehe. Die Wahrheit, sagte Rafael, sei Harrys unbarmherzige Leidenschaft. Er sprach in schönen Worten mit einem leichten, weichen Akzent, und Anna berauschte sich daran ebenso wie an dem spanischen Wein. Rafael hatte bei einem alten Professor in Krakau Deutsch gelernt, der ihn mit Klassikern gefüttert hatte, das erklärte seine Wortwahl. Er wirkte fast altmodisch, als ob es ihn an einen fremden Ort zu einer falschen Zeit verschlagen habe. Mit einer Prinzessin, der kein Schuh passt. Große Füße, die sie unter den Tisch streckte, während ihre Hände ständig in Bewegung waren: nach dem Glas oder Zigaretten greifend. Die Fingernägel waren tadellos lackiert, immerhin.

»Und was will Harry jetzt zu tun?«, fragte Anna, und Rafael zuckte mit den Schultern. »Er brütet über Rachepläne. Es ist zu einer Art Besessenheit geworden, und das macht mir Angst. Lily bestärkt ihn noch darin. Seit wir uns kennen, habe ich ihn nie so schlimm erlebt, obwohl er immer etwas hatte, worüber er sich aufregen konnte. Wir drei haben uns einmal zufällig in Kreuzberg getroffen, in einer mongolischen Kneipe. Harry hat das Haus entdeckt, und vor einem Jahr etwa sind wir hier eingezogen. Lily führt auch so eine Art Kreuzzug gegen den Rest der Welt. Weil sie kein Engagement bekommt. *Wer mich nicht liebt, ist mein Feind.* So ist Lily. Aber ein nettes Mädchen. Nur steht sie manchmal tagelang nicht auf. Sie ist eine Schläferin.«

Gott sei Dank war Lily nicht zu sehen. Anna ließ sich in Rafaels Bett fallen, nur war von Schlaf keine Rede. Es schien das einzig mögliche Ende dieser Nacht zu sein. Er ließ ihre Hand nicht los, als sie durch die Stadt gingen. Anna hatte Schuhe an, mit denen sie laufen konnte. Sie hätte sich losreißen können. Ein Taxi nehmen und nach Hause fahren. Die Wärme eines anderen gegen die Kälte des Alleinseins austauschen. Sie hatte die Wahl. Leidenschaft gegen Vernunft: Was für eine Wahl ist das? Während sie neben ihm her ging, gestand sie sich ein, dass Sex ihr gefehlt hatte. Man wird ja nicht geschlechtslos mit den Jahren, schämt sich allerdings, es zuzugeben. Und sie wollte ihn. Nur für eine Nacht. Diese glatte Haut, der Vorsprung von einem Vierteljahrhundert, das Kind, das sie nie hatte. All das floss in sie hinein und aus ihr heraus, und für die Ewigkeit von ein paar Sekunden war nichtig, was zwischen ihnen lag, die Jahre und die Lügen.

War es gut? Sie weiß es nicht mehr. Rafael sagte etwas auf Polnisch, das alles bedeuten konnte, und Anna blieb still. Bis auf einen Schrei. Er hallte durch das große Haus, und Rafael legte ihr seine Hand auf den Mund. Sie roch nach Amber, vor allem daran kann sie sich erinnern. Als es vorüber war, dachte sie, das sie gehen musste, sich im Dunkeln anziehen und davonschleichen. Irgendwo auf der Straße würde sie ein Taxi finden.

»Ich bin nicht schlicht, ich bin sehr kompliziert«, sagte sie zu dem Mann, der fast sofort eingeschlafen war und leise schnarchte. Es war irgendwie enttäuschend, obwohl sie nichts erwartet hatte. Essen, trinken, reden, Sex – und nun war er vor postkoitalen Komplikationen in den Schlaf geflüchtet. Die Haare verdeckten einen Teil seines Gesichts, und der Mund stand offen. Er umarmte das Kissen wie ein kleiner Junge, mein Gott, was hatte sie getan? Anna fluchte, weil sie in der Dunkelheit ihren zweiten Schuh nicht fand. Er lag unter der Kommode neben dem Bett, und sie konnte es nicht lassen, die oberste Schublade zu öffnen.

Das Mondlicht, das durch die gardinenlosen Fenster fiel, war nicht sehr erhellend, aber sie sah die Pistole sofort. Sie lag neben den Kondomen und einer Bibel. Anna hatte keine Ahnung, welche Art Waffe es war, sie wirkte schwer und bedrohlich, und sie schob die Lade vorsichtig zurück in die Ausgangsposition. Wozu braucht ein polnischer Kellner eine Waffe?

Annas Tagträume findet Sibylle irritierend. Sie setzt sich neben Anna.

»Ich hab mich ein bisschen umgehört in deiner Sache … aber wenn es dich nicht interessiert …«

»Doch, ich habe nur zu wenig geschlafen. Und zu viel getrunken. Das Übliche. Erzähl mir alles, was du weißt. Ich sollte wirklich meinen Beruf wechseln.«

Sibylle hat Anna einmal angeboten, sich an ihrem Lokal zu beteiligen, doch die Freundin ist nie darauf eingegangen. Sie verkauft sich, aber das würde Sibylle ihr nie sagen, unter Wert. Führt das richtige Leben im falschen, und vermutlich würde sie Anna nicht lieben, wenn diese perfekt wäre. Gebraucht zu werden ist ein Gefühl, das Sibylle glücklich macht.

»Also, pass auf. Ich habe einen Stammgast, der mit Jacob Lenz befreundet ist. Den habe ich nach allen Regeln der Kunst zugeschüttet und ausgehorcht…«

»Wer ist Jacob Lenz?«

Etwas ist mit dieser Frau geschehen. Drogen? Sex? Ein leichter Schlaganfall? »Himmelherrgott, Anna: Jacob Lenz ist Rosis Mann. Der Schauspieler. Inzwischen nicht mehr auf der Leinwand präsent, weil völlig zugekokst. Seine Alte finanziert ihn. Sie scheint an ihm zu hängen, obwohl er ständig mit irgendwelchen Sternchen fremdgeht, die halb so alt sind wie sie. Manche sogar ein bisschen zu jung, wenn du verstehst, was ich meine. Lenz hatte deshalb schon einmal ein Problem mit der Polizei, aber Rosis Anwalt hat ihn irgendwie rausgehauen. Es geht die Mär, dass Jacob der Kokser schon immer ein Lolita-Fan war und dass die Stark ihn damit geködert und qua Erpressung in die Ehe katapultiert hat. Vor zwanzig Jahren war Lenz berühmt und sie ein Nichts. Heute haben sich die Verhältnisse gewendet, und rate mal, warum sie ihm immer noch die Stange hält?«

»Er erpresst sie.« Anna sagt es beiläufig, fast beleidigend desinteressiert. Sibylle richtet ihre Augen zur Decke und stellt fest, dass diese mal wieder einen Anstrich nötig hat. Zu viel Qualm, aber auch Nichtraucher müssen sterben. »Genau so ist es. Sagt jedenfalls meine Quelle. Die beiden scheinen einander zu verdienen, aber da ist noch mehr. Die Quelle behauptet, dass Rosi Stark ein Netz von Abhängigkeiten gesponnen hat, was sich natürlich günstig auf die Auftragsvergabe auswirkt. Sie soll einen Programmdirektor höchstpersönlich regelmäßig auspeitschen, stell dir vor, wie wunderbar pervers das ist. Und eine Redakteurin in leitender Stellung wird von ihr mit Frischfleisch versorgt. Sie liefert ihr junge Schauspieler, die nach einer Rolle gieren. Es soll sogar Filme darüber geben …«

Wissen ist Macht. Der gute alte Spruch, der, leicht pervertiert, in allen Bereichen der Geldvermehrung Anwendung findet. Anna wird nie mächtig sein, denn sie weiß zu wenig. »Hat Jacob der Kokser diese Filme gedreht?«

Diese Frage kann Sibylle nicht beantworten. Doch ihre Quelle, ein Regisseur, der schon mal bessere Zeiten gesehen hat, sprudelt aus erster Hand. Er ist mit Jacob Lenz befreundet. Sie koksen gemeinsam und durchforsten die Stadt nach jungen Mädchen, die auf eine Karriere beim Film hoffen. Die Scheinwerfer sind so strahlend, dass sie blenden. Sibylle hat, als der Regisseur zur Toilette ging, seine Begleiterin ein wenig aufgeklärt. Mutter Courage verschwendete ihre Zeit. Das dumme Ding konnte dem Champagner und den Versprechungen nicht widerstehen. Sie blieb sitzen und ging mit ihm gemeinsam fort. Kein Koks in ihrem Lokal: Sibylle verweist auf die Notwendigkeit, ihre Lizenz zu behalten. Saufen können sie, bis sie vom Barhocker fallen, denn für legale Drogen ist diese Kneipe geschaffen.

Anna rührt in ihrer Kaffeetasse, als ob sie darin Wellen schlagen wollte. »Du solltest deine Quelle mit Harry Loos zusammenbringen. Dann hätte Harry das Futter für seine Rache.«

»Jetzt bist du vollkommen übergeschnappt.« Sibylle ignoriert das Winken eines Gastes, der bezahlen will. Man darf die Kerle nicht verwöhnen, sonst werden sie unverschämt. »Du arbeitest für Rosi Stark, schon vergessen? Harry Loos hat mit Jacob mal einen Film gedreht, ist etliche Jahre her. Da war Jacob schon auf dem Trip, und Harry hat ihm Stoff besorgt, um den Film zu Ende zu bringen. *Das* könntest du verwenden. Berlin ist ein Dorf, sag ich dir. Und die Leute quatschen ohne Ende... nur du bist so schweigsam heute. Es macht mich ganz nervös, Anna. Sag was. Bitte.«

»Magst du *Harold and Maude*?«

Oh nein, Sibylle fand den Film schrecklich, aber da ihn alle anderen zum Kultfilm erklärten, hat sie ihre Meinung nie veröffentlicht. Andererseits ist Anna niemand, vor dem man sich schämen müsste. »Nicht wirklich. Mir war die Liebesgeschichte zu abgedreht. Aber was hat die Stark damit zu tun? Oder Harry Loos?«

»Nichts«, sagt Anna. »Ist mir nur so eingefallen.« Sie trinkt den Kaffee, der mittlerweile kalt ist, und sieht auf die Uhr. In einer halben Stunde ist der Film zu Ende, den Harry sich ansieht. *Matrix*, das Œuvre könnte ihn inspirieren. Anna findet keinen Geschmack an Männern mit kleinen schwarzen Sonnenbrillen. Und sie ist es leid, mit ihren großen schwarzen Augenbedeckern herumzulaufen und lustige Geschichten über Veilchen zu erfinden.

»Du wirst depressiv. Du brauchst einen Mann«, sagt Sibylle, bevor sie zu dem Gast entschwindet, der seit einigen Minuten mit einem Geldschein wedelt.

Männer machen depressiv, denkt Anna. Manchmal, für eine kurze Zeit, bewirken sie auch das Gegenteil. Sie ist geneigt, die Ehe als lange, schleichende Depression zu sehen oder auch die unheilbare Sucht, in einem anderen das zu finden, was man an sich selbst vermisst. Die These bleibt im Marx'schen Sinne unbewiesen. Wenn in fünfzig Jahren niemand gefragt hat, wird es keiner mehr tun. Letzte Nacht war sie glücklich für ein paar Stunden. Das zählt. Dafür darf man mit Scham bezahlen. Sie bringt es nicht fertig, Sibylle davon zu erzählen.

Wie mag das bei Leuten vom Schlag Rosis sein? Lässt sich Scham abschalten wie ein Fernsehprogramm? Verliert sie sich in den Notwendigkeiten, das Spiel um Macht und Geld nach dessen Regeln zu spielen? Anna ist nicht moralisch entrüstet, eher neugierig. Wie schafft man es, sein Gewissen einzuschläfern?

Der Klingelton ruft lokale Unruhe hervor. Sibylle hat schon einmal erwogen, den Gebrauch von Handys zu verbieten, ist aber bei einigen Stammkunden auf vehementen Protest gestoßen. Einige tasten nach ihren Geräten, andere sehen sich suchend um. Es ist Annas Handy, sie findet es erstaunlich schnell in den Tiefen der Handtasche und drückt auf die richtige, die grüne Taste.

Die Stimme der Produzentin klingt noch verbindlich. Sie fragt nach Ergebnissen, immerhin seien zwei Tage vergangen, für die sie mit ihrem guten Geld bezahlt. Das Wort »gut« löst bei Anna eine Art Kichern aus. »Sind Sie betrunken?«, fragt ihre Auftraggeberin. »Doch nicht am frühen Nachmittag«, erwidert Anna und weicht dann aus. Ein paar Spuren, die sie verfolge, aber sie brauche mehr Zeit für konkrete Ergebnisse. Blablabla.

»Sie wollen mehr Honorar herausschinden.« Rosi Stark ändert die Tonlage: »Und wo waren Sie, als der Verrückte mein Büro mit Pflastersteinen bombardierte? Was kommt als Nächstes? Sprengstoff? Sie hätten ihn zumindest festhalten können, bis die Polizei kam. Sie enttäuschen mich, Anna

Marx.« Der letzte Satz war weich im Ton; Peitsche und Zuckerbrot, Anna kennt das Spiel und ist ihm doch nie gewachsen.

»Ich habe seine Wohnung durchsucht und keinen Sprengstoff gefunden. Nichts, nur ein bisschen Haschisch.« Judas! Anna fügt schnell hinzu: »Aber die Menge ist nicht ausreichend, um ihn zu kriegen.«

»Dann legen Sie noch was dazu. Ich will den Kerl *jetzt.*« Mit diesen Worten legt die Produzentin auf. Damit hat sie gewonnen, denn am anderen Ende der toten Leitung sitzt eine schuldbewusste Detektivin. Jenseits der Frage, ob Harry betrogen wurde, hat sie einen Auftrag angenommen, und die Stark hat Recht, wenn sie ihr Vorwürfe macht. Und Unrecht, wenn sie glaubt, dass Anna ihm Haschisch unterjubeln und ihn dann ans Messer liefern würde. Das Richtige zu tun, wird zu einer schwierigen, fast moralischen Frage. Das Beste wäre, den Auftrag niederzulegen. Drei Tage abzurechnen und Rosamunde den Rest zurückzugeben. Tut auch weh, aber es wäre eine Lösung, mit der sie leben könnte. Das Finanzamt vielleicht nicht, aber kann man einer nackten Frau in die Tasche greifen? Sie könnten den alten Jaguar pfänden, der abgemeldet ist und in einer Garage Spinnweben ansetzt. Das Auto ist ihr zu teuer geworden, aber trennen mag sie sich auch nicht von ihm. Einer der zahllosen Widersprüche ihrer Existenz – und sie kann damit leben. Zumindest noch ein paar Tage …

Der Kaffee ist kalt, und Anna legt einen Zehn-Euro-Schein auf den Tisch. Sie winkt Sibylle zu, bevor sie das Lokal verlässt. Irgendwann, an einem der langen Abende, an denen sie nicht aufhören können zu trinken und zu reden, wird sie ihr von Rafael erzählen. Wer, wenn nicht Sibylle, hätte Verständnis dafür, dass Sex und Vernunft einander ausschließen?

Besser, ein Zehntel von etwas zu haben als hundert Prozent von gar nichts. Ein Zehntel Rafael …

Sie denkt an ihn, während sie in den Bus steigt, der zum Filmpalast fährt. Anna hat ihm ihre Handynummer mit Lippenstift auf sein weißes T-Shirt geschrieben, das im Bad lag. Das kann er jetzt wegwerfen. Der Stift ist so rot wie ihre Haare. Sie trägt sie immer noch lang, aber zu einem Zopf gebunden. Slawische Bäuerin, gut im Fleisch, und als Kind war ihr Spitzname *Speckschwarte*. So etwas vergisst man nicht, nie.

Die Kinder, die den Bus mit ihr teilen und mit ihren Schulranzen die Sitze blockieren, scheinen ihre Verletzungen sehr nach innen zu tragen. Sie sind laut und geben sich selbstbewusst, und den Alten begegnen sie mit Verachtung, bestenfalls Missachtung. Bauchfrei ist die Uniform der Mädchen, und sie entblößen viel weißes Fleisch, während die Jungs mit Baseballmützen und schlabbernden Hosen zu einem pubertären Typus verschmelzen. Die Gesellschaft der Gleichen, in der Anna eine Aussätzige ist. Gab es jemals Respekt vor den Alten, oder war es immer nur Furcht? Egal, man muss die Brut nicht mögen, sofern es nicht die eigene ist, und mit Erleichterung steigt sie aus.

Anna wartet auf Harry, der *Matrix* gesehen hat, und sie steht am Ausgang, ein wenig verdeckt von einer Säule, und späht durch die Brille, als ihr Handy klingelt. Der Reflex ist bekannt: Die Umstehenden greifen nach ihren Geräten, erstarren in der Bewegung, als sie merken, dass sie nicht gemeint sind. Anna hat den Nullachtfünfzehn-Klingelton, und als sie ihn wegdrückt, hört sie Rafaels Stimme. Er hat das T-Shirt nicht weggeworfen.

Was hat sie erwartet? Danksagung, Liebeserklärung? Er klingt gehetzt, ist auf dem Weg zur Arbeit und fragt sie übergangslos, ob sie seine Pistole mitgenommen habe, während er schlief?

»Welche Pistole?«

»Die in meiner Schublade, Anna. Ich frag ja nur, vielleicht sammelst du Pistolen wie alte Häuser. Oder wolltest sie ausleihen, um deine Katze zu erschrecken.«

»Ich hab keine Katze. Hast du einen Waffenschein?«

»Nein. Aber ich mache mir Sorgen. Wenn Harry mit einer Waffe durch die Gegend läuft…«

Er hat das Stichwort gegeben. Harry, mit oder ohne Pistole, strebt dem Ausgang zu. Anna kann keine Ausbuchtung unter seiner dünnen Jacke erkennen. »Ich muss jetzt Schluss machen. Ich ruf später zurück.«

»Nicht vor Mitternacht«, sagt Rafael noch, aber Anna hat ihr Handy schon in die Tasche gleiten lassen und folgt Harry über die Straße. Er geht grundsätzlich bei roter Fußgängerampel oder quer durch den Verkehr. Die Revolution hat nicht stattgefunden, und man muss sie in winzigen Gesten zelebrieren. Dass er jetzt gegen einen parkenden Porsche tritt, missfällt ihr allerdings. Das Auto kann nichts dafür, und es kann sich seine Fahrer nicht aussuchen. Doch Harrys Wut braucht ein Ventil. Und er hat eine Pistole. Wer sonst sollte sie aus der Schublade genommen haben, nachdem Anna das Haus verlassen hatte?

Anna hetzt hinter Harry her und hofft, dass die Autos sie verschonen. Sie hupen nur, und einer zeigt ihr den Vogel… Anna antwortet mit dem gestreckten Mittelfinger, das hier ist Berlin, und man tauscht auf der Straße keine Höflichkeiten aus. So vertieft ist sie in ihr Tun, dass sie nicht merkt, dass Harry stehen geblieben ist. Vor einem Juwelierladen, und beinahe wäre sie in ihn hineingerannt. Sie stoppt einen halben Meter vor ihm, er ist in das Schaufenster vertieft. Ein schmaler Rücken, und er ist ein wenig gebeugt. Er sollte sich öfter die Haare waschen und sie nicht rätseln lassen, was er jetzt wieder vorhat. Sie muss in jedem Fall weitergehen und einen Hauseingang finden, um auf ihn zu warten.

Als Kind wollte sie nie zu den Pfadfindern, gibt es die heute überhaupt noch? Vielleicht als Computerspiel. Anna hat ein passendes Versteck gefunden, nur leider ruht sich hier schon ein Penner von der Mühsal des Tages aus. Er sieht sie nur an, und ihr Auge beginnt zu jucken. Anna geht rückwärts, stolpert über die Bordsteinkante – und wird von Harry Loos aufgefangen.

»Hoppla«, sagt er und lächelt sie an. Arglos. Anna bedankt sich, befreit sich hastig und beschließt in diesem Augenblick, aus dem Auftrag auszusteigen. Die Füße tun ihr weh, das kommt hinzu, sie hätte diese neuen Schuhe nicht kaufen sollen, sie waren teuer und sind unbequem. Ein typischer Fall von Verblendung durch Schönheit. Sie dreht sich noch einmal nach Harry um, als sie zur Bushaltestelle geht, langsam, in der Art von Frauen, die in falschen Schuhen stecken. Er ist verschwunden.

An der Haltestelle der übliche Griff zur Zigarettenpackung. Und während sie raucht und wartet, denkt sie darüber nach, wie sie diese Geschichte zu einem guten Ende bringen könnte. Ihr fällt nicht viel ein, und es beginnt zu regnen. Leise, sanfte Tropfen, die nach Abgasen riechen. Die Straße verwandelt sich in ein graues Gemälde von Schirmen und Scheibenwischern. Wieso hat sie plötzlich das Gefühl, beobachtet zu werden?

5. Kapitel

Anna Marx hat drei Leben: eines, das sie liebt; eines, dem sie nicht entrinnen kann – und eines, das sie umbringen wird. Wichtig erscheint, nicht auszuweichen. Feigheit ist die größte aller Feindinnen, die zu bekämpfen ihr nie leicht fiel.

Sie hat Rosi Stark per Telefon mitgeteilt, dass sie ihr ab sofort nicht mehr zur Verfügung stehe. Einen Abschlussbericht der Beschattung werde sie ihr zukommen lassen – und dafür die Anzahlung in Rechnung stellen. Anna war so erleichtert, als sie das gesagt hatte. Und hielt das Ding vom Ohr entfernt, als Rosamunde an der Reihe war. Brüllend. Sie nannte Anna einen unfähigen Gnom, eine lächerliche Versagerin, die illoyale, inkompetente Karikatur einer Detektivin. Und sie forderte ihr Geld zurück.

Sie war beeindruckend in ihrem Zorn, es war eine gewaltige Woge, die über Annas Ohr hereinbrach. »Geld zurück ist nicht«, sagte Anna, als Rosi einmal Atem holte. »Ich habe drei Tage gearbeitet, und dass es nichts zu finden gab, ist nicht meine Schuld. Warum einigen sie sich nicht mit Harry Loos? Die paar Kröten tun Ihnen doch nicht weh.«

»Aus Prinzip«, bellte sie zurück. »Ich hätte es nicht so weit gebracht, wenn ich jedem Blutsauger nachgeben würde. Und Ihnen, Marx, schicke ich meinen Anwalt auf den Hals. Ich werde dafür sorgen, dass Sie als Detektivin erledigt sind. Als Journalistin sind Sie es ja schon längst!«

Eine Frau von vielen Talenten, besonders jenem, den Nerv der anderen zu treffen. Anna schenkte sich nach dem Telefonat einen doppelten Whisky ein, denn er zählte wie Zigaretten zu den Krücken ihres Lebens. Ihre Hand zitterte ein wenig, als sie das Glas hob. Ich heiße Anna und bin Alkoholikerin. Nein, noch nicht. Gewohnheitstrinkerin, manchmal schafft sie es, ein, zwei Abende hintereinander den »Mondscheintarif« zu meiden und stattdessen vor dem Fernseher zu sitzen und Milch zu trinken. Sind aber nicht ihre besten Nächte. Das Programm ist kein Ersatz für alkoholische Gesellschaft, eher eine Anleitung zum Unglücklichsein. Die Fernsehwelt ist ein Musikantenstadl für Gehörlose, und nur Harald Schmidt ließ sie für Minuten fühlen, dass Geist und Witz nicht völlig aus der Mode gekommen sind.

Sie zittert, weil die Stark ihr Angst gemacht hat. Sie klang so, als wäre Anna ein Wurm, den sie jederzeit zertreten könnte. Und es ist nicht komisch, sich als Wurm zu fühlen. Wenn Anna an Wiedergeburt glaubte, würde sie an Drachen denken, Elefanten, Dinosaurier. Als Wurm hat sie sich unter Rosis Worten gekrümmt. Um sich nach der Zigarette und dem Whisky zu sagen, dass sie dennoch das Richtige getan hat. Sie will Harry nicht ans Messer liefern. Nicht auf einer Seite stehen, der sie nicht angehört. Angst ist ein mieser Ratgeber, und sie hat ihn in seine Schranken verwiesen. Irgendwie, denkt Anna, wird sie die Steuernachzahlung schaffen. Den Jaguar verkaufen, der ohnehin vor sich hin rostet. Man soll nicht an Dingen hängen. Und sich regelmäßig die Beine rasieren, wie Sibylle sie immer wieder ermahnt. Weil man nie weiß, wann man einem unrasierten Mann begegnet.

Anna sitzt an ihrem Computer und tippt den Bericht für Rosi Stark, der nichts enthält, was von Bedeutung wäre. Von oben hört sie den Russen singen, und seine Stimme ist schauerlich schön. Vor zwei Tagen hat er sie auf der Treppe angesprochen und zu einem Liederabend im »Club erfolgloser polnischer Frauen« eingeladen. Tschaikowsky. Sie wollte nicht unhöflich sein und absagen, vor allem fiel ihr in der Eile keine passende Ausrede ein. Vielleicht hat Rafael Lust mitzukommen? Nein, Anna, denk gar nicht erst darüber nach, das alte Schlachtschiff mit Gefühlen zu beladen. Sie hat doch gerade erst begonnen, sich an den Zustand der Lieblosigkeit zu gewöhnen. Das Alleinsein, das sie als selbst gewähltes Exil zu betrachten beliebt. Sie kann schnarchen, so viel sie will. Sich nicht die Beine rasieren. Ungeschminkt herumlaufen. Trinken. Essen. Mit vollem Mund Selbstgespräche führen. Masturbieren. Sich sündhaft teure Schuhe kaufen, die sie nicht anzieht, weil sie darin nicht laufen kann. Abends bei Sibylle sitzen und sich voll laufen lassen, bis sie sich einen schön getrunken hat und ihn mitnimmt für eine Nacht. All das kann sie und noch viel mehr. Das Leben ist schön. Und das ist eigentlich traurig.

Anna tippt das Beschattungsprotokoll aus ihrem Notizbuch in den Computer. Der Russe ist verstummt, er schont seine Stimme für die polnischen Frauen. In die Stille, diese lärmende Stille einer schlecht isolierten Wohnung mitten in Berlin, klingelt das Handy. Als sie seine Stimme hört, zieht sie unwillkürlich den Bauch ein.

»Woran arbeitest du gerade?«, fragt Rafael.

»An meinem Teint.« Wer nicht blond und schön ist, sollte zumindest witzig erscheinen. In der Schule wurde sie als »fetter Clown« geschätzt. Hat sie sich in dieser Rolle je gemocht? Man nimmt, was man kriegen kann, und das gilt auch für die absurdeste Spezies auf Erden: Männer.

Rafael lacht ein wenig, um sie zu erheitern, und fragt dann, ob er für sie kochen könne. Weil er doch in die Frühschicht gewechselt sei und abends Zeit habe.

»Geht der Geschlechtsverkehr nicht auch ohne Essen?« Der Gedanke ist ihr über ihre Zunge gerutscht, bevor sie ihn kontrollieren und unter *unsagbar* abspeichern konnte. Warum fragt er sie überhaupt? Mag er nicht mit Gleichaltrigen spielen?

Wenn sie ihn schockiert hat, hört man es seiner Stimme nicht an. »Du bist nicht fett, Anna, nur schön rund. Sagt Lily übrigens auch.«

Lily wer? Die Hausgenossin, jetzt fällt es ihr ein. Sie hat sie nie zu Gesicht bekommen. »Okay, ich bin schlicht und schön rund. Kann Lily durch Wände sehen?«

»Das Haus ist voller Spione. Kleine Gucklöcher. Ein Relikt aus den Tagen der Diktatur des Proletariats. Und Lily beobachtet gern. Sie meint, dass sie sich dann nicht so allein fühlt. Vielleicht ist sie eine… wie heißt das Wort…?«

»Voyeurin.« Anna ist nicht prüde. Nur altmodisch bisweilen, und Gruppensex lehnt sie ebenso ab wie Peepshows. Der Gedanke, dass Lily ihr und Rafael zugesehen hat, ist zumindest befremdlich. Sie lag unten. Viel kann Lily von ihr nicht gesehen haben. Nur Rafaels perfekte Rückenansicht. »Hättest du mich nicht warnen können?«

»Ich hab es vergessen, Anna. Ich war so… es stört dich doch nicht, oder?«

Wollust ist eine wundervolle Todsünde. Ein viel schöneres Wort als »geil«. Sie vermutet, dass dies das Wort war, das er unterdrückte. Gut für ihn. »Doch, ein bisschen schon. Ich halte Sex für etwas sehr Privates, ebenso wie die Benutzung einer Toilette oder das Schneiden von Zehennägeln. Und wenn wir schon dabei sind: Ein One-Night-Stand ist eine angemessene Form der Kommunikation. Aber man sollte sich gut überlegen, ob ein Zuschlag vonnöten ist. Besonders in unserem Fall.«

»Warum?«

»Warum« ist ein Anna-Wort. Er sollte sie nicht nachäffen. »Weil ich schätzungsweise fünfzehn Jahre älter bin, deshalb.« Das war eine schlampige Schätzung. Die Wahrheit ist gut, aber ohne Lügen würde die Zivilisation zugrunde gehen. Anna hat immer gern gelogen, wenn es eigentlich um gar nichts ging.

»Na und? Sei nicht so spießig, Anna. Wir haben Spaß aneinander. Daran kann doch nichts verkehrt sein.«

Es war nicht unbedingt das, was sie hören wollte. Frauen sind so schrecklich romantisch, und wenn sie das Gegenteil hervorkehren, glauben die dummen Männer auch noch daran. »Was gibt es zu essen?«

»Kartoffelpüree und Kaviar. Ich hab ihn aus meinem Laden billig abgestaubt. Iranischer Kaviar, was sagst du?«

»Geklaut?«

»Nein. Sie müssen das Zeug wegen des Verfallsdatums loswerden. Die Gäste essen nicht mehr so viel Kaviar. Außer Rosi Stark. Sie bestellt praktisch nichts anderes. Sie ist überzeugt davon, dass Kaviar dünn macht. Wäre das ein Argument, das dich überzeugt?«

Die Erwähnung dieses Namens löst einen kurzen Moment der Panik aus. Aber nein, es muss ein Zufall sein. Die Produzentin verkehrt in Nobellokalen am Gendarmenmarkt, und Rafael kellnert dort. Berlin ist ein Dorf, das von einem Friseur regiert wird, der dem Kanzler nicht die Haare färbt. Und sie wird mit Rafael Kaviar essen, wenig trinken und danach verschwinden. »Wann?«

»So gegen acht. Ich freu mich auf dich.«

Sie kann nichts Nettes mehr sagen, denn er hat aufgelegt. So schnell, als habe er Angst, sie könne es sich noch einmal überlegen. Von der verschwundenen Pistole sprach er nicht mehr. Harry Loos ist damit immer noch unterwegs. Und Lily, die Voyeurin, hat ihn vermutlich dabei beobachtet, wie er sie aus der Schublade nahm. Eine Schauspielerin ohne Engagement, die unter Einsamkeit leidet. Tun das nicht alle? Anna sieht sie an Fenstern stehen, auf Parkbänken sitzen, in Kneipen herumlungern, an Fitnessgeräten schwitzen, im Internet surfen – die einsamen Jäger des verlorenen Schatzes, der »geliebt werden« heißt.

Sie sieht sich selbst. Stets so stolz darauf, von niemandem abhängig zu sein, weder finanziell noch emotional. Voller Furcht, es nicht zu schaffen und auf der Straße zu landen oder im städtischen Altersheim. Alt und arm ist ein Duett, das verboten gehört, vom Spielplan des Lebens gestrichen.

Der Russe hat seinen Gesang wieder aufgenommen, während Anna ihren Bericht zu Ende tippt. Private Eye Marx hat einen Fall erfolglos abgeschlossen. Rosamunde wird ihr einen Anwalt auf den Hals hetzen, und es steht zu hoffen, dass sich unter Sibylles Amouren ein Jurist befindet. So praktisch, diese Promiskuität, einmal hatte die Freundin einen Allround-Handwerker, das war der Beste von allen. Willy hieß er, und er hatte große Hände, die fast alles renovieren und reparieren konnten. Als Gegenleistung verfolgte Anna einen seiner säumigen Zahler, der nicht so pleite war, wie er vorgab zu sein. Die Tauschgeschäfte funktionieren auf hohem Niveau, und das gilt für Informationen wie Dienstleistungen. Der Besitzer ihres Feinkostladens bittet Anna ab und zu, seine Tochter zu beobachten, die er für ein kiffendes Flittchen hält und auf den Pfad der Tugend zurückführen möchte. Dafür kauft Anna umsonst bei ihm ein. Sie braucht wenig Geld zum Leben, allerdings funktioniert es bei Schuhen nicht.

Und sie hat große Lust, sich jetzt Schuhe zu kaufen. Grüne, mit hohen Absätzen und stilisierten Blüten. Wenn es zum Schlimmsten kommt, werden sie ja wohl nicht ihre Schuhsammlung pfänden. Auch nicht die gerahmten Filmposter an den Wänden. Die Stereoanlage ist alt und nichts mehr wert und der Fernsehapparat im Schlafzimmer eine Art Nachkriegsmodell.

Frei ist nur, wer nichts zu verlieren hat. So gesehen ist ihr Leben beinahe vollkommen.

6. Kapitel

Die Schuhe sind blau mit grünen Tupfen, und sie tragen zweiundsiebzig Kilo auf zwei Stilettos. Gut, man kann darin nicht bergwandern, aber Anna schafft es vom Taxi bis zum Haus, ohne zu stolpern. Die Farbe passe zu ihrem linken Auge, hatte der schwule Schuhverkäufer gemeint, der eigentlich Komiker ist. Sie trägt wieder ihre Sonnenbrille, die in der Dämmerung fast blind macht, und diesmal steigt sie nicht durch das Fenster, sondern drückt auf den Klingelknopf.

Elfe öffnet, ein sehr kleines Wesen mit kahl geschorenem Kopf und den größten Augen, die Anna je gesehen hat. Auf eine sehr eigentümliche Weise ist es schön, dieses Geschöpf, das nur Lily sein kann. Unterernährt allerdings, und Anna unterdrückt die Regung, dünne Frauen ohne Kenntnis der Person zu verabscheuen. Sie lächelt. »Guten Abend. Ich bin Anna. Rafael hat mich eingeladen.«

»Ich weiß schon«, sagt Lily und tritt zur Seite, aber nur ein wenig, sodass Anna sie berühren muss, um an ihr vorbeizukommen. Lilys Stimme ist hoch und klirrend, wie Glas, das jeden Augenblick zerspringen könnte. Sie trägt ein gelbes Wollkleid, das bis zu den Knöcheln reicht über einem Nichts von Körper, und wären ihre Augen nicht so alt, könnte man sie auf sechzehn schätzen. »Ich bin dreißig«, sagt Lily: »Und du?«

»Zu alt.« Anna geht auf hohen Absätzen in Richtung Küche und schleppt Komplexe hinter sich her, zumindest fühlt sie sich so mit Lilys bohrenden Blicken im Rücken. Das Haus riecht nach Knoblauch. »Polnische Brotsuppe«, sagt Lily hinter Anna. »Danach iranischer Kaviar mit Kartoffelbrei und saurer Sahne. Rafael meinte, du würdest von Fischeiern nicht satt werden.«

Anna hasst es, wenn Leute sie ungefragt duzen. Es passiert immerzu, und nur manchmal regt sie sich darüber auf. Jetzt zum Beispiel, was daran liegen könnte, dass Lilys Feindseligkeit wie ein Ozonloch in der Atmosphäre schwebt. »Essen Sie auch mit?« Anna hat sich vor der Küchentür umgedreht und ist mit Lily auf Augenhöhe. Nur muss Lily nach oben schauen.

»Nein, keine Sorge, ich muss noch weg. Aber vielleicht lasst ihr mir was übrig – für später.«

»Später« klingt wie eine Drohung, die besagt, dass es in diesem Haus niemand unbeobachtet treiben kann. Und jetzt weiß Anna auch, wo sie dieses einzigartige Gesicht schon einmal gesehen hat: an der Bushaltestelle im Regen. Als sie das Gefühl hatte, beobachtet zu werden. Es war Lily, deren Blicke durchbohren und töten, während ihr sanft geschwungener, perfekter Mund lächelt.

»Ich werde nicht so lange bleiben. Das Haus ist irgendwie… spooky. Man fühlt sich von Kobolden umgeben, die alles zu sehen scheinen.« Anna wendet sich nach diesem Satz zufrieden ab und öffnet die Küchentür. Das Schattenboxen endet unentschieden, aber Lily muss doch das letzte Wort haben.

»Du passt nicht in dieses Haus«, sagt sie, bevor sie verschwindet. Durch einen geheimen Gang, wie Anna vermutet. Lily ist entweder sagenhaft schlecht erzogen oder einfach verrückt. Die dritte Möglichkeit wäre, dass sie eine Rolle spielt, die Anna nicht kennt. Aber nun, an der Schwelle der Küche, konzentriert sie ihre Aufmerksamkeit auf Rafael. Er steht am Herd und rührt in einem Topf, dessen Dünste Unmengen von Knoblauch vermuten lassen.

»Vampire?« Anna holt die Vodkaflasche aus ihrer Tasche und stellt sie auf den gedeckten Küchentisch. Er hat Blumen besorgt und weiße Servietten auf die angeschlagenen Teller gelegt. Anna ist gerührt und verflucht dieses Gefühl. Von schönen Gesten war sie immer schon leicht zu beeindrucken. Sie bedeuten nichts.

»Lily wollte eigentlich schon weg sein. Ich freu mich, dass du da bist.« Er küsst Anna auf den Hals und nimmt die Vodkaflasche, um sie in den Kühlschrank zu stellen.

»Sie ist reizend«, murmelt Anna, »und die Tischdekoration auch.« Sie greift nach dem Weinglas, das er ihr brachte. Sie hat sich vorgenommen, sehr wenig zu trinken, aber jetzt ist sie durstig und ein bisschen verlegen. Es ist lächerlich, aber in manchen Situationen fühlt sie sich wie ein junges Mädchen beim ersten Rendezvouz. Heute heißt es *date*, die Sprache verliert eindeutig an Eleganz. Und ihr Kleid, passend zu den Schuhen, hat zu viel davon. Rafael trägt Jeans und ein weißes T-Shirt. Vermutlich nicht jenes, das sie mit Lippenstift beschmiert hatte.

Er liest ihre Gedanken: »Du siehst schön aus. Ich mag Kleider. Magst du Knoblauch?«

»Ich bin überwältigt von Knoblauch. Wir werden stinken wie die Schweine.«

»Ja, aber noch riechst du verführerisch.«

Gesten und Worte, die berühren. Dieses Spiel, sie sollte es

langsam kennen und als das einschätzen, was es ist: Verführungskunst, durch die sich kein Anspruch auf Dauer erheben lässt. Nach jedem Mal schwor sie sich, klüger zu werden, und nichts dergleichen geschah.

Er umarmt sie von hinten, und die Küsse auf ihren Nacken lösen dieses dumme Gefühl aus, das gewissermaßen willenlos macht. Ihr Leben erscheint ihr als eine endlose Serie von guten Vorsätzen und schlechtem Durchhaltevermögen. Wollust, Trägheit, Gier, Lüge... Annas Sündenregister ist so lang, dass ihr Austritt aus der Kirche nur konsequent war. Sie tat es nicht, um Kirchensteuer zu sparen, denn Geiz ist ihr fremd.

»Ich habe Hunger«, sagt sie, und er lässt von ihr ab und serviert die Suppe, formvollendet und ein bisschen ironisch in der Art von Kellnern, die wissen, dass sie gut sind, und das Devote leicht übertreiben, um den Gast zu demütigen. Die Suppe schmeckt sehr viel besser, als sie riecht, und sie isst zu viel Brot dazu. *Immer hübsch bescheiden und zurückhaltend*, der Mutterspruch ist auf harte Erde gefallen und hat nie Früchte getragen.

Beim Kaviar mit Verfallsdatum wechseln sie von Wein zu Vodka. Anna erzählt von ihrer Zeit in der Bonner Redaktion und versucht, witzig zu sein. Die Frau von Welt, sorglos und mit geblähten Segeln im Meer des Zeitgeists, ist eine Frau, die ihr ziemlich fremd ist, sich aber gut darstellen lässt. Anna spielt Sibylle, die in einer Mischung aus gutem Kumpel und fatalem Vamp so erfolgreich bei Männern ist. Anna redet zu viel und versucht ihn mit Geist und Witz zu umgarnen und zum Lächeln zu bringen. Sein Grinsen ist jungenhaft, und in diesem faltenlosen Gesicht steht noch nichts von Enttäuschung oder Verzweiflung geschrieben. Sie beneidet ihn um nichts, nur um seine Jugend. Das, was in seinem Leben noch sein kann und in ihrem schon geschehen ist – oder eben nicht.

Sex oder kein Sex ist die Frage, die hinter allen Worten steht, die sie austauschen. Anna denkt an Lily, und Rafael an das ungemachte Bett, das ihm peinlich ist. Er erwägt den Küchentisch, doch so stabil ist er möglicherweise nicht, eine Anna zu tragen. Sie redet zu viel und trinkt zu wenig. Wenn er Dienst hat, gibt es keinen Alkohol, doch an freien Abenden muss es immer genug sein für eine Frau oder tiefen Schlaf. Frauen werden weicher, wenn sie die Promillegrenze überschreiten. Und er mag weiche Frauen. »Gucci-Ziegen« nennt er die in die Jahre gekommenen, diätgeformten, geliften, gespritzten Wesen, die in seinem Laden verkehren, an ihren Gläsern nippen und im Essen stochern. Das Gras ihrer Jugend war grüner, und jetzt glänzen sie mit teuer umhüllten Knochen und kostbarem Schmuck. Er kann ihre Angst vor dem Tod förmlich riechen unter all den Parfumdüften.

Anna ist eine reizende Kuh. Ein wenig fein gemacht für diesen Abend, doch sie trägt keinen Schmuck mit Ausnahme einer alten Herrenuhr, die gut auf ihre kräftige Hand passt. In ihrem Aussehen erinnert sie ihn entfernt an Rosi Stark, obwohl diese dicker, greller und blond ist – und nicht halb so liebenswert wie Anna. Sie kommt häufig ins Lokal, meist mit einem Tross von Prominenten aus der Filmbranche, und sein Chef liebt sie, weil sie ohne Ansehen der Preise bestellt und meist mit Bargeld bezahlt. Dafür schreibt er ihr höhere Rechnungen, die sie von der Steuer absetzt, die er wiederum spart, indem er das Bare abzweigt. Dass eine Hand die andere schmiert, ist in Berlin so gewöhnlich wie überall auf der Welt. Nur da, wo er herkommt, profitieren weniger Leute davon.

Die Produzentin gibt gutes Trinkgeld, auch das spricht für sie. Doch Rafael hat mindestens einen Grund, sie zu hassen.

Sobald Harry auftaucht, muss er ihn nach der Pistole fragen. Denn Lily hat gesehen und verraten, dass Harry sie genommen hat. Nachdem Anna sie vorher in der Hand hielt und sich vermutlich fragte, was ein Kellner mit einer Waffe anfängt. Lily sieht alles, zumindest, was in diesem Haus geschieht. Sie ist noch unberechenbarer als Harry, und das will viel heißen.

»Rede ich zu viel?«

»Unwesentlich.« Rafael küsst sie auf den roten Mund, bevor er die Teller abträgt, die Reste des Kaviars und der sauren Sahne. Vom Kartoffelpüree hat sie nichts übrig gelassen. Er schenkt Vodka nach, und während er den unaufgeräumten Zustand seines Zimmers und seine Lust gegeneinander abwägt, kommt Harry in die Küche. Bildet er sich das ein, oder sieht sie erschrocken aus?

»Hübsche Schuhe«, sagt Harry, der Anna, von oben beginnend bis zu ihren Zehenspitzen mustert, bevor er sich an den Tisch setzt. »Kann man darin laufen?«

»Ein paar Meter«, erwidert Anna, und Rafael stellt die beiden einander vor, hoffend, dass sein Freund nur kurz in der Küche bleibt. Harry ist niemals höflich, allenfalls interessiert und nur dann in erträglichem Maße kommunikationsfähig.

Ihre gegenseitige Wertschätzung ist von der Neugierde getragen, wie weit zwei Menschen miteinander auskommen, die so verschieden sind. Harry nennt ihn einen *Servierpolacken* und er Harry einen *Schmierfinken.* Harry ist ein paar Jahre älter als er und wirkt manchmal wie ein Greis. Die gebückte Haltung und der schlurfende Gang haben mit seiner lädierten Bandscheibe zu tun. Aber es ist mehr als das: Harry trägt die Last einer Welt auf seinen Schultern, die er als guter Mensch nicht besser verlassen kann, als sie ist. Er liebt Brecht und Doderer und verabscheut alle deutschen Filmproduzenten, Redakteure und Regisseure. Politiker sowieso und alle, die sich biegsam im Windschatten des Kapitalismus bewegen.

»Haben wir uns schon einmal getroffen?«, fragt Harry die Besucherin. Er hat sich von der Suppe genommen und den Kaviar verschmäht. Anna errötet sanft und zuckt mit den Schultern. »Kann sein, ich habe ein so schlechtes Gedächtnis für Gesichter.«

»Es könnte an dieser komischen Brille liegen.«

Anna nimmt sie nach kurzem Zögern ab und enthüllt ein grünblaugelbes Auge. Rafael findet, dass es ihr steht. Der Gedanke lässt die Vermutung zu, dass er sich im Anfangsstadium blinder Verliebtheit befindet. Seine Mutter hat schon immer behauptet, dass er einen sonderbaren Geschmack habe.

Ödipuskomplex, sagt Lily. Sie führt fast alle Verirrungen darauf zurück. Ihr Vater, ein krankhaft ehrgeiziger Sportler, hat sich zu DDR-Zeiten umgebracht, als ihm der große Erfolg versagt blieb. Er hat Lily in allen möglichen Kampfsportarten unterrichtet, unter anderem auch Boxen. Er wollte aus dem Zwerg einen Riesen machen. Lily glaubt, dass ihr Vater Selbstmord beging, weil auch sie ihn enttäuscht hat.

Harry pfeift anerkennend, und Anna setzt ihre Brille trotz Rafaels Protest wieder auf. Sie und Harry reden jetzt übers Filmgewerbe, und es scheint so, als ob sie seine Anwesenheit vergessen hätten. Rafael schüttet Vodka in ein Wasserglas. Er hat die Geschichten schon hundertmal gehört. Drehbuchautoren sind der Beginn allen Filmschaffens. Sie liefern die Idee und die Dialoge. Doch Autoren werden bestohlen, ausgebeutet und mit vage formulierter Kritik gefoltert, sodass sie ein Drehbuch ein Dutzend Mal umschreiben, und zwar so lange, bis ihre Kreativität zu verzweifeltem Lohnschreiben verkommen ist. Hinter allem steht die Angst vor dem Misserfolg, dem Kinoflop, der schlechten Quote, die Angst der Finanziers, Produzenten und Redakteure – und am Fuß der Leiter kauern die Autoren vor ihren Computern und versuchen sich an der Quadratur des Kreises: Qualität und Massengeschmack zu verbinden.

Wenn sie es schaffen, tatsächlich bis zum Ende durchzuhalten und nicht vorher rausfliegen, sind sie eine Marathonstrecke des Selbstekels gelaufen. Sie werden im Vor- und Abspann mit Namen genannt, was sie eher als Schande denn Ehre empfinden.

Anna hört sehr aufmerksam zu, und Harry spricht nur für sie. Täuscht er sich, oder flirten die beiden miteinander? Rafael wurde schon als Kind sehr zornig, wenn jemand versuchte, ihm sein Spielzeug wegzunehmen. Was vermutlich daran lag, dass er so wenig davon hatte.

»Rosis Taktik ist simpel«, sagt Harry. »Sie greift sich einen Genialen und entlockt ihm eine Idee. Verspricht ihm die Welt, bis sie sein Exposé in Händen hat. Dann kickt sie ihn raus, weil sie Qualität zu Dumpingpreisen möchte. Schließlich kommen die Lohnschreiber zum Zug, die den niveaulosen Jargon draufhaben, der im Fernsehen als konsensfähig gilt und quotenträchtig zelebriert wird. Weißt du, was das Schlimmste ist, Anna?«

Er duzt sie schon, denkt Rafael. Warum nur hat er sie nach Hause eingeladen, statt mit ihr auszugehen? Näher am Bett, er weiß die Antwort. Und wenn die beiden so weitermachen, wird er es volltrunken und einsam bevölkern.

»Sie tötet Qualität. Das ist auch eine Art von Mord.«

»Sind die andern besser?«, fragt Anna.

»Manche. Ein wenig. Niemand ist so brutal gut wie Rosi, das ist die Wahrheit. Und der Schlüssel ihres Erfolgs, nehme ich an. Sie geht über die Leichen von Stoffen, die einmal wunderbar waren. Eine Serienkillerin. Und verdient auch noch daran.«

»Sie ist schlau und stark.« Anna hätte diesen Satz gern zurückgenommen, denn eines scheint Harry nicht zu ertragen: auch nur die sanfteste Form des Widerspruchs. Rafael beginnt zu lachen, das macht die Sache nicht besser.

Sind Verlierer die besseren Menschen? Anna möchte daran glauben, tut es aber nicht. Verlierer stehen jenseits aller Möglichkeiten, Macht zu missbrauchen, zumindest ab einem Niveau, auf dem es interessant zu werden beginnt. Harry schwelgt geradezu in bitterem Selbstmitleid, das ist ein bisschen abstoßend.

»Ihr habt ein paar Ähnlichkeiten«, sagt er jetzt: »Ihr seid schlau und stark, und man müsste euch in ein Gehege stecken mit der Aufschrift *Gefährliche Tiere. Füttern verboten*.«

»Aber du hast sie immer wieder mit Ideen gefüttert. Das war nicht schlau.« Rafael räumt Harrys Teller ab, er ist der aufmerksame Kellner dieses Hauses, Harry das leidende Genie, und Lily die verrückte Spionin.

»Ich habe sie mal geliebt. Wer liebt, ist dumm.« Harry sieht durch Anna hindurch auf einen Film, der lange abgedreht ist. Kein Happy End. Rosi hat mehr zerstört als seinen Glauben an Gerechtigkeit. Aber er hat keine Lust, dies einer Frau zu erzählen, die ihn nur vage an eine alte Liebe erinnert. Jetzt schleckt sie sich einen Kaviarkrümel von den vollen Lippen, um sich dann eine Zigarette anzuzünden. Rosi rauchte mit Zigarettenspitze, und die Erinnerung an ihren schlechten Atem verfolgt ihn bis heute, obwohl er selbst seit zwei Jahren an der Nikotinnadel hängt. Harry steht abrupt auf und verlässt die Küche, ohne ein Wort zu sagen.

»Er verträgt keinen Widerspruch«, sagt Rafael. Er steht an der Spüle und wäscht das schmutzige Geschirr, und Anna löscht ihre Zigarette, um ihm zu Hilfe zu eilen. Ein Haushalt ohne Spülmaschine ist ebenso anachronistisch wie Rauchen oder spülende Männer. Alles an diesem Haus ist schräg, angeführt von Lily, der kahlen Elfe. »Hast du ihn wegen der Waffe angesprochen?«

»Nein, es schien mir nicht der richtige Zeitpunkt. Falls du wissen willst, woher ich sie habe: Mein Cousin hat sie mir geschenkt. Er verschiebt Autos und arbeitet zweimal pro Woche in einem Altersheim, um seine Sünden abzubüßen. Wir sind katholisch erzogen.«

»Dachte ich mir schon«, sagt Anna. »Neben der Pistole lag eine Bibel. Ich habe die Schublade aufgezogen, weil ich manchmal meine Neugierde einfach nicht beherrschen kann. Ich nehme an, Lily hat mich dabei beobachtet. Wann waren Rosi und Harry liiert?«

»Ist schon ein paar Jahre her. Sie hat ihn als Drehbuchautor aufgebaut – und demontiert. Manchmal denke ich, dass er immer noch süchtig nach ihr ist. Es war nie Liebe, eher eine Abhängigkeit. Vielleicht hat Harry gedacht, dass sie ihn mit diesem neuen Projekt wieder aufnimmt. Ihm verzeiht.«

»Was verzeiht?« Anna schneidet sich beim Trocknen des Messers in den Zeigefinger und sieht erschrocken auf das Blut, das aus einer kleinen Wunde hervorquillt.

Rafael holt ein weißes Taschentuch aus seiner Hosentasche und umwickelt damit den Finger. Hat sie ihm schon gesagt, dass sie Männer, die Stofftaschentücher bei sich tragen, unwiderstehlich findet?

»Setz dich hin, Anna, und trink was. Ich kann kein Blut sehen. Harry hat ihr einen Hund geschenkt, am Anfang ihrer Affäre. Sie liebte das kleine Vieh, aber Harry eben nicht mehr. Und als sie ihn rauswarf aus ihrem Haus, hat er den Hund mitgenommen und ihn einschläfern lassen.«

»Vielleicht«, sagt Anna, »erschießt er mit deiner Pistole ihren Hund. Sie hat wieder einen … ich hab es in einer Illustrierten gelesen.« Wie grausam, Rache an einem Köter zu nehmen. Es gibt keine schönen Verlierer, sie hat es immer gewusst.

Rafael hat seine Hausarbeit beendet und wischt sich die Hände an dem Spültuch ab. Sie betrachtet ihn wie ein begehrenswertes Bild, das sie sich nicht leisten kann. Ein bisschen wehmütig, aber vernünftig. Wenn sie jetzt aufhört, Vodka zu trinken, wird sie imstande sein, aufzustehen und zu gehen. Zumindest die paar Schritte bis zur Haustür und zum Taxi, das sie noch rufen muss.

»Ich glaube nicht, dass er es wieder tut. Er hat sich dafür geschämt.« Rafael sieht in Annas Gesicht und scheint schon wieder ihre Gedanken zu lesen. »Kaffee oder Sex? Ich würde Letzteres vorziehen.«

»Keines von beidem. Es war ein wunderbares Essen, und ich danke dir. Aber jetzt möchte ich nach Hause.«

»Warum?«

Schon wieder diese Frage, die Anna in ihrem Leben tausendmal gestellt hat, und selten waren die Antworten befriedigend. Und was sie jetzt sagt, ist es auch nicht. »Ich bin müde, und die Schuhe drücken. Der Mond scheint durch dein gardinenloses Fenster, und er wird nicht vom Himmel fallen, wenn wir es miteinander treiben. Und ich hasse es, von Lily beobachtet zu werden.«

»Ich könnte dich zu dir nach Hause begleiten.« Es klingt verletzt, ein bisschen flehend.

»Nein.« Das kann sie ihm nicht erklären. An ihrer Wohnung, die auch als Büro dient, ist ein Schild angebracht, das er besser nicht sieht. »Rufst du mir ein Taxi?«

»Sehr, sehr ungern.« Rafael geht einen Schritt auf Anna zu,

und sie weicht zurück. »Versuch es erst gar nicht. Vielleicht… ein andermal…«

»Ein andermal könnte ich tot sein. Oder impotent. Oder mit einer anderen beschäftigt.« Es kränkt ihn, zurückgewiesen zu werden. Von einer Frau, die seine Mutter sein könnte und ein lächerliches Kleid trägt, das nur noch von diesen Schuhen übertroffen wird und der Brille, die ihn daran hindert, ihre Augen zu sehen. Eine Frau, die er hier und jetzt begehrt, und der Teufel soll ihn holen, wenn er sich weiter vor ihr demütigt.

Anna zieht ihr Handy aus der Tasche, mit einem Griff, das überrascht sie, und sie ruft ein Taxi, während sie aus der Küche in den Flur geht. Das blutige Taschentuch hat sie auf dem Tisch zurückgelassen, offenbar bleibt immer etwas Rotes von ihr zurück. Er ist ein kleiner, dummer Junge, und es war ein Fehler, sich mit ihm einzulassen. Nur in der Wiederholung liegt die Sünde. Einmalige Fehler verzeiht sich Anna, seit sie denken kann.

Sie öffnet die Haustür und geht vorsichtig über den efeuüberwucherten Weg zum Tor. Der Mond scheint bleich und durchdringend in eine laue Nacht im Mai, die sie allein beschließen wird. Aber vorher braucht sie noch einen Schlaftrunk bei Sibylle, und sie wird ihr erzählen, dass sie einen Tag lang mutig und klug war. Die Familie der Freunde ist alles, was sie hat und kriegen kann, und *immer hübsch bescheiden*, dann ist das Leben einfacher und schmerzloser. Nach Meinung ihrer Mutter, die eine Meisterin der Verdrängung war und alle großen Sehnsüchte unterdrückte, bis sie ganz klein und hart war. Schmerzlosigkeit ist eine Utopie.

Rafael hat sie nicht nach draußen begleitet, und Anna steigt in das Taxi und gibt dem Fahrer die Adresse von Sibylles Kneipe. Er rümpft die Nase, denn Anna stinkt nach polnischer Brotsuppe mit Knoblauch. Er öffnet die Fenster während der Fahrt, und sie gibt ihm kein Trinkgeld, verlangt aber eine Quittung. Ihr vernünftiger Tag, sie wird nur ein Glas Vodka trinken und dann fast nüchtern nach Hause gehen.

Die Kneipe ist voll, und Anna muss sich zur Theke durchdrängen. Die rauchende, trinkende, redende, lachende Meute teilt sich leicht, was sie auf ihren Körpergeruch zurückführt. Anna erreicht ihre Hausbar, hinter der Freddy, der schwule Keeper, steht und mit aufreizender Gelassenheit einschenkt. Er lässt sich von dem Trubel nicht beeindrucken, das finden die Gäste cool. Sie wollen dafür bestraft werden, dass sie nicht nach Hause wollen, sondern Alkohol und Sex.

Freddy winkt ihr zu und deutet auf die Küchentür, aus der Sibylle jetzt mit zwei Tellern kommt, beladen mit Roastbeef und Bratkartoffeln. »Du stinkst«, sagt sie im Vorbeigehen, lädt ihre Bestellung ab und drängt sich wieder durch zu Anna. »Du wirst nicht glauben, was passiert ist. Ich hab es eben in den Nachrichten gehört.«

»Bin Laden wurde vom CIA angeheuert, die Türme in die Luft zu jagen«, sagt Anna. Sie hebt ihr Glas, das Freddy unaufgefordert vor sie hinstellte. Sie wird bevorzugt bedient und beschenkt ihn dafür mit den ausgefallensten Kondomen, die es in der Stadt zu kaufen gibt.

»Eine lokale Nachricht«, sagt Sibylle. »Rosi Stark ist tot. Sie wurde heute Abend ermordet.«

7. Kapitel

»Ermordet?« Anna spürt einen Stich im Rücken, doch es ist nur der Finger eines Mannes, der zur Theke drängt. »Sag's mir nicht: Sie ist erschossen worden.«

»Nein, du kommst nie drauf: Sie wurde mit einer Klobürste erschlagen.« Sibylle betont jede Silbe dieses Satzes, als würde sie auf einer Bühne vortragen. »Du verarschst mich«, sagt Anna jetzt und greift zur Zigarettenpackung.

»Nein, ich schwör's. Es kam in den RTL-Nachrichten.«

Anna rückt näher an Sibylle heran, und sie nimmt die Sonnenbrille ab, als ob sie auf diese Weise besser hören könnte. »Man kann niemanden mit einer Klobürste ermorden. Das ist lächerlich.«

»Ruhe«, schreit Sibylle in die Menge, doch sie ist Wirtin, nicht Lehrerin, und niemand kümmert sich darum. »Kein Plastikzeug, wie es unsereins in der Toilette hat. Ein durchgestyltes Instrument der Klohygiene aus Silber oder versilbertem Metall, so haben sie im Fernsehen gesagt. Rosi war in *Eat The Rich* – diesem neuen In-Laden in der City, du weißt schon.«

»Weiß ich nicht«, sagt Anna. »Da essen nur die Reichen. Du meinst, sie ist auf dem Klo erschlagen worden?«

»Das kam im Bericht nicht vor, aber die Vermutung liegt nahe, oder? Es läuft ja nicht jemand mit der Klobürste durchs Lokal und schlägt auf Gäste ein. Na ja, möglich ist alles in dieser bekloppten Stadt.«

Der Filmagent hat sich bis zur Theke durchgekämpft und küsst Frauenwangen, die sich ihm willig darbieten. »Habt ihr schon gehört? Die arme Rosi hat's erwischt. Hätte nie gedacht, dass die Frau sterblich ist.«

Anna registriert Goldketten an Handgelenk und Brust und schließt ihre Augen vor diesem Anblick. Ihr ist ein bisschen schlecht, und sie nimmt einen kräftigen Schluck, weil sie daran glaubt, dass Vodka Medizin ist.

»Sie sollten das Lokal in *Kill the Rich* umbenennen.« Er lacht über seinen Witz, und Sibylle kichert mit, denn er ist ein Gast, der häufig kommt und viel konsumiert. Und das Beste: Er zahlt bar. Ein paar Kompromisse müssen sein, wenn man nicht untergehen will in dieser mörderischen Welt.

Anna fühlt die Übelkeit wie ein Karussell in ihrem Magen. »Wann war das?«

»Am späten Nachmittag. Sie hat mit ein paar Leuten dort gegessen, und sie sind versackt. In dem Laden laufen auch hübsche Mädchen rum, die der Wirt rekrutiert, um die Gäste zu erheitern. Es war ein Geschäftsessen, haben sie im Fernsehen gesagt. Geschäfte können sehr sexy sein.« Der Agent bestellt eine Flasche Champagner, weil ihm heute danach ist, eine Frau aufzureißen, und mit Schampus geht es immer leichter. Nicht bei der Marx, die steht auf harte Getränke, aber die ist ihm sowieso zu alt. Sie sieht ein bisschen grün im Gesicht aus, passend zu dem Veilchen, das ihr einer verpasst hat. Behauptet, dass sie mit einem Fitnessgerät kollidiert ist, aber man muss ja nicht alles glauben. Hier und heute stinkt sie wie ein türkischer Basar, und es scheint sie nicht im Mindesten zu stören. Eine Frau zum Abgewöhnen, dass sie ihn das letzte Mal abwies, hat ihn allerdings gekränkt. Rosi sagte einmal zu ihm, dass er ein erotischer Mann sei. Das war zu einer Zeit, als sie einen Schauspieler, der bei ihm unter Vertrag war, unbedingt für eine Serienrolle gewinnen wollte. Sie konnte ungemein liebenswürdig sein, wenn sie ein Ziel verfolgte.

»Prost, meine Damen. Auf Rosi. Gott möge ihrer Seele gnädig sein. Falls sie eine hat…«

»Wer erbt?«, fragt Anna, die Freddy ihr leeres Glas hinhält.

»Na, der Ehemann, möchte man meinen. Kinder sind keine da. Der alte Mime wird als trauernder Witwer zu großer Form auflaufen, darauf kannst du Gift nehmen. Jacob war ein begnadeter Schauspieler, bevor er sich zukokste.« Der Agent sieht sich, während er mit Anna spricht, im Lokal um. Er nimmt das Freiwild ins Visier und sieht mindestens fünf Gören, die als Beute in Betracht kämen.

»Der übliche Kreis der Verdächtigen«, sagt Anna, die Detektivin. Sie denkt an Harry, der mit ihr über Rosi sprach, als wäre sie noch am Leben. Wenn er sie erschlagen hat, woran sie nicht glauben möchte, ist er auch ein guter Schauspieler. Sie haben über eine Tote gesprochen in der Küche, und Anna fragt sich jetzt, ob sie klammheimliche Freude empfindet. Tut sie nicht. Sie ist gegen die Todesstrafe, obwohl sie jeden trifft, früher oder später. Im Augenblick scheint es ihr, als sei sie ihr sehr nahe.

In ihrem Magen ziehen Kreise aus Schmerz und Übelkeit, und Schweißausbrüche deuten auf eine Kreislaufschwäche hin. Der Kaviar, vielleicht war das Verfallsdatum doch schon sehr überschritten, und der polnische Kellner kann nicht richtig lesen. Er hat sie vergiftet, und niemals würde sie ihm verzeihen, an einer Überdosis Kaviar gestorben zu sein.

»Fehlt dir was?«, fragt Sibylle, und Anna schüttelt langsam den Kopf. Vodka. Er beruhigte den Magen für eine Weile, doch jetzt bleibt ihr nur noch der ungeordnete Rückzug. Sie drängt sich durch zur Toilette, die im Hinterhof liegt. Die frische Luft tut gut, aber die letzten Schritte läuft sie, darum betend, dass die einzige Damentoilette nicht besetzt ist. Sie schafft es mit einem letzten Sprint und beugt ihren Kopf über die Schüssel, die nach Desinfektionsmitteln riecht.

Das gibt ihr den Rest. Sie erbricht die Mischung aus Speisen und Getränken, und alles riecht nach Knoblauch und schmeckt nach Galle. Es ist widerwärtig, aber als sie sich aufrichtet, fühlt sie sich besser. Sie geht zum Waschbecken und hält ihr Gesicht unter den Wasserhahn. Was dich nicht umbringt, macht dich stärker. Wie ist Rosi gestorben? Über der Kloschüssel kniend wie Anna, oder hat sie ihrem Mörder ins Gesicht gesehen? Sie war eine große, starke Frau, sie hätte sich doch gewehrt?

Anna blickt in ihr Spiegelgesicht und sagt: »Es ist vorbei. Es geht dich nichts an.« Das Licht, das von schräg oben auf sie fällt, ist erbarmungslos. Sie hat immer schon lieber in den Kühlschrank als in den Spiegel gesehen. Gewisse Falten sollten verboten werden, andere stören weniger. Das Gesicht war immer breitflächig, mit hohen Backenknochen. Jetzt sacken die Konturen langsam und unabwendbar nach unten. Fünfzig Jahre Anna-Leben, in einem Gesicht festgehalten, das auch in ihren besten Jahren nie ein Grund zum Jubeln war. Immerhin, sie lebt noch. Anna spült ihren Mund und zieht die Lippen nach. Besprüht sich mit Chanel, was auch nicht viel hilft. Wer immer nach ihr die Toilette betreten mag, ist ihres Mitgefühls sicher.

Als sie auf dem Hof ist, klingelt ihr Handy. Sie ahnt, wer anruft, und zögert, als sie es in der Hand hält. Sie könnte schon schlafen… aber dann siegt die Neugierde, wie immer. »Anna Marx.« Sie hasst Leute, die sich mit »Hallo« melden.

»Ich wollte dich nie mehr anrufen, aber… ich wünschte, du wärst geblieben. Es ist etwas Schreckliches geschehen.«

Rafaels Stimme klingt belegt. Vielleicht leidet er wie sie, das ist gut, denkt Anna. »Bist du im Krankenhaus, oder sprichst du von Rosi Stark?«

»Du hast es also auch schon gehört, Anna.«

Sie atmet tief ein. Frische Luft. Sie wird nie wieder rauchen, trinken oder Kaviar essen. »Sie ist immerhin nicht erschossen worden. Hat Harry etwas dazu gesagt?«

»Nur, dass sie bekam, was sie verdiente. Und dann hat er sich hingesetzt und geweint. Genau genommen weint er immer noch, ganz leise und unheimlich. Wir trinken den Rest deines Vodkas. Ich weiß nicht so recht, was ich tun soll.«

Und darum rufst du Mama an, denkt Anna. Sie setzt sich auf die Pflastersteine und schaut in den sternenlosen Himmel. Einmal, in Afrika, hat sie eine ganze Nacht lang draußen gesessen und Sterne gezählt. Sie kam sich so klein vor. Anna hat keine Antworten, nur Fragen. Manchmal kommt ihr das ganze Leben wie ein großes Fragezeichen vor. »Ich weiß auch nicht. Sag ihm, er soll schlafen gehen, früh aufstehen und sich ein Alibi besorgen. Die Polizei wird ihn vernehmen, da bin ich ganz sicher. Er gehört nun mal zum Kreis der Verdächtigen.«

»Lily kommt«, sagt Rafael, und er klingt erleichtert. »Sie folgt ihm manchmal, vielleicht kann sie ihm ja ein Alibi geben.«

Er legt auf, bevor Anna etwas sagen kann. Das hätte sie schon interessiert, schließlich war es ja bis vor kurzem ihr Fall. Klientin verstorben, und, nein, sie kann Harry einfach nicht mit einer silbernen Klobürste in Verbindung bringen. Und Rafael nicht damit, an ihre Bedürfnisse zu denken. Sie ist neugierig, und er ruft gewiss nicht nochmals an, wenn er seine Antworten hat. Männer sind solche Egoisten! Sie starrt wütend auf ihr Handy und schleudert es in die Handtasche. Die kurze Lebensdauer ihrer technischen Geräte ist unter anderem auf Lieblosigkeit zurückzuführen.

In Afrika war es wärmer, und der Himmel war nicht auf den fahlen Mond angewiesen. Es ist so lange her, und nie wird sie die Sehnsucht nach der Weite verlieren und den Sternen über der Wüste. Sie steht auf und geht zurück ins Lokal, ins Leben, in den Lärm, in die multiplizierte Einsamkeit der Großstädter, die der komplizierten Frage nachhängen, wer mit wem was treiben könnte.

Der Filmagent hat eine kleine Blondine gefunden, die mit ihm Champagner trinkt, und Anna stellt sich neben die beiden an die Theke, denn sie ist durstig und muss den sauren Geschmack in ihrem Rachen vertreiben. Vodka mit Eiswasser: Freddy ist ein Barkeeper, der sich hellseherischer Fähigkeiten rühmt. Er errät mit hoher Trefferquote, wonach seine Gäste dürsten. Er gibt Anna sogar Feuer, obwohl er Sibylle ständig damit droht, zu kündigen, falls sie ihr Lokal nicht umgehend zur Nichtraucherzone erklärt.

»Wer könnte der armen Rosi so etwas antun?«, sagt die Blondine, die eigentlich Schauspielerin ist, doch derzeit Klamotten verkauft.

»Heerscharen«, antwortet der Agent und tätschelt ihre nackte Schulter. Wenn sie nett zu ihm ist, wird er ihr eine kleine Rolle vermitteln. Vielleicht. »Schätzchen, unsere Rosi hatte eine Menge Feinde: Autoren, Schauspieler, Produzenten… aber ich war ihr Freund, gewissermaßen. Sie brauchte mich, und zu solchen Leuten war sie immer ganz lieb. Obwohl sie es, glaube ich, lieber hatte, wenn man sie fürchtete.«

»Nenn mich nicht Schätzchen«, sagt die Blondine. »Ich heiße Lola, und eigentlich bin ich rothaarig.«

Lola rennt, denkt Anna, doch die Blondine bleibt stehen und duldet ein beruhigendes Schultertätscheln.

Anna stört seine Kreise. »Meinst du, ich könnte Jacob Lenz interviewen? Ihr seid doch befreundet.«

»Als was? Ex-Rosis Ex-Detektivin?«

»Ich bin eigentlich Journalistin«, sagt Anna und registriert den mitleidigen Blick der Blondine. »Ich laufe schon lange außer Konkurrenz«, flüstert sie ihr zu, und der Filmagent, der Anna gern loswerden möchte, verspricht ihr, bei Jacob ein gutes Wort für sie einzulegen. »Wenn er besoffen oder high ist, macht er fast alles«, fügt er hinzu.

»Na, dann musst du ihn nur im richtigen Augenblick erwischen. Meine Nummer hast du ja. Ich würde mich freuen, wenn's klappt.« Anna legt einen Geldschein auf die Theke, den Freddy mit flacher Hand einstreift. Er legt Wert auf elegante Gesten, auch in der größten Hektik. »Stinktier«, flüstert er ihr zu, als er ihre Wange zum Abschied küsst. Dies hier ist ihre Familie. Sie hat keine andere.

Anna lässt sich von Sibylle umarmen, bevor sie das Lokal verlässt. Es ist immer schwer, nach Hause zu gehen. Es sind nur ein paar Schritte, zwanzig nach rechts, und an der Bäckerei quer über die Straße, dann steht sie vor der Haustür, die nach Farbe schreien würde, wenn sie sprechen könnte.

Das Öffnen der Tür erfordert einen Schlüssel, der in den Tiefen ihrer Handtasche verborgen ist. Das Leben wäre einfacher ohne Schlüssel und Handtaschen. Ohne Sex und Mord, Finanzämter und Russen, die singen, wann ihnen danach zumute ist. Sie bleibt im Treppenhaus stehen. Tschaikowsky, aber kein Licht. Niemand fühlt sich zuständig, die Birne auszuwechseln. Die Umstände sind liederlich, aber nicht ohne Reiz. Also tastet sie sich im Dunkeln nach oben und stolpert über einen Stapel Werbezeitungen, die schon seit Tagen herumliegen. Anna hält die Balance, weil sie sich am Treppengeländer festgekrallt hat. Die Neigung zu Missgeschicken zieht sich durch ihr Leben wie der Hang, den falschen Männern anheim zu fallen: verheiratet, verrückt, zu alt, zu jung … zu irgendwas, um etwas Gutes daraus zu machen. Ein Lebensabschnittsbegleiter, der sie durchs dunkle Treppenhaus führt, wäre jetzt wünschenswert. Sie über die Schwelle trägt ... ihr heißen Kakao ans Bett bringt. Es ist in Betracht zu ziehen, dass sie vor allem die Zärtlichkeit eines anderen vermisst. Man kann so schwer zärtlich zu sich selbst sein, obwohl sie es an manchen Abenden versucht.

In ihrem Badezimmer, beim Zähneputzen, betrachtet Anna ihr Toilettenwerkzeug. Es ist schwarz und aus Porzellan, aber als Waffe nicht überzeugend. Arme Rosi, vielleicht war ihr letzter Gedanke, dass ihr groß angelegtes Leben ein würdevolleres Ende verdient hätte. Eine Klobürste als Tatwaffe hätte sie jedem Drehbuchautor um die Ohren gehauen.

Die Fernbedienung liegt unter dem Kopfkissen, und Anna wählt den Nachrichtenkanal. Irak, Afghanistan, der Kongo ... der Tod einer Produzentin kommt nach dem Sterben in der Welt. Sie blenden ihr Bild ein, während der Sprecher die Nachricht verliest. Ein schönes Foto, auf dem sie blond, aber ohne violette Strähne zu sehen ist. Rosi lächelt gewinnend, und sie hat ja auch fast immer gewonnen bis auf das eine, das letzte Mal.

Sie sei in den Toilettenräumen eines Berliner Nobellokals getötet worden, sagt der Sprecher. Die Tatwaffe sei sichergestellt, gegen den oder die Täter ermittle die Mordkommission der Berliner Kriminalpolizei. Die Verdienste der Rosamunde Stark um den deutschen Film zählt er im Anschluss auf: Sie produzierte bedeutende Filme, von denen einer sogar einen Oscar gewann – für die Filmmusik. Auch als Produzentin populärer TV-Serien schuf sie sich einen Namen, darunter einen der größten Publikumserfolge der Fernsehgeschichte: *Die Nonne und der Förster.* Rosamunde Stark wird eine schmerzhafte Lücke in der heimischen Filmbranche hinterlassen, so der Sprecher.

Danach kommen Sportnachrichten.

No sports. Anna schaltet den Fernsehapparat aus und drückt ihr Gesicht aufs Kissen. Sie hat immer auf dem Bauch geschlafen, auch wenn Frauenzeitschriften zur Rückenlage raten. Das Klingeln des Telefons hört sie zwar, doch sie ist weder willens noch imstande, ihm zu folgen und ihren Körper aus dem Bett zu heben. Sie ruht so sanft und weich. Und sie hat das ganze Bett für sich. Es gibt sie, die Sekunden, in denen sie dankbar für dieses Leben ist. Die Ewigkeit ist lang, besonders am Ende.

8. Kapitel

Die eisblauen Augen sind feindselig auf die Besucherin gerichtet. Anna sieht von dem Husky hoch auf den Mann, der den Hund am Nacken festhält. Sie sind auch blau, seine Augen, doch kraftlos, fast farblos, und das Weiß schimmert gelblich unter getuschten Wimpern. Jacob Lenz steht an der Tür, im Licht der Mittagssonne, und Anna hat ihre Sonnenbrille abgesetzt, weil sie sich damit allmählich lächerlich vorkommt. Sie könnte schwören, dass er auch Rouge auf den Wangen hat. Er ist Schauspieler. Er lächelt, doch mit einer Andeutung von Schmerz, denn er hat einen schrecklichen Verlust erlitten.

»Oscar tut Ihnen nichts. Bitte kommen Sie doch herein, Frau Marx.«

Oscar lässt Anna gnädig vorbeiziehen, doch seine Augen verfolgen sie. Hunde sind Anna selten wohl gesonnen, und sie begegnen einander mit Vorsicht und Respekt. Rosamunde liebte ihre Oscars, denkt Anna, während sie dem Witwer durch die Eingangshalle in den Salon folgt. Der Kristalllüster klirrt dezent, als Anna unter ihm her schreitet, sie sieht hoch und denkt an den Film »Rosenkrieg« und ist froh, als sie ihn passiert hat.

Wer immer das Haus eingerichtet hatte, er tat es mit großer Demut vor der Produzentin. Bambis säumen Annas Weg, auf Marmorsäulen platziert. Der »Oscar« steht in einer Glasvitrine, angestrahlt. Die Wände zieren gerahmte Fotos, die Rosamunde mit berühmten Schauspielern zeigen. Sie hat viele gekannt und präsentiert stets das gleiche Haifischlächeln, sodass die Galerie ihres Ruhms einer Fotomontage gleicht.

Frühes Disneyland, denkt Anna, und auch die Möbel erinnern an eine Filmkulisse, sie kann sich bloß nicht an den Film erinnern. *The Great Gatsby?*

»Beeindruckend.« Anna dreht sich zu Jacob Lenz um, der einladend auf ein rotes Sofa weist, das Annas Wohnzimmer beinahe ausfüllen würde.

»Ja, sie war eine bemerkenswerte Frau. Setzen Sie sich doch. Darf ich Ihnen etwas anbieten? Ein Glas Champagner?«

Anna nickt, obwohl Kamillentee besser wäre. Sie hat den Morgen in ihrer Toilette verbracht, kniend, und jetzt geht es ihr besser, aber nicht so weit, dass sie Schampus trinken sollte. Na ja, vielleicht ein kleiner Schluck für den Kreislauf, und ohnehin ist es jetzt zu spät, denn Lenz ist schon auf dem Weg zur Hausbar, die fast so gut bestückt ist wie Sibylles Kneipe. Er geht wie John Wayne in einem Western, den sie vor kurzem im Fernsehen sah. Es war einer jener Streifen, in dem von Dach zu Dach geschossen wird, ohne dass man weiß, wer auf wen zielt und warum. Es war einer dieser Abende, an denen sie von einem Kanal zum anderen zappte auf der Suche nach Liebe, zumindest auf dem Bildschirm.

Jacob Lenz öffnet die Flasche mit geübten Griffen, sehr konzentriert auf sein Tun, und Anna, versunken in roten Samtbezügen und umrahmt von herzförmigen Kissen, beobachtet ihn. Weiße lange Haare, kunstvoll geföhnt, über einem Gesicht, das noch einige Spuren von Attraktivität aufweist, obwohl die Jahre wie ein Orkan gewütet haben. Tiefe Falten beherrschen die Stirn- und Augenpartie. Er hat angewachsene Ohrläppchen, die nach Meinung von Annas Mutter auf schlechten Charakter schließen lassen. Die Mutter hat ihre gesammelten Vorurteile nie wirklich begründen können, sodass Anna irgendwann aufgab, sie zu hinterfragen.

Lenz trägt einen goldenen Ohrring und schwarze Kleidung, die sich als »lässige Eleganz« beschreiben ließe. Schwarze Schuhe, immerhin, aber über die weißen Socken könnte man streiten. Deshalb ist sie nicht hier. Er hat nachts auf ihren Anrufbeantworter gesprochen und um Rückruf gebeten. Als sie es am späten Morgen tat, bat er sie, in die Grunewalder Villa zu kommen, doch er nannte keine Gründe. Neugierig, wie Anna von Natur und aus professionellen Gründen ist, folgte sie seiner Einladung. Dass der Filmagent sich so schnell für sie verwandte, verwunderte sie. Und erst jetzt, auf der Couch, kommt ihr der Gedanke, dass der Witwer das Geld zurückfordern könnte.

Lenz stellt das Glas vor Anna auf den Tisch und setzt sich neben eine Knoblauchwolke. Kein Naserümpfen, vielleicht hat Koks seine Geruchsnerven bereits vernichtet. »Prost, Anna Marx. Wissen Sie, dass Sie ihr ein wenig ähneln? Eine jüngere und schlankere Ausgabe von Rosi natürlich – und nicht so blond und tot.«

Er lacht über seinen Witz, und Anna verzieht ihren Mund. »Mein Beileid«, murmelt sie. Eine schreckliche Floskel, die zu seinem furchtbaren Humor passt. Außerdem mag sie es nicht, wenn Leute ihr beim Sprechen zu nahe kommen. Sie rückt, so gut es geht, von ihm ab. Dies ist nicht sein erstes Glas an diesem Tag, aber gut, der Mann ist trostbedürftig. Sollte er zumindest sein.

»Sie fragen sich sicher, weshalb ich Sie angerufen habe. Ich will es Ihnen sagen: Sie standen in Rosis Terminkalender, Ihr Name und die Telefonnummer. Und da Sie weder Schauspielerin sind noch zu unserem Bekanntenkreis gehören, habe ich mich gefragt, was sie von Ihnen wollte. Sie haben also eine Detektei im Scheunenviertel. Das muss ein interessanter Beruf sein.«

Warum nur hat sie das Gefühl, dass er ohnehin schon alles weiß? Weil er spricht wie im Theater und das Ende des Stücks bereits kennt? »In Filmen kommt die Branche besser rüber, Herr Lenz. Die Wirklichkeit ist schrecklich langweilig.«

Jacob Lenz wirft seinen Kopf mit den weißen Haaren zurück, es sieht grandios aus. Seine tragende Stimme hallt durch den Raum: »Es gibt Schwarz und Weiß und dazwischen Grau. Das sind wir. Eine schwierige Farbe, so schwer zu bestimmen. Ich habe stets versucht, diesem Grau zu entkommen. Rosi hat das verstanden.«

Mit Koks? Ein Laster, dem Anna nie näher getreten ist. Sie hat genügend andere, was zu bedauern wäre, wenn sie nicht so viel Genuss bereiteten. »Detektive sind von Berufs wegen neugierig. Wie konnte das geschehen?«

Lenz hat das tragische Lächeln abgesetzt und mustert Anna jetzt spöttisch. »Wollte ich nicht Sie befragen? Ich war dort, und wenn ich Ihnen jetzt erzähle, was passiert ist, werden Sie mir dann sagen, in welcher Angelegenheit meine Frau Sie konsultiert hat?«

Sie hat doch diesen Bericht geschickt, allerdings ins Büro.

Oder hat sie etwa vergessen, ihn abzuschicken? Jetzt fällt es ihr ein: Es war keine Briefmarke im Haus, und sie wollte zur Post gehen und … verdammt, jetzt ist es ohnehin zu spät, also muss sie sich nicht über ihre Schlamperei ärgern.

»Ich sollte jemanden für Ihre Frau beschatten. Das habe ich drei Tage lang getan, und ich habe nichts Außergewöhnliches feststellen können. So steht es im Bericht, der frankiert auf meinem Schreibtisch liegt.« Eine überflüssige Lüge, sie kann es nicht lassen.

Anna sieht ihm in die Augen, die vielleicht einmal so klar und beeindruckend waren wie die seines Hundes. Hat nicht alles hier ihr gehört – inklusive dem Curd-Jürgens-John-Wayne-Clint-Eastwood-Verschnitt, der jetzt sein Glas erhebt und ihr zuprostet? Der Hund liegt vor der Glastür, die zum Garten führt. Zu Füßen einer griechischen Statue, oder römisch oder weiß der Himmel, jedenfalls steht da ein nackter Mann in Marmor.

»Wen wollte sie beschattet haben, Private Eye?« Er trinkt sein Glas leer, doch seine Augen sind unverwandt auf Anna gerichtet. Sie wünschte, er würde ihr sagen, welches Stück gespielt wird. Sie muss improvisieren, während er seinen Text kennt.

»Das kann ich Ihnen nicht sagen. Berufsgeheimnis oder so. Wenn das ein Film wäre, würden Sie jetzt eine Pistole ziehen und mich auffordern, den Namen zu nennen. Und ich würde sie Ihnen im Kampf entwinden, weil Detektive die Guten sind und am Ende übrig bleiben.«

Lenz lächelt beinahe amüsiert. »Das ist die konservative Variante, es gibt auch andere. Noch ein Schluck? Es ist Rosis Lieblingschampagner. Ich hoffe, wo immer sie ist, dass es dort Vorräte gibt. War es Oliver Lindemann?«

»Nein.« Wer ist Oliver Lindemann? Anna greift nach der

Zigarette, die er ihr anbietet. Ihre erste an diesem Tag, es muss ihr wirklich schlecht gegangen sein.

»Benno Mackeroth?«

Anna bläst ihm Rauch ins Gesicht. »Das ist ein blödes Spiel. Ich sag Ihnen den Namen nicht. Er ist sowieso belanglos, weil ich nichts herausgefunden habe. Außerdem ist die Sache mit ihr gestorben ... Entschuldigung.«

Lenz hebt seine Schultern, jede seiner Gesten erscheint ein wenig übertrieben, einstudiert, so als wäre Anna die Zuschauerin und irgendwo im Raum die Kamera, die ihn filmt.

»Warum? Tot ist tot. Das Schlimmste daran ist die Heuchelei, die diesen Umstand begleitet. Ich sag Ihnen, wer es war: der arme Harry. Ja, natürlich. Einmal habe ich ihn sogar erwischt, als er hier im Garten herumschlich. Rosi hatte tatsächlich Angst, dass er Oscar etwas antut. Sie hat diesen Hund wirklich geliebt. Das einzige Lebewesen, dem sie ganz und gar vertraute. So treu und bedingungslos ergeben. Wussten Sie, dass meine Frau eine Sportstudentin engagiert hat, die jeden Morgen drei Stunden mit Oscar durch den Park joggt?«

Anna ist es unbegreiflich, wie jemand drei Stunden seiner kostbaren Zeit mit Laufen verbringen kann. Jacob Lenz kennt Harry Loos, das wusste sie schon vorher. Die Geschichte mit dem Kokain. Nun, sie wird gar nichts sagen, und er kann ihr Schweigen als Zustimmung werten. Ein moralischer Kompromiss minderer Qualität, an die Sorte hat sie sich mittlerweile gewöhnt.

»Wie viel hat Rosi Ihnen bezahlt? Nein, um Gottes willen, ich will das Geld nicht zurückhaben. Mich interessiert nur, wie viel er ihr wert war.«

»Ihre Frau hat mir ein paar hundert Euro als Pauschale angeboten, die habe ich abgerechnet.« Und für Sonnenbrille,

Schuhe und die Telefonrechnung ausgegeben. Geld war stets eine unsichere Größe in Annas Leben, was sie nicht daran gehindert hat, es mit vollen Händen unter die Leute zu bringen. Brutto gleich netto. Jacob Lenz lebt in anderen finanziellen Sphären. Doch wie hält man so ein Haus nur aus? Rosis Sammlung von Preisen, Berühmtheiten, Kunst und Kitsch – und alles trägt so aufdringlich ihre Handschrift, dass ihr Tod wie ein Filmgag erscheint. Was zu der anderen Frage führt: Wie hat er sie ertragen? Anna war bereits nach einer Stunde ihrer Gegenwart in Schweiß gebadet.

Lenz schenkt sich zum dritten Mal nach und hält das Glas mit beiden Händen hoch wie den Kelch in der Kirche. »Die beiden hatten einmal eine Affäre, müssen Sie wissen. Und als sie ihn hinauswarf, hat er ihren Hund mitgenommen und einschläfern lassen. Harry gehört zu den gefährlichen Verlierern. Weil er es einerseits herausfordert, getreten zu werden, es andererseits aber nicht verkraften kann. Der Mann ist eine wandelnde Zeitbombe … dabei mag ich ihn eigentlich … er ist so ein anständiges Arschloch, wenn Sie verstehen, was ich meine.«

Das Adjektiv klingt aus seinem Mund wie ein Schimpfwort, denkt Anna, und sieht ihn zum Handy greifen. Gab es Leben auf der Erde vor der Erschaffung des mobilen Telefons? Lenz springt auf und geht in Richtung Veranda, während er telefoniert; es ist so unhöflich und wird dadurch nicht besser, dass alle es tun. Anna nimmt ihr Handy aus der Handtasche, als es klingelt, und drückt die Anruftaste zu spät, sie kann also nicht Gleiches mit Gleichem vergelten. Und sie kann Lenz nicht hören, der Raum ist zu groß, und er spricht leise. Die Telefonanlage im Haus ist auf Anrufbeantworter geschaltet, sie sieht den roten Punkt immer wieder aufleuchten; der Witwer ist ein gefragter Mann, vermutlich wollen alle Journalisten

Interviews. *Wie fühlten Sie sich, nachdem Ihre Frau mit der Klobürste erschlagen wurde? Werden Sie die Firma weiterführen? Wird es einen Film über Frau Starks Leben geben? Und so weiter…*

Eigentlich ist Anna froh, dem Gewerbe entronnen zu sein, auch wenn sie sich den Ausstieg spannender vorgestellt hatte. Vielleicht gibt Lenz ihr ja den Auftrag, den Mörder seiner Frau zu finden? Endlich eine Herausforderung, der sie eindeutig nicht gewachsen ist. Nein, er versucht nur, sie über Harry auszuhorchen, was dafür spricht, dass hinter der Sache mehr steckt, als Rosamunde zugegeben hat. Denn hinter allen Sprüchen und Gebärden macht Jacob Lenz den Eindruck, ein sehr nervöser Mann zu sein. Wovor fürchtet er sich?

»Entschuldigung, es war unser Anwalt. Ans Haustelefon gehe ich ohnehin nicht mehr.« Lenz setzt sich wieder zu Anna, nachdem er Oscar ins Freie entlassen hat. Er lässt die Schiebetür offen, und Anna blickt neidisch auf den Rasen, der von Kastanienbäumen begrenzt ist. Sie hätte so gern einen Balkon, sie hat einen, doch er ist wegen Einsturzgefahr nicht zu begehen. Manchmal steht sie davor und denkt, sie wagt es. Einen Schritt nur…, und sie spielt mit dem Gedanken, an ihrem fünfzigsten Geburtstag das Abenteuer Balkonbegehung zu riskieren. Wenn sie fällt, wird sie es erstens wissen und zweitens nie mehr daran denken müssen, wie die nächsten zehn Jahre aussehen…

»Nach der Sache mit dem Hund nannte meine Frau Harry einen Mörder. Glauben Sie, dass er…?«

»Ich weiß nichts«, erwidert Anna. »Wollen Sie mich nicht aufklären? Wie ist es überhaupt passiert?«

Jacob Lenz konnte sich nie zwischen Faust und Mephisto entscheiden, schon gar nicht nach dem dritten Glas. Und er ist allein, was er im Zustand halber Trunkenheit kaum erträgt. Tatsache ist, dass er sich schon lange nicht mehr ertragen kann. Das Einzige, das hilft, ist, den Selbstekel auf andere zu projizieren. Zu versuchen, sie stellvertretend zu zerstören. Die Besucherin wächst vor seinen Augen in ein großes, rotes, fettes Ungeheuer. Ein Drache, und Mephisto wechselt in dieses Stück und erschlägt ihn nicht mit dem Schwert, sondern mit der Champagnerflasche. Man muss nehmen, was zur Hand ist…

Jacob springt auf und läuft aus dem Zimmer. Er flieht vor seinen Horrorvisionen, und die Flasche hält er in der Hand…

Anna sieht ihm nach, verwirrt, doch nicht bereit, schon zu gehen. Vielleicht holt er Nachschub oder muss zur Toilette? Einen Augenblick lang sah er völlig irre aus. Als ob er einen Geist gesehen hätte, doch ist Rosamunde ohnehin präsent in diesem Raum, sie hängt an den Wänden in silbernen Rahmen, und sie lächelt ohne Ende. Anna zündet sich eine Zigarette an und steht auf, um die Fotos zu betrachten. Zumindest eine Weile wird sie warten, bis der Hund sie frisst oder der Hausherr wiederkommt. Liam Neeson hat den Arm um die Produzentin gelegt, darum könnte man sie beneiden. Billy Wilder küsst sie auf die Wange, da war Rosamunde noch jünger und dünner. Komische Frisuren trug sie immer schon und zu viel Schmuck, und auf den frühen Fotos war ihr Gebiss noch nicht so perfekt, dafür das Lächeln echter…

»Sorry, dass ich Sie so lange allein gelassen habe. Wie unhöflich von mir. Möchten Sie noch was trinken?«

Lenz muss sich hereingeschlichen haben, denn er steht jetzt hinter Anna und schaut über ihre Schulter auf die Bildergalerie. »War sie nicht eine bedeutende Person? Das Universum, in dem wir unsere Bahnen ziehen durften… ich habe sie schrankenlos bewundert, das müssen Sie mir glauben.«

Anna dreht sich um und sieht in ein erneuertes Gesicht.

Strahlende Augen, und er lächelt zu ihr hinauf, denn er ist ziemlich klein, auch seine Frau muss ihn um einiges überragt haben. Er hat etwas genommen, denkt sie und sagt, dass sie keinen Durst mehr habe, allenfalls nach Informationen über den gestrigen Nachmittag. »Ich bin die wandelnde Neugierde«, sagt Anna. »Soll ich lieber ein andermal vorbeikommen?«

Lenz tritt einen Schritt zurück und greift an die Stelle, wo sein Herz zu vermuten ist. »*Vorbei! Ein dummes Wort. Warum vorbei? Vorbei und reines Nicht, vollkommnes Einerlei. Was soll uns denn das ewge Schaffen, Geschaffenes zu nichts hinwegzuraffen? Da ist's vorbei! Was ist daran zu lesen? Es ist so gut, als wär es nicht gewesen. Und treibt sich doch im Kreis, als wenn es wäre. Ich liebte mir dafür das Ewig-Leere.*«

Soll sie ihm jetzt applaudieren? Der Schauspieler ergreift ihren Arm und führt sie zur roten Couch. »Nochmals sorry, da ist Mephisto mit mir durchgegangen. Ich habe beim Theater angefangen, und heute weiß ich, dass es meine beste Zeit war. Das Leben korrumpiert die größten Geister. Und meine Frau war eine Meisterin des Lebens. Keine Situation, der sie nicht gewachsen war. Wirklich, ich habe sie an-ge-be-tet.«

Die fast ironische Betonung lässt diesen Satz nicht ehrlicher erscheinen. Anna versucht, nicht skeptisch dreinzusehen. Er drückt sie beinahe auf die Couch zurück. »Gehen Sie nicht, Frau Marx, ich erzähle Ihnen alles, was ich weiß. Schauspieler brauchen Publikum … und gute Drehbücher und Regisseure. Visagisten, Kostümbildner, Kameraleute, Beleuchter, Tontechniker … sie sind nichts ohne die Entourage. Doch letztlich sind sie allein. Vollkommen einsam, wenn die Scheinwerfer an sind. Wissen Sie, dass es kaum noch gute Schauspieler gibt? Nicht, weil sie dumm sind, ich meine, wir reden jetzt nicht von den Seriendeppen im Fernsehen. Nein, die meisten Schauspieler sind sehr intelligent. Aber zu ehrgeizig, Marx. Sie wollen berühmt werden und überspielen ihre Rollen. Schauspieler müssen einfach sein. Direkt. Nur das tun, was das Drehbuch ihnen vorschreibt, nicht mehr und nicht weniger. Nichts hineininterpretieren, nicht intellektuell überhöhen, keine ihrer eigenen Emotionen oder Interpretationen einbringen, sondern einfach *spielen, was man ihnen sagt.* Das ist die Kunst!«

Das ist nicht das, was ich hören will, denkt Marx, doch sie nickt andächtig und wartet auf Fakten. Er ist high, und sie ist geduldig, ausnahmsweise. Die hektischen Bewegungen seiner Arme irritieren. Außerdem rollt er mit den Augen und bläht die Nasenflügel auf. Das, was davon noch übrig ist. Lenz tut genau das, wogegen er wettert: Er übertreibt. Oder es ist einfach nur ein Scheißdrehbuch. »Warum spielen Sie nicht mehr?«, fragt sie, als er einmal Atem holt.

War das eine obszöne Frage? Er sieht sie an, als habe sie eine gestellt. »Weil ich keine Lust habe, mein Talent zu verschleudern, meine Liebe. Es gibt keine guten Drehbücher mehr und keine Regisseure von Format. Idiotische Sendungen für debile Teenager, das ist gefragt – und Rosi hat dem Markt gegeben, was der Markt wollte. Sehr weise von ihr. Pragmatismus war eine ihrer Haupttugenden. Ich habe sie dafür bewundert.«

Warum?, denkt Anna, und nimmt dankbar eine seiner Zigaretten. »Wer war bei dem Mittagessen dabei?«

Er gibt ihr Feuer und verbrennt sich beinahe den Finger. »Bei welchem? Ach gestern. Neben uns beiden Oliver Lindemann und Benno Mackeroth, außerdem Hanni Pelzer, Rosis Assistentin, und Gustav Brock, seines Zeichens Programmdirektor. Später kamen dann noch zwei Mädels dazu.«

Anna kennt den Schauspieler Mackeroth, und sie hat eine

Vermutung über die Profession der späteren Damen. »Wer ist Lindemann?«

Lenz verdreht die Augen. »Oh, er ist sehr wichtig. Zuständig für Filmförderung. Der Mann mit der Kohle. Seinetwegen wurde das Essen überhaupt veranstaltet. Rosi wollte wegen der Finanzierung einer Filmidee vorfühlen. So etwas macht man anfangs ganz informell.«

»Waren Sie immer dabei bei solchen informellen Geschäftsessen?«

Annas Ton stört offensichtlich, er sieht sie plötzlich feindselig an. »Kommunistin? Wär ja möglich bei dem Namen. Es gibt keinen Film ohne Finanziers, meine Liebe, und die aufzutreiben ist die schwierigste Arbeit. Nein, ich war nicht immer dabei. Aber diesmal. Leider. Wir alle mussten uns noch von diesen proletarischen Kripoleuten befragen lassen. Scheißdialoge, und viel zu lang.«

»Immerhin«, sagt Anna sanft, »ist ihre Frau zu Tode gekommen.«

Lenz lächelt beinahe belustigt. »Ja, sicher. Mit Hilfe einer künstlerisch hochwertigen Klobürste. Wer immer das war, er hatte Humor. Rosi hätte ihn erschlagen, wenn sie das überlebt hätte. Als sie mich holten, hielt ich es für einen Scherz, ehrlich. Der Restaurantmanager hat mich zur Toilette geführt, ganz diskret, und da lag sie auf kaltem Marmor. Überall Blut – und diese große, klaffende Wunde am Hinterkopf. Sie war mausetot. Der Notarzt holte dann die Polizei. Ich dachte erst an einen Unfall, dass sie irgendwie ausgerutscht und gegen eine scharfe Kante gefallen ist. Aber nein. Die Tatwaffe lag daneben, blutverschmiert. Das andere Ende natürlich, er hatte die Spiralbürste in der Hand und schlug mit dem silbernen Griff zu. Oder sie… wir wollen doch Gleichberechtigung walten lassen. Oh Gott, dieses Ende hat sie nicht verdient.«

Wischt er sich jetzt eine Träne aus dem Auge? Seine Stimmungen schlagen so schnell um, dass Anna kaum mithalten kann. Aber solange er redet, muss sie fragen. »Wieso hat sie sich nicht gewehrt?«

»Weil sie gekotzt hat, als es geschah. Vermutlich hat sie vergessen, die Tür abzusperren. Wir waren die einzigen Gäste um diese Zeit, und außer dem Manager und einer Kellnerin war niemand sonst im Lokal. Rosi war eine notorische Erbrecherin. Die anderen wurden immer betrunkener, und sie ging ab und zu zur Toilette und kotzte alles wieder aus. Eine Art Machtspiel, so dumm sich das anhört. Meine Frau war nie wirklich betrunken, verstehen Sie, Marx? Aber die anderen waren zugeschüttet, das gab ihr einen strategischen Vorteil. Außerdem wollte sie abnehmen, das war das zweite Motiv. Seit ich sie kenne, ist sie auf dem Trip, der nie irgendwohin führte. In ihren besten Zeiten hatte sie Ihre Figur, und die ist ja auch nicht besonders.«

»Oh, vielen Dank.« Anna beobachtet Oscar, der aus dem Garten zurückgekehrt ist und mit schmutzigen Pfoten über das Parkett läuft. Es scheint Lenz nicht zu stören, sicher gibt es jemanden, der für diesen Dreck zuständig ist. »Waren Sie betrunken?«

»Nicht mehr als sonst. Es hat grauenhaft gestunken in der Toilette. Benutzen Sie ein Parfüm mit Knoblauch?«

Anna seufzt. »Ich hab beim Italiener gegessen und bin beim Rausgehen gestolpert und hingefallen, deshalb das Veilchen. Aber wenn niemand sonst im Lokal war außer Ihrer Tischgesellschaft, wie konnte der Täter dann unbemerkt zur Toilette gehen? Es müsste ihn doch jemand gesehen haben?«

Jacob Lenz streicht sanft über Annas linkes Auge, und sie weicht unter seiner Berührung zurück. »Armes Mädchen. Ich dachte erst, Sie boxen im Schwergewicht. Na ja, der oder die könnte ja schon vorher, als noch Mittagstrubel war, zur Toilette gegangen und sich dort eingeschlossen und auf Rosi gewartet haben, oder? Es gibt zwei Toiletten, und davor ist der Schmink- und Waschraum, alles in hellem Marmor, sehr edel. Vielleicht auch ein bisschen nuttig.«

»Apropos«, sagt Anna: »Die beiden Damen, waren das Prostituierte?«

Ein halbes Lächeln mit tragischer Note: »Schauspielerinnen, kleine Sternchen am Firmament des Vergnügens. Wir nennen sie Schauspielerinnen. Sie haben sich verabschiedet, bevor die Polizei eintraf, was man dem Rest der Gesellschaft sehr übel nahm. Aber wir konnten sie ja nicht gut mit Gewalt zurückhalten, oder? Ich könnte mir denken, dass die Damen ein kleines Problem mit der Aufenthaltsgenehmigung haben. So spießig, diese Behörden ...«

»Wer hat die Damen engagiert? Sie? Ihre Frau?« Anna glaubt, dass er ihr bisher die Wahrheit gesagt hat, seine Wahrheit, doch jetzt wird er argwöhnisch und vorsichtig.

»Ich weiß nicht. Der Restaurantmanager vielleicht? Und jetzt sag ich ihnen was, das Sie erstaunen wird: Ich glaube, ich habe während des Essens, als noch alle Tische besetzt waren, Harry an der Bar gesehen. Nein, richtig ist: Rosi hat ihn erspäht und mich darauf aufmerksam gemacht. Aber als ich hinsah, war er schon verschwunden. Vielleicht wieder gegangen ...?«

Wahrheit oder Lüge? Er ist Schauspieler. Möglicherweise ein Täter. Zweifel liegt in Annas Blick, und dies steht nicht in seinem Drehbuch. Lenz zeigt mit dem Finger auf Annas Herz: »Sie müssten das doch wissen. Sie haben ihn ja beschattet.«

Annas Hand aufs Herz: »Das habe ich nie gesagt. Es ist Ihre Vermutung. Außerdem habe ich gestern niemanden mehr observiert. Der Auftrag war abgeschlossen, das hatte ich Ihrer Frau auch telefonisch mitgeteilt. Haben Sie die angebliche Beobachtung Ihrer Frau der Polizei erzählt?«

Lenz lächelt. »Noch nicht. Aber er steht ganz oben auf der Liste der Verdächtigen, nicht wahr? Der arme Harry, ich habe persönlich nichts gegen ihn, im Gegenteil. Dieser Köter war ohnehin eine Pest und Rosis hündische Zuneigung etwas übertrieben. Wollen Sie wirklich nichts mehr trinken? Champagner macht durstig, finde ich.«

Anna schüttelt den Kopf. Ihr Durst ist gestillt, beinahe. »Während Ihre Frau sich in der Toilette befand, waren da alle am Tisch anwesend?«

Stimmungswechsel. Jacob Lenz lässt sich so heftig auf die Couch fallen, dass Anna wie auf einem Sprungbrett nach oben hüpft. Er hat seinen Unterarm theatralisch übers Gesicht gelegt und jammert: »Ist das ein Verhör? Mit welchem Recht quälen Sie mich?«

Er ist in die Rolle des leidenden Witwers zurückgefallen, des erschöpften Mimen und egomanischen Alten. Lenz hält die Augen geschlossen. Er gibt den Faust am Rande des Abgrunds, und Anna hievt sich aus der Couch hoch und blickt zu ihm hinunter. Sie muss kein Mitleid mit ihm haben, er hat selbst genug davon. Das Rouge auf einer Wange ist ein bisschen verschmiert, er bräuchte jetzt eine Maskenbildnerin. Oder Champagner, Koks, eine der kleinen Schauspielerinnen oder Nutten, mit denen Rosi ihre Männer unterhielt. Sie war eine Frau, die anderer Leute Schwächen erbarmungslos ausnutzte. Wie hat er das ertragen in all seiner Eitelkeit?

Hat er sie umgebracht, weil er *stoned* war und der Versuchung nicht widerstehen konnte, sie ein für allemal loszuwerden? Anna glaubt es nicht, hat aber keine vernünftige Begründung dafür. Schließlich ist er jetzt Alleinherrscher in diesem Haus und in der Firma. Hass ist eine gängige Todsünde unter Eheleuten. »Ich bin nur neugierig, Herr Lenz. Verzeihen Sie mir. Sie möchten sicher, dass ich jetzt gehe.«

Keine Antwort. Sein Arm liegt immer noch über den Augen, und der Mund bewegt sich nicht. Anna beugt sich zu ihm, das verdammte Kreuz tut weh vom langen Sitzen auf dieser unmöglichen Couch, und sie schlägt ihm sacht auf den Arm. Keine Reaktion. Koma? In einem Anflug gelinder Panik überlegt Anna, was jetzt das Richtige wäre: Hilfe holen oder verschwinden? Aber schneller, als sie denken kann, hat er ihren Arm gepackt, sodass sie sich nicht mehr aufrichten kann. Ihre Bandscheibe sendet Grüße aus dem Jenseits. »Aua, lassen Sie mich los.«

Er lockert seinen schmerzhaften Griff, und Anna befreit sich und richtet sich auf. Sie hat keine Angst, nur Rückenschmerzen. »Wagen Sie es ja nicht, mich nochmals anzufassen. Ich gehe jetzt.«

Während sie nach ihrer Handtasche greift, beginnt er zu lachen. Es klingt ekelhaft. »Ja, geh doch, Anna Marx. Die Tür ist offen. Glaubst du, ich will dich vergewaltigen? Da krieg ich besseres Fleisch, das kannst du mir glauben.«

Anna ist schon an der Tür. Sie liebt es, das letzte Wort zu haben. »Von Ihrer Frau bezahltes …?«

Und draußen ist sie, an der Tür, die zum Kiesweg führt, der von Rosensträuchern gesäumt ist. Sie hört Glas klirren, kurz bevor sie die schwere Haustür zuschlägt. Sie ist mit Rosamundes Firmenlogo geschmückt, dem goldenen »Oscar«. Die vierbeinige Ausgabe nähert sich jetzt aus dem Garten, und Anna vergisst ihren schmerzenden Rücken und beginnt zu laufen.

9. Kapitel

Der Russe interpretiert *Eugen Onegin* und sieht dabei aus wie ein Karpfen im Todeskampf. Er singt in der Originalsprache der Tschaikowsky-Oper, und Anna versteht kein Wort. Sie leidet. Nicht, weil in diesem Werk, so die vorangegangene Belehrung der Zuhörer, alle aufrichtigen Gefühle dem Stumpfsinn einer dekadenten Gesellschaft zum Opfer fallen. Das kommt vor in allen Zeiten und Sprachen. Anna leidet am Gesang. Sie gehört zum kulturellen Abschaum der Opernverweigerer. Nur einmal Wagner, das war noch zu Schulzeiten, und nie wieder wollte sie Menschen auf der Bühne sehen, die sich ununterbrochen ansingen, was zu überhören unmöglich ist.

Der Russe steht auf einer Leiter, auf der ersten Sprosse, dies ist das Bühnenbild, denn im »Club erfolgloser polnischer Frauen« gibt es kein Podest, nur Linoleumboden, Tische und harte Stühle sowie Teeküche und Toilette, die aufzusuchen Anna nicht wagt. Es würde die andächtig Lauschenden stören. Also rutscht sie auf ihrem Stuhl und versucht, alle körperlichen Bedürfnisse zu ignorieren. Sibylle neben ihr hat die Augen geschlossen. Schläft sie?

Anna beobachtet das Publikum, es sind nur zwei Männer anwesend, Sängerfreunde, wie Anna vermutet, und viele polnische Frauen. Heute stricken sie nicht, sondern hören konzentriert, fast entzückt dem vertonten Leiden des Eugen Onegin zu. Der Sänger wird von einer Pianistin begleitet, die einen Oberlippenbart trägt. Sie wogt mit ihrem Körper, während sie spielt, und sie lächelt ununterbrochen. Ihr scheint zu gefallen, was sie hört.

Die Neonröhren an der Decke spenden nicht nur Licht,

sondern auch Wärme. Der Russe, der Fjodor heißt, schwitzt beim Singen, Anna beim Zuhören. Sie muss wahnsinnig gewesen sein, seine Einladung anzunehmen. So viel Ungemach in ihrem Leben resultiert daraus, dass sie nett und freundlich sein will. Sie sollte sich das abgewöhnen und eine böse Alte werden. Ab fünfzig. Sofern sie nicht doch einen Weg findet, an diesem Tag die Atmung einzustellen. Genügt es, wenn man die Luft anhält?

Viele Frauen in diesem Raum sind in Annas Alter, und sie sind nicht geliftet, manche vollkommen ungeschminkt. Ein paar tragen Kopftücher, andere Hüte, und sie haben sich fein gemacht auf eine schlichte Art, so wie Rafael es wohl gemeint hat. Viele gute Gesichter, in die das Leben etwas hineingeschrieben hat, das nicht unbedingt schön war. Unter den jungen Frauen fallen Anna zwei auf, die ausgesprochen attraktiv sind, dies allerdings übertrieben betonen. Zu viel Schminke und zu wenig Kleidung: Sie sitzen in der letzten Reihe und sehen nicht so aus, als ob der Gesang sie hinreiße. Sie tuscheln miteinander und werden von ihren Nachbarinnen zuerst böse angeschaut und alsbald angezischt. Sie sind nicht zu übersehen, und sie passen nicht hierher.

Ein Kind hustet, verzweifelt, wie Anna glaubt. Die Mutter hält ihm eine Hand vor den Mund. Fjodors Stimme kippt, sie ist von Tschaikowsky überfordert, doch die Frauen lächeln darüber. Sie haben Schlimmeres erlebt, denkt Anna und bewundert den selbstgestrickten Pullover ihrer Nachbarin zur Rechten. Er ist schwarz mit roten Herzen, die zu leuchten scheinen. Gibt es Neonwolle?

Links schnarcht Sibylle, zumindest ein Röcheln ist zu hören, und Anna stößt sie in die Seite. Die Freundin schreckt auf und flüstert: »Wo bin ich?«, fängt Annas drohenden Blick ein und verstummt. Ihr Gesichtsausdruck sagt, dass sie Anna diesen Abend so schnell nicht verzeihen wird. Eigentlich wollte Sibylle zu Hause bleiben und eine Nacht ohne Gäste, Freunde oder Beischlaf verbringen. Sie fühlt sich so müde in letzter Zeit, irgendetwas stimmt nicht mit ihr, und sie sollte zum Arzt gehen, doch davor hat sie Angst.

Sibylle ist vierundvierzig, sie war immer gesund und fit, und nun fürchtet sie die Krankheit. Irgendeine. Brustkrebs, der statistisch jede zehnte Frau trifft. Oder Leukämie, ihre Tante ist daran gestorben. Etwas frisst sie von innen auf, so fühlt sie sich jedenfalls, und Anna nahm sie nicht angemessen ernst, als sie klagte.

Mehr Schlaf und weniger Sex, das ist ein feiner Ratschlag. Anna meint, dass Ärzte krank machen. Also geht sie nie hin und schont das sieche Gesundheitssystem. Anna ist so robust, und ihre zarte Seele entblößt sie selten. Trägt sie nach innen und spielt Philip Marlowe nach der Geschlechtsumwandlung. Die starke Frau geht auf dem dünnen Eis der Verzweiflung und bemüht sich, nicht einzubrechen. »Die Ohren steif halten«, sagt Anna.

»Fällt dir nichts Besseres ein?«

Anna: »Das ist meine ganze Weisheit.«

An anderen erkennt man alles viel klarer, was zur Selbsterkenntnis wenig beiträgt. So traurig, diese Musik. Anna sieht aus, als ob sie kurz davor steht, nach vorne zu laufen und den Sänger von der Leiter zu schütteln. Es ist schön, dieses Anna-Gesicht, wenn man es mit dem Blick der Zuneigung bedenkt. Sie schminkt sich weniger in letzter Zeit, und das Auge ist abgeschwollen, nur an den Rändern schimmert es noch violett. Sieht interessant aus.

Annas lächerliche Angst vor der Zahl fünfzig: Als ob man wissen könnte, dass man von einem Tag auf den anderen das Leben nicht mehr mag.

Dahinter verbirgt sich eine Angst, die Sibylle allerdings nachvollziehen kann: dem Tod ganz allein entgegenzugehen. Einsamkeit. Der Tag, an dem dir kein Mann mehr einen zweiten Blick schenkt, und die Nacht, die ohne Sex bleibt. Gott bewahre. Sie wird die Kneipe verkaufen und mit Anna nach Italien ziehen. Ein Haus mit Pinien und einem hübschen Gärtner, den sie sich teilen. Wenn die Krankheit nicht alle Pläne vereitelt! Sie wird zum Arzt gehen, morgen, und fünfzig Euro in die Sammelbüchse geben, die am Eingang aufgestellt ist. Für die erfolglosen polnischen Frauen und um die Götter gnädig zu stimmen.

Wenn Fjodor endlich aufhört zu singen, gibt es Tee und Vodka, Buletten und selbstgebackene Kuchen. Sie haben ein Buffet aufgebaut, das verlockend aussieht. Nur nichts versäumen: Ist das ein Lebensmotto? Sibylle findet langsam, dass die Jagd nach dem, was Gelegenheit oder Chance genannt wird, sehr ermüdend ist. Wenn sie nichts ausgelassen hat von dem, was im Angebot war, weshalb hat sie dann das Gefühl, dass die Party immer woanders stattfand? Anna in ihrer wunderbaren Trägheit glaubt an die Macht des Schicksals: Ein Schiff wird kommen, und man muss nur am Hafen stehen und warten. Mit offenen Augen, aber ohne hektische Bewegungen. Nun, was ist gekommen? Ein Mann, der ihr ein blaues Auge verpasst hat. Sibylle würde winken, schreien, dem Schiff entgegenschwimmen …

Leider gibt es hier keine Männer, die ihre maritime Fantasie beflügeln. Frauen, immer nur Frauen. Die Blondinen in der letzten Reihe sind zu schön, um als lesbische Alternative infrage zu kommen. Sibylle hat nie zu den Sternen gegriffen, sondern sich das genommen, was im Angebot war. Aber hier und heute ist es erotische Ramschware.

Fjodor hat seinen letzten Ton hervorgestoßen, und nach

einigen Sekunden andächtigen Schweigens braust der Applaus auf. Die bärtige Pianistin hat sich erhoben, und die beiden verbeugen sich wiederholte Male vor dem Publikum. »Bitte keine Zugabe«, flüstert Anna, und ihr Wunsch wird erfüllt, weil das Licht erlischt. Sibylle hat sich immer im Dunkeln gefürchtet. Was ist, wenn sie blind wird? Sie fühlt Annas Hand, die ihre umfasst. Freundinnen sind das Salz des Lebens, und Männer der Zuckerguss, der manchmal bitter schmeckt. Sie hört Schritte und Stimmen in der Dunkelheit, jemand entzündet eine Kerze, und dann wird es wieder hell.

»Es werde Licht«, sagt Fjodor und anschließend den viel schöneren Satz, dass das Buffet eröffnet sei. Es wird sogleich belagert, und Anna kämpft sich durch und kommt mit Vodka in Wassergläsern zurück. »Ein wunderbarer Abend«, sagt sie ohne erkennbare Ironie und prostet Sibylle zu. »Geht es dir besser?«

»Nein. Und was treibst du so?«

»Nichts. Warten auf Aufträge. Zurzeit verfolge ich die Spur eines verschwundenen Rennrades. Sie verläuft sich.«

»Und die Mordsache?« Sibylle schluckt den warmen Vodka mit Widerwillen. »Gab es keinen Schampus?«

»Wir sind bei den erfolglosen Frauen, Teuerste. Und im Stark-Fall habe ich nichts verloren. Die Kripo wird's schon richten, immerhin war es ein prominentes Opfer.«

»Die Klobürste prangt auf allen Titelseiten. Du solltest den Mörder zur Strecke bringen, Anna. Das bringt Ruhm. Und wenn du erst mal im Fernsehen bist, rennen sie dir die Bude ein. Ich glaube, man darf hier nicht rauchen.«

Anna schaut von Sibylle auf ihre Zigarette. »Das glaub ich nicht.«

Sibylle zeigt auf ein Verbotsschild neben der Tür. Anna raucht weiter. »Hab ich nicht gesehen.«

»Kunst und Anarchie sind ein Liebepaar. Du darfst die Schweine rauslassen, Anna.« Fjodor spricht seine Version der deutschen Sprache, und er hat die Blondinen im Arm, als er sich zu Anna und Sibylle gesellt. Ihre Schönheit lässt ihn noch hässlicher erscheinen, denkt Anna und gratuliert ihm zu seinen Sangeskünsten. Die Groupies strahlen unter einer zu dicken Schminkschicht, hier und jetzt erscheint jeder im Raum glücklich. Er stellt Joy und Marilyn vor, das seien natürlich Künstlernamen. Die Mädchen kämen aus Polen und seien zurzeit in Berlin beschäftigt. »Und das ist Anna Marx, eine große Detektivin. Und Sibylle, die Restaurantkönigin von Berlin.«

Sie lächeln mit perfekten Zähnen. Sie sind so schön, dass es wehtut. Anna und Sibylle sehen sich an und denken den Satz, der als Motto nichts taugt: Das Leben ist nicht fair.

Fjodor flüstert Anna ins Ohr: »Die Mädchen haben ein Problem, ein kleines nur, weshalb sie hier anwesend sind. Sie arbeiten für meinen geliebten Onkel.« Diese Verwandtschaft ist ihm unangenehm, aber er kann sie nicht aus der Welt schaffen. Wenn überhaupt, würde Onkel Wanja ihn aus der Welt schaffen. Der Mann hat keinen Respekt vor Künstlern.

»Als Prostituierte?«, flüstert Anna zurück.

»Na ja, in groben Zügen. Sie bedürfen deines Rats als Kriminologin. Aber du sprichst am besten mit Marilyn. Joy kann nur ein bisschen Englisch, Russisch und Polnisch, die Sprache ihrer Mutter.«

»Interessant«, sagt Anna und lächelt Marilyn an. Sie ist noch blonder als Joy, falls dies überhaupt möglich ist. Und sie versucht mit beachtlichem Erfolg, der großen Monroe zu gleichen. »Ich glaube nicht, dass ich … Fjodor, für Aussteigerinnen gibt es Organisationen … ich kann zu Hause nachsehen und dir Adressen geben …«

»Leg dich bloß nicht mit der Mafia an«, sagt Sibylle eine Spur zu laut. Sie hat jedes Wort mitgehört, Fjodor kann gar nicht richtig flüstern.

Fjodor seufzt. »Nein, doch nicht solche Winzigkeiten. Das Problem ist mörderisch.«

Anna zählt eins und eins zusammen, so viel kann sie noch bei aller Aversion gegen Zahlen. »Sie waren in diesem Restaurant, als Rosi Stark erschlagen wurde, stimmt's?«

Noch ein Seufzer. »Ja, aber sprich doch von Auge zu Auge mit Marilyn. Ich begleite einstweilen die beiden Damen zum gedeckten Tisch. Soll ich dir etwas mitbringen?«

»Eine Bulette«, sagt Anna, »mit viel Senf.« Sie nimmt Marilyns Arm und geht mit ihr zum Fenster, das geöffnet wurde, um die Rauchschwaden zu vertreiben. Viele der erfolglosen polnischen Frauen ziehen an einer Zigarette, und in der anderen Hand halten sie das Vodkaglas. Heute stricken sie nicht und trinken keinen Tee, sondern geben sich dem Laster hin.

»Kann ich eine haben?«, fragt Marilyn, und Anna hält ihr die Packung hin.

Ihre Fingernägel sind so lang, dass sie sich nach innen biegen, und sie sind makellos manikürt. Mit solchen Fingern kann man nicht wirklich arbeiten, denkt Anna, sie allenfalls in einen Männerrücken krallen und so tun, als ob man einen Orgasmus hätte. Schon möglich, dass Schönheit, unbegleitet von Talent, ein Fluch ist. Aber sie blendet nichtsdestotrotz.

Marilyn lehnt am Fensterbrett und schlägt ihre Beine übereinander. Sie sind lang und schmal und enden in den spitzesten Schuhen, die Anna je gesehen hat. Das Mädchen hat doch ein Talent: Sie kann sich darin fortbewegen.

Und sie kann sprechen, der Akzent ist auch noch hübsch anzuhören: »Onkel Wanja will, dass wir sofort abreisen, zurück nach Krakau. Aber wir wollen nicht nach Polen, Joy und ich. Wir möchten in Berlin bleiben. Die Stadt ist so toll. Es war ein blödes Essen, sowieso.«

»Warum? Was ist passiert?« Bevor Anna ihr rät, genau das zu tun, was Onkel Wanja gesagt hat, muss sie unbedingt mehr erfahren.

Marilyn zieht einen hinreißenden Schmollmund. »Wir sind abgehauen. Wir haben damit nichts zu tun, ganz ehrlich.«

»Ich weiß«, sagt Anna, obwohl sie gar nichts weiß. »Wer hat euch engagiert?«

»Na, der Restaurantmanager. Jacob kennt uns, er hat dem gesagt, er soll Joy und Marilyn besorgen.«

Das Fleisch, von dem er sprach: »Jacob Lenz. Und was kostet so eine Besorgung?«

Marilyn lächelt wie eine aufgehende Sonne: »Normalerweise zweihundert die Stunde. Oder tausend für den halben Tag, jede natürlich.«

Natürlich. Und Onkel Wanja, der nicht wirklich so heißen wird, kassiert vermutlich den Löwenanteil. »Wart ihr für jemand Bestimmten engagiert?«

»Nein, einfach so – für die Männer. Damit die Geschäfte netter werden, sagte die Violettblonde. Ist wirklich schade um sie. Sie war eine gute Kundin, immer großzügig, wenn die Geschäfte gut liefen.«

Fjodor steht mit Joy und Sibylle am Buffet und häuft Kuchen auf seinen Teller. Alle im Raum bedienen sich, als ob sie seit Tagen nichts gegessen hätten. Annas Magen knurrt. Er kann sehr fordernd sein, und sie ist ihm gegenüber zu nachsichtig. Marilyn kann vermutlich eine Schweineherde verzehren, ohne zuzunehmen. Das Leben ist nicht fair. Oder doch? Möchte sie wirklich in dieser makellosen Haut stecken?

»Wollen Sie auch Schauspielerin werden – wie die Monroe?«

Das Geschöpf wirft den Kopf zurück und beginnt zu lachen. Perlend, denkt Anna, und dass wenigstens die Stimme hässlich sein könnte.

»Das fragen mich alle, nur weil ich so aussehe. Aber ich habe überhaupt kein Talent, und ich will nicht verheizt werden und auch nicht so früh sterben. Man muss das tun, was man gut kann, dann stehen die Chancen für ein langes, glückliches Leben am besten. Ich werde also mein Geld optimal investieren, einen seriösen Mann heiraten und Kinder bekommen. Später, wenn die ersten Falten auftauchen … und bis dahin spiele ich den Männern vor, dass sie mich wahnsinnig erregen. Aber das kann schließlich jede Frau, dazu muss man nicht Marilyn Monroe sein.«

Aber so aussehen, denkt Anna, revidiert allfällige Vorurteile gegenüber Blondinen und kommt wieder auf ihr Anliegen zurück. »Um welche Geschäfte ging es bei dem Mittagessen?«

»Um einen Kinofilm, den Frau Stark plante. Sie wollte Geld von dem mit dem Schnurrbart. Er sagte, dann muss sie in seinem Bundesland drehen oder so. Ich hab nicht so genau zugehört. Sein Schnurrbart kitzelte. Und er fuhr mir immer mit der Hand in den Rückenausschnitt. Als er mir den Eiswürfel reinsteckte, war das nicht so lustig. Aber da war er schon ziemlich betrunken. Alle haben viel getrunken – außer Joy und mir. Wir waren ja bei der Arbeit.«

Fjodor nähert sich mit einem Teller, und Anna winkt ihm, sich noch fern zu halten. »Und Joy? War die für den Schauspieler bestimmt?«

»Das war nicht so klar. Benno oder Jacob, vielleicht beide? Wir machen viel, aber keine Peitschen oder Tiere. Das ist was für den Schrott.«

Auf Annas fragenden Blick erklärt die Monroe-Kopie, dass

die hässlicheren Mädchen für alle sexuellen Präferenzen eingesetzt werden. Polinnen, Russinnen, Ukrainerinnen: Onkel Wanja hat zwölf unter Vertrag, obwohl es natürlich nichts Schriftliches gibt, sondern die mündliche Vereinbarung, dass er die Pässe und Sparkonten verwaltet. Über das Taschengeld hinaus legt er die Honorare in festverzinslichen Wertpapieren an, abzüglich der siebzig Prozent, die Onkel Wanja kassiert. Wer meint, genug verdient zu haben, kann jederzeit aussteigen.

»Aber die meisten tun es nicht«, sagt Marilyn. »Man will immer mehr haben, so ist der Kapitalismus. Er ist ansteckend wie eine Krankheit, doch man möchte gar nicht gesund werden. Ich will in Warschau eine Beauty-Farm eröffnen, das ist sehr teuer. Also muss ich noch eine Weile in Berlin bleiben. Ich will jetzt nicht zurück.«

Sie stampft mit dem Fuß auf, und Anna fürchtet um den Schuh. Marilyn macht nicht den Eindruck einer verhuschten, gequälten Kreatur. Die Fassade ist selbstbewusst und geschäftstüchtig. Sie wäre überwältigend, wenn sie nicht so bemalt wäre. Und der Rock, der knapp über den Schamhaaren beginnt oder aufhört, ist ein gewagtes Stück. Im Bauchnabel steckt ein Diamant oder auch nur ein glitzernder Stein. Ein flacher, glatter, gebräunter Bauch, auf den Anna nicht neidlos starrt.

»Sonnenstudio«, sagt Marilyn, und Anna muss jetzt erwähnen, dass künstliche Bestrahlung sehr schädlich für die Haut sei.

»Bei mir macht es noch nichts, und bei Ihnen nichts mehr«, erwidert die Blonde und lächelt dabei, als habe sie etwas Nettes gesagt. Sie ist nicht bösartig, denkt Anna, nur entsetzlich ehrlich. Eine gefährliche Eigenschaft in einer Welt, die nichts so sehr wie Lügen braucht.

Fjodor stellt den Teller mit zwei Buletten auf die Fensterbank und verschwindet wieder. Sibylle winkt Anna zu. Sie isst Kuchen, das tut sie sonst nie. »Möchten Sie nichts?«, fragt Anna, während sie das Fleisch mit Senf beschmiert.

»Nein, danke. Ich mag nur Sushi und gegrillten Fisch.« Marilyn betrachtet ihren Körper bewundernd in der Fensterscheibe.

Sie ist grausam und merkt es nicht einmal, denkt Anna. Das arme polnische Mädchen mit festverzinslichen Wertpapieren entspricht so gar nicht ihrem Denkmodell der ausgebeuteten Hure mit dem goldenen Herzen. Der »Schrott«, von dem Marilyn sprach, ist sicher näher an Annas Vorstellungen vom globalen Fleischhandel.

»Das Essen im *Eat the Rich* ist sehr gut. Aber sie haben so viel geredet, es war langweilig. Die Stark ist oft zur Toilette gegangen, um sich zu pudern. Benno sagt, das ist ein österreichisches Wort für ficken. Stimmt das?«

»Weiß nicht. Als sie zum letzten Mal ging, waren da alle am Tisch? Wo waren der Manager und die Kellnerin?«

»Die waren in der Küche, glaube ich. Sie wollten, dass wir endlich gehen, aber das haben sie nicht zu sagen gewagt. Jacob war kurz weg, er wollte Zigaretten aus dem Automaten holen. Der ist im Flur. Und ich glaube, Benno ging in die Küche, um einen Espresso zu bestellen. Ich weiß es nicht mehr genau, ich hab ja nicht aufgepasst. Wer konnte denn ahnen, dass so etwas passiert?«

Eine Träne? Es könnte Selbstmitleid sein, denkt Anna boshaft. »Die beiden Männer waren also nicht am Tisch, während Frau Stark auf der Toilette war.«

»Ich weiß es nicht mehr, verdammt.« Marilyn drückt ihre Fingernägel in Annas Arm. »Was spielt das für eine Rolle? Es geht darum, dass die Polizei nach uns sucht. Und wenn sie uns kriegt, werden Joy und ich eingesperrt. Das ist nicht fair. Wir haben nichts getan, gar nichts.«

Zu viele Unschuldsbeteuerungen: Anna hat das Gefühl, dass das Mädchen lügt, ihr zumindest etwas Wesentliches verschweigt. Aber sie kann sie nicht gut auf die Herdplatte in der Teeküche setzen, um der Wahrheit näher zu kommen. Obwohl es nett wäre. Nein, sie kann ja nicht einmal eine Fliege ermorden. Rosi Stark hatte damit keine Probleme. Sie war der Typ, der zuerst zuschlägt. Bis auf ein Mal natürlich ...

»Ich kann dir nur helfen, wenn du mir die Wahrheit sagst, Marilyn. Gab es Streit am Tisch? War es einer aus eurer Gruppe, der Frau Stark zur Toilette gefolgt ist?«

Das Mädchen, das sich Joy nennt und neben Fjodor und Sibylle ein wenig abseits steht, wirft ihrer Freundin einen flehenden Blick zu. Oder bildet sich Anna das nur ein?

Marilyn scheint nachzudenken. Sie schürzt dabei die Lippen und runzelt die faltenlose Stirn. »Nein, keinen Streit. Sie haben fast nur über Geld geredet. Und über die Arbeit. Frau Stark sagte, dass sie wieder einen Oscar-verdächtigen Film drehen wollte, und als Jacob sich räusperte, da wurde sie böse. Auch als Benno meinte, dass er das Drehbuch Scheiße fände. Da hat sie ihn angesehen, als ob sie ihn umbringen wollte. Aber dann hat sie gelacht und gesagt: *Aber du spielst trotzdem mit, mein Kleiner*... Ich glaube, alle hatten ein bisschen Angst vor ihr, auch ihr Mann. Beim letzten Mal, als sie aufs Klo ging, sagte Jacob, dass sie ein Kotzbrocken sei. Ist das Wort so richtig? Aber er war schon ziemlich hinüber...«

»Kokain?«

Marilyn sieht Anna an, als ob sie nicht einmal das Wort kenne, geschweige denn seine Bedeutung. »Ist ja auch egal«, setzt Anna nach. »Aber saß er nun zur betreffenden Zeit am Tisch oder nicht?«

Wieder denkt das blonde Wesen, und es sieht beeindruckend aus. »Ich bin nicht sicher«, sagt sie schließlich. »Es waren alle mal draußen, schließlich wurde ja auch eine Menge getrunken. Es ist mir egal, wer es war. Er wird schon einen Grund gehabt haben, und sie ist nun mal tot. Jetzt geht es um Joy und mich! Kann man einen Deal mit der Polizei machen? Wir sagen ihnen, was sie hören wollen, und dafür lassen sie uns hier in Ruhe arbeiten.«

Hat Fjodor sie etwa als Anwältin verkauft? Er neigt zu Übertreibungen, nicht nur beim Singen. »Geht nicht«, sagt Anna. Ihr Glaube an den Rechtsstaat ist durchlöchert, doch in der Substanz immer noch vorhanden. »Wenn sie euch einmal haben, mahlen die Mühlen der Justiz. Sie werden euch erst laufen lassen, wenn die Sache vorbei ist. Warum machst du mit Joy nicht einen längeren Urlaub? So lange, bis sie den Täter fassen und den Fall abschließen. Dann kommt ihr wieder. Das ist sicher auch in Onkel Wanjas Sinn.«

Marilyn greift sich eine weitere Zigarette aus Annas Packung. Sie verdient viel mehr als ich, denkt Anna, und das Wenige, das sie anhat, hat bestimmt viel gekostet. Doch sie ist eine Nehmerin. Weil sie schön ist und dem nichts hinzufügen muss, um andere zu beeindrucken.

»Vielleicht hast du Recht. Joy ist sowieso verrückt vor Angst. Sie glaubt sogar daran, dass sie eines Tages von einem Freier umgebracht wird. Hat jedes Mal Todesfurcht, wenn sie allein wohin gehen muss. Manchmal schluckt sie sogar Beruhigungspillen vor einem Date. Ich sage ihr immer: Behandle sie schlecht. Männer mögen das, und dann wagen sie es nicht, dir was zu tun.«

Eine gewagte Theorie für Annas Empfinden, doch sie hat kein Verlangen, mit Marilyn über Männer zu diskutieren. Es stimmt, Joy sieht aus wie ein wunderschöner, ängstlicher, blonder Hase. Sie kommt jetzt mit den beiden auf sie zu. Sibylle sieht aus, als wäre sie lieber auf einer anderen Party.

»Kann ich denn auch mit Joy sprechen?«, fragt Anna, und Marilyn antwortet: »Nein, das geht nicht. Joy mag nicht über diesen Tag reden, mit niemandem. Außerdem hat sie nichts gesehen oder gehört. Sie himmelte den Schauspieler an, sehr unprofessionell, das hab ich ihr auf der Toilette gesagt. Weißt du, was komisch ist? Ich habe mir überlegt, ob ich diese Klobürste klauen soll. Sie sah so hübsch und teuer aus. Aber dann hab ich die Seifenschale mitgenommen. Passte besser in die Handtasche.«

Das Schicksal hat sich einen bösen Scherz erlaubt, denkt Anna, und dass Rosi Starks Leben vielleicht davon abhing, dass eine Klobürste nicht in eine Handtasche passt. Sie stellt ihre letzte Frage, denn Marilyn sieht schon zum dritten Mal ungeduldig auf ihre Uhr: »War irgendjemand Fremdes im Lokal, der nicht zum Personal oder zur Tischgesellschaft gehörte?«

»Nichts gesehen.« Marilyn wendet sich von Anna ab und zieht ihre Kollegin an ihre Seite. »Wir werden jetzt gehen. Danke, Fjodor, für die Einladung. Ich glaube, ich weiß jetzt, was wir tun.« Sie lächelt Anna kurz an, haucht dem Russen Küsse auf beide Wangen, dann entschwinden die beiden durch eine Menge, die sich bereitwillig teilt. Anna sieht die Blicke der erfolglosen polnischen Frauen und ahnt, was sie denken: Das Leben ist nicht fair.

»Schöner, als die Polizei erlaubt«, sagt Fjodor, und sein Dreifachkinn zittert vor Verlangen.

»Aber die eine ist stumm«, sagt Sibylle. »Kommt das vom vielen Blasen?«

»Sei nicht so vulgär.« Wenn Sibylle den Schauplatz wechseln will, neigt sie zu Ausfällen. Anna wiederholt den Wangenkuss der Verabschiedung und bedankt sich auch bei der Clubpräsidentin für die Einladung. Sie ist Reinigungsfachfrau am Flughafen Tegel, und eine der wenigen, die eine Arbeit mit Steuerkarte haben. Dies sagt sie Anna mit einem Seitenblick auf die Spendendose von gewaltigen Ausmaßen, die am Tisch vor der Tür steht.

Sibylle stopft einen Fünfzig-Euro-Schein in den Schlitz, sie hat allerdings, und das mindert die gute Tat, die Handlung ein wenig verzögert, sodass sie nicht unbeobachtet blieb. Das reicht für beide, denkt Anna und dreht sich an der Tür nochmals um. Die Stimmung ist jetzt heiter bis ausgelassen, und ein paar Frauen haben Tische und Stühle zur Seite gerückt, um Platz für eine Tanzfläche zu schaffen. »Die amüsieren sich auch ohne Männer«, sagt Sibylle, und es klingt beleidigend.

»Warum bist du nur so schlecht gelaunt?«, fragt Anna, während sie in eine Pfütze tritt. Sie hat nach oben geschaut in den grauen, regenverhangenen Himmel. Wenn Bananenschalen herumlägen, wäre das Malheur schlimmer. Aber wer isst noch Bananen auf der Straße?

»Weil es gleich regnet und wir keinen Schirm dabeihaben und ich gerade beim Friseur war. Außerdem habe ich mich zu Tode gelangweilt. Joy glotzte nur hübsch, und Fjodor troff der Speichel aus dem Mundwinkel. Gesang ohne Ende, warme Getränke und kalte Speisen. Frauen, die überwiegend nichts als Polnisch sprechen. Kein Sexualobjekt weit und breit! Warum zum Teufel sollte ich gut gelaunt sein?«

»Ich dachte, du bist mit diesem Journalisten zusammen, zurzeit.« Anna hakt die Freundin unter und zieht sie über die Straße. »Ich fand den Abend interessant.«

»Weil du die Monroe ausgequetscht hast. Hat der Schmollmund was verraten?«

»Nichts Bedeutendes.« Anna bleibt vor einem Schaufenster mit Schuhen stehen. Sandalen in leuchtendem Gelb erwecken ihr Verlangen. Eines Tages wird sie sterben, ohne etwas verstanden zu haben. Aber ihr Schuhschrank wird voll sein. »Komm, lass uns noch einen trinken gehen.«

»Nicht in die Kneipe. Die ertrag ich heute nicht. Wie heißt der Mann, der deine Stimmung ins Schwingen bringt?«

»Rafael.« Oh verflixt, das wollte sie nicht sagen. Anna sieht zu Boden und weicht einer Bierflasche aus. Eine Polizeisirene heult von einer Tragödie, die in dieser Stadt voller Menschen ganz normal ist. Wie die Autos, die Bürgersteige blockieren, die Jungs, die sie mit Graffiti besprühen, die kahlen Schläger, die den Zoff suchen, und die Liebespaare, die sich an Hausecken schmiegen. Sie wünschte, sie hätte geschwiegen.

»Ein prätentiöser Name«, sagt Sibylle befriedigt und drückt Annas Arm. »Ist er gut im Bett?«

»Geht so.« Anna wappnet sich für ein Kreuzverhör und geht schneller, um Sibylles Fragen und dem Regen auszuweichen. Auch sie träumt von einem Haus in der Sonne. Davon, Pflanzen beim Wachsen zu beobachten, und nicht Menschen, die kleiner werden von ungestilltem Verlangen. Aber hat sie Lust, als Greisin immer noch über Sex zu reden, bis ans Ende aller Tage? Denn in diesem Punkt ist Sibylle erbarmungslos.

»Was heißt: geht so? Form, Funktion, Kondition … kannst du nicht präziser sein?«

»Ich war so betrunken, dass ich mich an nichts erinnere. Außer dass es geschah.«

Sibylle glaubt ihr kein Wort. Als sie an der Kneipe vorbeigehen, späht sie durch die Scheibe in ihr Leben. Menschen, die Durst oder Hunger haben oder beides und noch viel mehr. Die Stillen und die Lauten. Die Musik, die sie schon tausendmal gehört hat, wie ihren Namen, den sie rufen, wenn sie etwas brauchen. Freddy hinter der Bar, anklagend hustend. Immer gut drauf, wenn die Libido stimmt. Das Klirren der Flaschen und Gläser und das Geräusch der Mixmaschine. Stets die gleichen Typen, und sie altern nicht, während sie es tut und sich allmählich von ihrem Jargon und Gehabe entfernt. Doch sie muss mitspielen, denn sie ist ein Teil der Einrichtung, des Erfolgs dieser Kneipe. Und solange sie nicht genug Geld zusammenkratzt, ist ein Ausstieg nicht möglich.

Anna hatte Sex, das ist gut, das wird sie von ihrem Geburtstagsgrauen ablenken. Und den Rest wird sie schon noch aus ihr herauslocken. »Tut mir leid, wenn ich heute Abend garstig war. Das Gejohle hat mich fertig gemacht. Warum ruft er nicht an?«

Ist mir doch egal, will Anna sagen, als ihr einfällt, dass ihr Handy an diesem Tag noch nie geläutet hat. Das ist ungewöhnlich, ja geradezu beunruhigend. Sie greift in ihre Tasche und sucht mit der Hand nach dem Ding, doch da ist nichts außer all den tausend Sachen, die sie in ihre Handtasche stopft.

»Was zum Teufel tust du da?«

»Ich leere meine Tasche aus«, sagt Anna und wühlt in dem Berg, den sie auf der Treppe im Haus ausgebreitet hat.

»Schlüssel?«

»Nein. Handy. Oh verdammt, es ist weg. Ich muss es bei Lenz gelassen haben. Da hatte ich es jedenfalls zum letzten Mal. Soweit ich mich erinnern kann.« Gott, wie sie hasst, Dinge zu verlieren. Weil sie eine Schlampe ist.

»Wieder betrunken?« Aber sie sagt es fast liebevoll und hilft Anna, die Handtasche wieder zu füllen.

»Nein. Ach, Mist, ich muss ihn gleich fragen. Es läuft zwar nur der Anrufbeantworter, aber vielleicht hört er ihn ja ab.«

»Und Rafael fragt sich, warum du ihn nicht zurückrufst.

Weißt du, dass große Gefühle an solchen Kleinigkeiten scheitern können?«

Anna hat ihn fast vergessen, verdrängt, in die gedankliche Ecke ungeklärter Gefühle geschoben. »Es scheitert sowieso. Er ist viel zu jung.«

Die zweite Information, denkt Sibylle. Respekt, das hätte sie Anna nicht zugetraut. Sie erschien ihr stets übertrieben vorsichtig in der Wahl ihrer Bettgenossen. Gebranntes Kind, als ob sie nicht alle solche Kinder wären.

Die beiden Frauen steigen schweigend die Treppen hoch zu Annas Wohnung. Das Flurlicht funktioniert ausnahmsweise, und so sieht Anna sofort, dass sich jemand die Mühe gemacht hatte, ihr Türschild abzuschrauben. »Anna Marx – Privatdetektivin« ist verschwunden, und die zwei Schrauben liegen auf der Fußmatte.

Solche Dinge geschehen in Häusern wie diesen, denkt Anna, und dass sie sich nicht ärgern will. Sibylle fährt mit der Hand über die kahle Stelle: »War da nicht was?«

»Unwichtig«, murmelt Anna und öffnet ihre Tür. Niemand ist eingebrochen, es gab kein Feuer, keine Überschwemmung, keinen Bombenalarm, und niemand im Haus schreit, singt oder stöhnt. Sie holt die Whiskyflasche aus ihrem Schreibtisch und stellt zwei Gläser auf den Tisch. Das Leben ist schön. Jeden Augenblick, in dem man es erkennt.

10. Kapitel

»Ich bin schwanger«, sagt Sibylle, und es klingt wie ein Todesurteil.

»Gratuliere.« Anna fischt nach Linsen unter dem Hummer. Sie liebt Linsen.

»Mit vierundvierzig? Bist du wahnsinnig!« Sibylle spricht selten über ihr Alter, schon gar nicht zu Männern. Aber Anna weiß fast alles über sie, und jetzt auch dies: gesegnete Umstände. Schon dieser Ausdruck verursacht Gänsehaut. Spiralen können irren, sagte der Arzt, der eigentlich Komiker werden wollte.

Sibylle kommt direkt aus der Praxis ihres Internisten, der immerhin so begabt war, ihrem Unwohlsein einen Namen zu geben. Sie hat Anna angerufen und sie zum Essen bestellt. Und Anna wollte ins *Eat the Rich*, weil sie, wie sie es nannte, das Angenehme mit dem Nützlichen verbinden wollte. Sie hatte ja keine Ahnung, aber jetzt könnte sie zumindest geschockt sein. Doch sie isst einfach weiter. Sagt: »Das Essen ist hervorragend. Nur die Portionen sind ein bisschen winzig – ganz im Gegensatz zu den Preisen.«

»Ist das alles, was du dazu zu sagen hast?« Sibylle greift nach ihrem Weinglas. Muss man so alt werden, um mit einer solchen Entscheidung konfrontiert zu werden? Sie war natürlich immer für das Recht der Frauen auf Abtreibung, einmal hat sie sogar mitdemonstriert. Aber das ist etwas anderes. Der Weg vom Allgemeinen zum Besonderen ist weit und mit Widersprüchen gepflastert.

Anna prostet ihr zu. »Was immer du tust, tue das Richtige.«

Sibylle könnte ihr den Wein ins Gesicht schütten. Aber sie

trinkt ihn. Kein Krebs. Sie fühlt sich blendend. Eigentlich. »Und was ist das Richtige?«

»Keine Ahnung. Ich würde es kriegen wollen, glaub ich. Es ist so ein Wunder.«

Anna, die den letzten Bissen ehrfurchtsvoll schluckte, sieht verlangend auf Sibylles Portion: Bratkartoffeln mit Trüffeln. Die Freundin isst stets langsamer als sie. *Anna, schling das Essen nicht so runter*, sagte ihre Mutter immer zu ihr. Sie war ein gieriges kleines Kind. Ein Buddha-Baby. Von allen Tanten geliebt und später gemästet. Kann es sein, dass sie so etwas wie Neid fühlt? Auf Sibylle, die fast immer alles bekommt, was sie will. Und jetzt ein Baby …

»Wenn ich es durchziehen würde, was wird dann mit der Kneipe? Soll ich das Baby auf dem Bauch tragen, während ich bediene?«

Sie sieht auf den perfekten Kellner, der zuerst Annas Teller entfernt und dann Wein nachschenkt. Im »Mondscheintarif« ist die Bedienung etwas lockerer, dafür sind die Preise nicht so astronomisch. Kinder kosten viel Geld – und Zeit, die sie nicht hat. Sibylle wünschte, ihr Herz würde sprechen, doch es ist der Verstand, der die Argumente formt.

Anna denkt an Rafael. Drei Botschaften auf ihrem Anrufbeantworter: Sie hat ihr Handy wieder. Doch jetzt ist Sibylle am Zug. Dies hier ist wichtiger. »Du nimmst dir einen Babysitter. Und ich bin ja auch noch da. Wir schaffen das schon, glaub mir.«

Sie hätte nicht gedacht, dass Anna, der wandelnde Zweifel, einer Sache so sicher sein könnte. Und wenn es ihr passiert wäre? Wie hieß er noch … Rafael … würde sie dann auch so reden? »Zwei alte Damen und ein Babysitter! Glaubst du, dass dieses Kind glücklich würde?«

Anna sieht sich im Lokal um. Alles ist wunderbar, die Speisen, die Bedienung, die Einrichtung, aber niemand hier sieht fröhlich aus. Mit Überwindung der Kindheit verabschiedet sich das Glück in kleinen Portionen. Vielleicht essen die Leute nur zu wenig?

»Bestimmt. Wir sind alt, aber zärtlich... wer ist überhaupt der Vater?«

Sibylle blickt zur Decke, als ob es dort geschrieben stünde. Die Sixtinische Kapelle ist anderswo, aber man hat zumindest versucht, sie zu kopieren. Das Honorar des Künstlers haben sie auf die Preise umgelegt. Sie sind wirklich Furcht erregend.

»Wenn ich das wüsste... aber es ist ja eigentlich egal. Es könnte Hans sein. Oder Christian. Malcolm ist relativ unwahrscheinlich... ich bin in der sechsten Woche. Wenn ich abtreiben wollte, ginge das noch sehr gut.«

»Willst du es?« Anna greift nach dem Brot. Davon ist immerhin genug da, und große Augenblicke erfordern körperliches Wohlgefühl. Sie wollte Sibylle so viel erzählen und sich außerdem im Restaurant umsehen. Die Tische sind voll besetzt, und an der Bar stehen schöne Menschen, die auf schönes Essen warten. Sie muss dringend auf die Toilette. Doch jetzt ist das Baby dran.

»Es wäre nicht richtig, es wegzumachen, oder? Und wenn wir erst in Italien sind, ist das Kind bestimmt glücklich. Es wird im Garten spielen, und wir kaufen einen Hund...«

Der italienische Traum: Anna möchte an ihn glauben, und jetzt wäre nicht der richtige Moment, Zweifel zu säen. Vielleicht kommen sie nie weit genug in den Süden. Oder Berlusconi verwandelt den Traum in einen Albtraum. Es sind Männer wie er, die Anna fürchtet. Oder Bush, diese unselige Mischung aus Dummheit, Arroganz und Fundamentalismus. Geschöpfe, die von Frauen erzogen wurden. Und was, wenn es mit Sibylles Kind auch schief geht? Wie kann sie nur hier sitzen und ihrer besten Freundin vorspielen, dass sie ganz sicher ist?

»Anna, sag was.«

»Wir kaufen einen Hund. Und stellen eine Schaukel im Garten auf.« Anna sieht auf das Beerenragout mit Quarkknödeln, das mit Blumen geschmückt ist. Kann man die essen? Sie hat sich für eine Vorspeise und Dessert entschieden und das teure Hauptgericht ausgelassen, auch eine Art von Diät.

Sibylle sieht auf ihre Uhr: »Oh Gott, ich muss weg. Ich habe noch einen Termin beim Steuerberater. Habe ich über dieser Geschichte vollkommen vergessen. Kann ich dich hier so sitzen lassen?«

»Ich bin erwachsen. Und ich esse auch deinen Nachtisch. Und bezahle.«

Sibylle holt einen Hundert-Euro-Schein aus ihrer Handtasche und legt ihn auf den Tisch. »Kommt nicht infrage. Wir teilen. Außerdem sollten wir jetzt anfangen zu sparen. Kinder sind teuer…«

Sie drückt Anna einen Kuss auf die Wange, bevor sie geht: ein schlankes Wesen mit weißblondem Pagenkopf, das sich weigert, erwachsen, geschweige denn alt zu werden. Jetzt ist sie schwanger, und alles ändert sich. Sie ist zäh, denkt Anna, und dass sie es schaffen wird. Doch alles ist möglich: auch eine Kehrtwendung in Richtung Abtreibung. Sibylle ist ein Meinungswechsler und passt insofern gut in das politische Berlin. Anna sollte sich nicht einmischen. Aber genau das hat sie ihr Leben lang getan. Sie kann nicht wegsehen, nicht still sein, den Dingen nie ihren Lauf lassen. Und erntet Schlamassel. Wie im Stark-Fall, der sie nicht loslässt.

Die Kripo fahndet nach den unbekannten Prostituierten und hat Harry Loos im Visier. Die Knödel mit den Beeren schmecken umwerfend, und jetzt nimmt sie Sibylles Teller mit dem Orangenquark, denn es wäre eine Schande, das Kunstwerk nicht zu vereinnahmen. Einen Grund zu essen gibt es immer. Dass die Damen am Nebentisch sie abschätzig mustern, irritiert nur einen Moment. Allein im Restaurant zu sitzen macht verletzlich. Besonders in diesem Tempel der Fleischbeschau. Hier sitzen die Gewinner des Systems und jene, die sich dazu zählen. Sie ähneln einander, Männer sind in der Überzahl, aber auch die Frauen erscheinen austauschbar: Sie tragen die Uhren, Kleidung und Schuhwerk des Erfolgs und schöne Visagen von blasierter Dynamik. Anna spürt die allgemeine Trostlosigkeit, die daran liegen mag, dass alle Angst vor dem Fall in die Tiefe haben. Der Gebrauch von Handys ist verboten, und trotzdem liegen sie auf den Tischen.

Wo hat Rosis Gesellschaft gesessen? An dem runden Tisch vor der Bar, schätzt Anna. Er sieht so prominent aus. Und der Typ, der jetzt hinter der Bar steht, muss der Manager sein. Er wurde, denkt Anna, passend zur Innendekoration ausgesucht: scharf an der Grenze des guten Geschmacks. Er trägt einen Anzug von blassem Rosé, und natürlich muss er schwul sein.

Vorurteile, Anna: Wie soll sie achtzehn Jahre Erziehung aus ihrem Kopf verbannen?

Obwohl ihre Mutter nie ein fremdes Haus betreten hätte, selbst wenn es offen stand. Nun, sie hat es getan. Weder das Gartentor noch die Haustür waren verschlossen, und als auf ihr Klingeln niemand reagierte, ging sie einfach hinein. Zögerlich und nach dem Hund Ausschau haltend, doch Oscar war offensichtlich mit der Studentin unterwegs, die vielleicht vergessen hatte, hinter sich zuzuschließen.

Hausfriedensbruch, dachte Anna, während sie in der Halle stand und von Rosamunde belächelt wurde. »Ist keiner zu Hause?«, war ein Satz, der ihr Gewissen beruhigte, doch sie sagte ihn nicht allzu laut. Zuerst betrat sie den Salon, um nach ihrem Handy zu suchen. Deshalb war sie hier. Doch es lag nirgendwo, und so sah sich Anna veranlasst, die geschwungene Treppe hochzusteigen. »Hallo« zu rufen, war auf die Dauer ermüdend, deshalb stellte sie es ein. Und hielt auf der letzten Stufe abrupt inne, als sie Stimmen hörte.

Sie erkannte Lenz auf Anhieb, die andere Stimme war ihr unbekannt. Sie gehörte einem Mann, und er sprach laut und offensichtlich erregt. Anna wagte noch ein paar Schritte auf Zehenspitzen in Richtung der Stimmen, die Neugierde war viel stärker als die Angst vor Entdeckung. Ihr flacher Atem sagte ihr, dass sie etwas Verbotenes tat. Und immer schon hatte *das* am meisten Spaß gemacht.

»Ich gehe hier nicht weg, bis ich den Film habe«, sagte die unbekannte Stimme.

Jacob Lenz: »Willst du mich foltern, um ihn zu kriegen?«

Sie proben eine Szene, dachte Anna. Die andere Stimme klang nach einem deutschen Schauspieler, sie kam bloß nicht auf den Namen.

»Wenn es sein muss. Ich habe mich lange genug von euch unter Druck setzen lassen. Es reicht, Jacob. Gib mir den Scheiß-Film, und wir vergessen alles.«

»Man vergisst Niederlagen nicht. Und du bist ein Feigling, also wovor sollte ich Angst haben?«

Nicht besonders gut, der Dialog, dachte Anna. Zumindest nicht oscarreif. Was sie an den Hund erinnerte. Wenn der jetzt die Treppe hochkommt, dachte sie, wird die Lage prekär. Dann hörte sie etwas, das wie ein Schmerzensschrei klang.

»Hör auf, Benno. Bist du verrückt geworden?« Das war Lenz, und der andere war Benno Mackeroth, der Schauspieler. Einer der Gäste bei Rosamundes letztem Mahl. Und Anna zog in Erwägung, dass dies kein Film war. Die Angst in Lenz' Stimme klang echt.

»Gib mir den Film, und ich verschwinde.«

Lenz: »Hast du sie deshalb umgebracht?«

Anna erstarrte förmlich. Ein Täter, auf dem Silbertablett serviert, war genau das, was sie sich für diesen Fall wünschte. Oder für alle Fälle, denn immer war es unendlich schwer, durch das Dickicht aller Lügen zu dringen.

Doch Benno Mackeroth tat ihr den Gefallen nicht, ein Geständnis vor Zeugen abzulegen: »Weil sie damit meine Karriere ruiniert hätte? Nicht doch, Jacob. Wofür hältst du mich? Im Übrigen hätte Rosi niemals die Gans geschlachtet, die goldene Eier legt. War nicht ihr Stil. Aber du hast keinen, das ist mein Problem. Du bist ein boshafter alter Mann, der viel zu weit über den Jordan ist. Du hältst dich nicht an die Regeln, Jacob. Und deshalb will ich den Film haben. Alle Kopien, versteht sich.«

»Du warst nicht am Tisch, als sie sich zu Tode kotzte, Benno.«

»Zufall. Aber als ich aus der Küche zurückkam, hab ich dich auch nicht gesehen. Ehemänner und Erben haben die besseren Motive, findest du nicht? Dich und Rosi haben doch nur Hass und Angst zusammengehalten.«

»Sind auch Gefühle, Benno. Und wenn wir schon bei dem Bild sind: Warum sollte *ich* die Gans schlachten? Ich habe sie immer bewundert …«

»Ach hör auf mit dem Scheiß. Gib mir den Film und Ende. Du glaubst nicht, dass ich das hier durchziehe, Jacob? Kannst du dich an die Szene erinnern, in der ich den Gestapo-Mann spielte? Da war ich wirklich gut. Soll ich dir zeigen, wie gut …?«

Stille. Sie hörte einen zischenden, bedrohlichen Laut und

einen Schrei, der in Stöhnen überging. Was würden jetzt die Detektive aus Büchern und Filmen tun, fragte sich Anna? Die Waffe zücken und die Tür mit dem Fuß aufstoßen, war die Antwort. Nur hatte sie ihre Gaspistole nicht dabei und Angst, ihre Schuhe zu ruinieren. Sie hatte keine Ahnung, wie es weitergehen sollte, aber sie tat es: Sie ging zur Tür und öffnete sie mit einem energischen Ruck. Schlamassel, dachte sie, als sie in der Bibliothek stand.

11. Kapitel

Jacob Lenz saß auf einem Stuhl, und seine Hände waren an den Lehnen festgebunden. Mit Kordeln, die an der Samtgardine fehlten. Der Gefangene zerrte an seinen Fesseln und versuchte, mit den zusammengebundenen Beinen nach dem Mann zu treten, der vor ihm stand.

Der Mann hielt ein brennendes Feuerzeug in der Hand. Sie sah ihn im Profil, doch er war so sehr auf sein Opfer konzentriert, dass er Anna zunächst nicht wahrnahm. Die Feuerzeug-Szene hatte sie in einem Film schon einmal gesehen. Es war ein schlechter Film.

Lenz sah Anna zuerst. In seinen Augen lag mehr Wut als Angst. »Was machen *Sie* denn hier?«, war ein Satz, den sie allerdings nicht erwartet hatte.

Der Mann mit dem Feuerzeug starrte ungläubig auf den Eindringling: »Wer zum Teufel ist sie?«

Benno Mackeroth war ein Schauspieler, der schon zu lange »am Anfang einer viel versprechenden Karriere« stand. Er pflegte das Image des »Jungen Wilden«, obwohl Anna ihn auf mindestens fünfunddreißig schätzte. Er mochte als attraktiv durchgehen, wenn man sich für Zweitagebärte begeisterte. Im Augenblick sah er eher dümmlich aus.

»Ich steh nicht im Drehbuch«, sagte Anna. »Die Türen standen offen, und eigentlich suche ich mein Handy. Ich hab es gestern hier liegen lassen.«

»Anna Marx. Schnüfflerin. Rosi hat sie mal engagiert.« Lenz rüttelte an den Lehnen, um sich zu befreien, und als er es zunehmend wütender versuchte, kippte er mit dem Stuhl nach hinten. Es war eines jener leichten Modelle, die mehr auf Schönheit als Stabilität angelegt waren. Anna hatte ihn einmal im Schaufenster gesehen und dann doch nicht gekauft, weil er ihr zu teuer war. Eine kluge Entscheidung, einmal.

Sein Schmerzensschrei hallte durch das Haus, und Anna sah zunächst nur seine Schuhsohlen. Er lag da wie ein Fisch auf dem Trockenen und zappelte, soweit es seine Fesseln zuließen. Mackeroth fluchte, weil er sich den Daumen verbrannt hatte. Er warf das Feuerzeug gegen ein Bücherregal. Junger Wilder. Als Folterknecht fand Anna ihn weniger begabt.

Sie stand über Jacob Lenz, der sie von unten anfunkelte. »Binden Sie mich gefälligst los, wenn Sie schon mal hier sind. Dieser Irre hat gedroht, mich anzukokeln.«

»Warum?«, fragte Anna, während sie kniend an dem Knoten nestelte. Er war fest zugezogen, so etwas lernt man bei den Pfadfindern oder in Sadomaso-Clubs. Mackeroth war ebenfalls auf den Knien und bemühte sich um die Fußfessel. »Es war ein Scherz«, murmelte er und fragte fast teilnahmsvoll, ob Jacob sich verletzt habe.

Lenz, liegend: »Ich hab eine Beule am Hinterkopf. Von deinem Schlag … du hättest mich damit umbringen können, du Schwein … nun macht schon, diese Lage ist lächerlich und unbequem.«

»Mich würde interessieren, um welchen Film es geht«, sagte Anna, bevor sie den letzten Knoten löste.

»Welcher Film?«, fragten Lenz und Mackeroth gleichzeitig.

»Na, von dem Rede war, als ich die Treppe hochkam. Ich konnte ja nicht umhin, mitzuhören. So, Sie sind frei.«

Lenz massierte seine Knöchel, als er neben dem Stuhl auf dem Boden saß. Dann tastete er nach der Beule am Hinterkopf und sah Anna giftig an. »Geht Sie überhaupt nichts an. Aber bitte: Es war eine Probeaufnahme, in der Benno erbärmlich schlecht agierte. Er wollte die Kassette haben.«

»Genau so ist es«, murmelte der Schauspieler, während er Lenz auf die Beine half.

»Und deshalb wollten Sie ihn foltern? Sehe ich so aus, als ob ich das glaube?«

Jacob Lenz war wieder auf der Höhe seines arroganten Selbst. »Mir egal, was Sie glauben. Ich nenne das Hausfriedensbruch …«

»… unbefugtes Eintreten. Die Tür war offen.« Anna sah ihr Handy auf dem Schreibtisch liegen und griff danach: »Ich habe auf Ihren Anrufbeantworter gesprochen, und weil ich nicht wusste, wann Sie das Gerät abhören, bin ich vorbei gekommen. Weil ich das Handy dringend brauche.«

»Jetzt haben Sie es ja, und nun darf ich Sie bitten, zu gehen …, bevor ich die Polizei rufe.«

Anna sah Benno Mackeroth an, der jetzt einen Schuljungen spielte, der seinen Streich zutiefst bereute. »Ich werde mich der Dame anschließen, Jacob. Du musst ja noch die Beerdigung regeln und so. Wir reden ein andermal darüber …«

Flucht: Genauso sah es aus, und Anna fand seltsam, dass

Lenz ihn so ohne weiteres ziehen ließ. Doch die Hände des Witwers zitterten, und sie verstand, dass er allein sein wollte mit dem weißen Schnee oder der Flasche ..., was immer er am späten Morgen brauchte, um ein Mensch zu werden.

Sie folgte Mackeroth aus der Bibliothek. Die Frage, ob er Lenz tatsächlich gequält hätte, stand im Raum. Sie hätte ihn später betreten sollen, um eine Antwort zu finden. Sie ärgerte sich, über sich selbst und den undankbaren Witwer, und so drehte sie sich an der Tür noch einmal um: »Ihre Frau hat mich übrigens beauftragt, Sie zu beschatten.«

Sprach's und hatte das letzte Wort, so wie es ihr gefiel. Sie folgte Mackeroth über die Treppen hinunter ins Freie. Er rannte beinahe. Am Gartentor sah sie aus der Ferne eine junge Frau im Laufschritt neben einem Hund, der wie Oscar aussah. Jacob Lenz stand am Fenster der Bibliothek und blickte nach unten. Als er Annas Blick auffing, drehte er sich weg. Rosamundes Hund hatte seine Begleiterin abgehängt und wartete vor dem Gartentor. Es war einer dieser Maitage, die von Sommer kündeten, und Anna blinzelte in den Himmel, der ohne Wolken war.

Benno Mackeroth stand neben einem silbernen Porsche, der in der Sonne glitzerte. Das Erste, dachte Anna, das er sich von einem fetten Honorar gekauft hat. Dafür hatte sie Verständnis, und ihr alter Jaguar war eine viel schlimmere Sünde. Im Lauf der Jahre hat er sie ein Vermögen gekostet und schließlich dazu gebracht, zu Fuß zu gehen.

»Kann ich Sie irgendwohin mitnehmen?«, sagte Mackeroth, als sie an ihm vorbeiging. Er sah erleichtert aus, vielleicht, weil sie ihn daran gehindert hatte, eine Grenze zu überschreiten, von der er nicht genau wusste, wo sie verlief? Er hatte eine schöne Stimme, und er rollte das R ein wenig, was nach österreichischen Ursprüngen klang. Er hielt die

Beifahrertür auf, und sie ließ sich in den Ledersitz fallen. Das Geräusch des Motors beim Starten war Musik in Annas Ohren.

»Wohin soll ich Sie bringen? Und was wollte Rosi Jacob anhängen? Sie wusste doch schon alles über ihn.«

Anna, während sie ihre Mailbox abhörte: »Weshalb wollen Sie ihn um jeden Preis haben, diesen Film?«

Benno lachte. Es klang künstlich. »Ach was, ich wollte ihm nur ein bisschen Angst einjagen. Ich kann keiner Fliege was zuleide tun.«

»Das sagen viele Mörder.« Einer jener Anna-Sätze, die jeder empirischen Grundlage entbehren.

Sie verschränkte die Hände im Schoß und lehnte sich im Sitz zurück. Es roch nach Leder, und sie vermisste ihr Auto. »Sie wollte ihn vollkommen unter Kontrolle haben. Und dazu gehörte, dass sie alles wusste. Zum Beispiel, dass er einen Film bei der Konkurrenz drehen wollte.« Das war frei erfunden. Lügen haben schöne Beine. »Ach ja, ich muss in ein Lokal Nähe Gendarmenmarkt. *Eat the Rich*, Sie kennen es. Ich sag nur noch schnell meiner Freundin Bescheid.«

Er fuhr seinem und des Wagens Image entsprechend, und Anna schloss die Augen, während sie telefonierte. Sibylle klang merkwürdig, und zum ersten Mal zog Anna in Betracht, dass sie tatsächlich krank war. Mackeroth zündete sich eine Zigarette an und übersah beinahe eine rote Ampel. Er bremste so scharf, dass Anna dem Gurt dankte, der sie daran hinderte, durch die Scheibe zu fliegen. »Ich habe Ihnen nichts getan. Mich müssen Sie nicht foltern.«

»Ach, hören Sie doch auf damit. Lenz ist ein Schwein, und es gibt nichts, was er nicht verdiente.«

»Glauben Sie, dass er Frau Stark umgebracht hat?«

Mackeroth überlegte nicht sehr lange. »Möglich wär's

schon. Sie hat ihn schlechter behandelt als den Hund. Obwohl ich ihn für einen Mord für viel zu feige halte.«

»Es war wohl eher Totschlag. Jemand war ihr gefolgt und ergriff die Gelegenheit – oder vielmehr die Klobürste. Nur ein Augenblick der Schwäche – oder Stärke. Wie man's nimmt. Was hatte Frau Stark gegen Sie in der Hand?«

Der Schauspieler hielt die Kippe im Mund wie ein Cowboy. »Fallen Detektive unter das Beichtgeheimnis?«

»Nicht direkt. Aber ich sag es nicht weiter. Ehrenwort.«

Er sprach mit der Zigarette im Mund. Und er war immer noch wütend: »Eine gottverdammte Filmkassette. Gedreht auf einer ihrer Partys. Ich hatte gekifft, und es waren Weiber da und… wie das so ist, wenn man die Kontrolle verliert. Ich wusste nicht, dass Jacob drehte, ich war ziemlich hinüber. Rosi hat mir den Film erst gezeigt, als ich mich weigerte, in einer ihrer Serien eine Rolle zu übernehmen. Es war so… demütigend, und sie schien es wahnsinnig komisch zu finden. Ich habe den Vertrag natürlich unterschrieben.«

»Die Serie mit dem gelähmten Frauenarzt?« Anna zählt zu den Singles, die bisweilen vor dem Fernsehapparat einfrieren, dahinschmelzen und nicht imstande sind, dem Kitsch gänzlich zu entsagen. Wenn sie auch noch weint, weiß sie zwar, dass es dumme Sentimentalität ist, aber trotzdem…

Mackeroth bremste abrupt. Diesmal respektierte er die Farbe Rot. »Genau die. Ich habe danach alle Rollen akzeptiert, die Rosi mir anbot. Und jedes Mal versprach sie, mir die Kassette zu geben. Und dann hat sie sie angeblich verlegt. Ich war nicht der Einzige, mit dem sie dieses Spiel durchgezogen hat… Was meinen Sie, warum sie in Sachen Filmförderung so gut im Geschäft war? Oder wenn es darum ging, eine Serie oder einen Film durchzubringen? Ein feines Netz von Beziehungen und Abhängigkeiten… und mitten drin saß die

Spinne… die ihre Opfer nie ganz verschlungen, sondern auch gefüttert und umschmeichelt hat. Sie war schon eine bemerkenswerte Person, und ich wünschte, ich wäre ihr nie begegnet.«

Er hasste sie, dachte Anna, die jetzt mit ihm den Wagen voll qualmte. Sie öffnete das Seitenfenster mit Knopfdruck. In dem alten Jaguar musste man noch kurbeln. Ein Wagen aus einer anderen Zeit. Passend zur Besitzerin. Und sie würde ihn nicht verkaufen und eines Tages wieder in Betrieb nehmen. »Sie sind auch ein Klobürsten-Kandidat«, sagte sie, und Mackeroth lachte. Es klang wild und bitter.

»Sie hat mich ins Geschäft gebracht. Ich habe gut verdient. Sie war nicht unbarmherzig, wenn man das tat, was sie wollte. Nein, ich hab sie nicht umgebracht. Es hätte im Übrigen jeder sein können. Es gibt einen zweiten Ausgang, durch den Lagerraum. Ich bin da mal rein, als ich besoffen war und die Toilette nicht fand. Er hatte zur Straße hin ein ganz simples Schloss, so was kriegt ein Kind auf.«

Sie standen im Stau vor dem Gendarmenmarkt, und er trommelte mit den Händen ungeduldig gegen das Lenkrad. Anna sah das Lokal, in dem Rafael arbeitete, und einen verrückten Herzschlag lang meinte sie, ihn zu erkennen. Seine Stimme auf dem Anrufbeantworter hatte ungeduldig, verletzt geklungen. Warum sie ihn nicht zurückrufe? Angst, dachte Anna. Nichts konnte schlimmer sein, als sich der Lächerlichkeit preiszugeben. So demütigend wie Mackeroths Karriere von Rosamundes Gnaden. »Sie können mich da vorne rauslassen. Aber eine Frage habe ich noch: Warum will Jacob Lenz den Film nicht rausrücken?«

Der junge Wilde schlug mit flachen Händen aufs Lenkrad. »Jacob ist viel schlimmer als sie. Er ist unberechenbar. Voller Hass gegen alle Schauspieler, die besser sind als er. Es gibt keinen, der ihm das Wasser reichen kann, verstehen Sie? Dabei ist er schon so zugeknallt, dass er sich keinen Text mehr merken kann. Er wird die Firma ruinieren, wenn Hanni nicht dagegenhält.«

Anna hatte die Hand schon am Türöffner. »Wer ist Hanni?«

»Hanni Pelzer. Ihre Assistentin. Der Abfalleimer. Die Nichte. Hanni wird die Hälfte der Firma erben. Das hat Rosi ihr zumindest versprochen. Denn sie wusste, dass Jacob nichts taugt. Er will den Faust verfilmen. Mit sich in der Hauptrolle. Ein Unternehmen, dessen grandioses Scheitern programmiert ist. Wissen Sie, was Rosi dazu gesagt hat? *Nur über meine Leiche.* Sie erschien mir so verdammt unsterblich, dass ich es immer noch nicht fassen kann.«

Anna reichte ihm ihre Visitenkarte. »Wenn Sie mal eine Detektivin brauchen …«

»Dann ruf ich Sie an«, rief Mackeroth ihr nach, als sie bereits ausgestiegen war. Dann gab er Gas und fuhr ein paar Meter bis zum nächsten Auto, das ihn zum Bremsen zwang.

Das Motorengeräusch erschreckte ein kleines Mädchen in einem Kinderwagen. Es begann zu weinen. In das Geheul mischten sich die Klänge eines Presslufthammers. Anna wechselte die Straßenseite und ignorierte das wütende Hupen eines Autofahrers. Sie war ein schlechtes Vorbild für Kinder. Ihr beschwingter Gang und die rote Mähne erregten die Aufmerksamkeit von Bauarbeitern, die ihr hinterherpfiffen. Sie drehte sich um und lächelte. Noch war nicht alles verloren. Acht Tage blieben ihr noch, um der Welt zu sagen, dass sie irgendwie, irgendwo auf der falschen Seite der vierzig gestrandet ist. Das *Eat the Rich* war ein paar Schritte entfernt, als sie Sibylle sah, die aus einem Taxi stieg. Sie wirkte wie eine Traumwandlerin und nahm Anna erst zur Kenntnis, als diese laut ihren Namen rief.

Jetzt sitzt Anna Marx in der Toilette, in der Rosamunde starb. Ein großer Raum, der Platz für mindestens zwei Menschen bietet. Die Toilettenbürste hatten sie durch ein Nullachtfünfzehn-Modell ersetzt, allerdings auch in edlem Grau wie die Fließen und die Klobrille. Alles, was es an Blut gab, war spurlos entfernt worden. Und es muss viel gewesen sein. Wäre der Täter nicht blutbespritzt an den Tisch zurückgekommen?

Anna hat die Tür verschlossen und festgestellt, dass das Schloss ein wenig klemmt. Rosi ließ die Tür offen, vielleicht aus diesem Grund. Aber es waren ja auch andere Frauen im Lokal, und sie konnte nicht sicher sein, dass sie allein blieb. Die Toilette ist eines dieser modernen Konstrukte, bei denen der Spülknopf so gut getarnt ist, dass man ihn erst nach längerem Suchen entdeckt. Möglich, dass Rosi gerade spülte, als der Täter herein kam. Sie hörte ihn nicht. Oder sie…

Anna kniet vor die Toilette und schließt die Augen. Im Vorraum, der mit Blumen geschmückt und edlen Toilettenartikeln ausgestattet ist, liegt ein dicker, grauer Teppich. Er hat die Schritte gedämpft. Dann öffnete jemand diese Tür. Hat sie sich umgedreht? Noch etwas gesagt? Er oder sie muss sich gebückt und an ihr vorbeigegriffen haben, um die Toilettenbürste zu fassen. Wenn sie da stand, wo das Ersatzmodell heute ist. Rosi hätte aufspringen, sich wehren können. Dass sie es offenbar nicht tat, spricht dafür, dass sie die Person kannte. Sich vor ihr weder fürchtete noch sich schämte. Was für eine Frau spräche.

Anna kann sich nicht vorstellen, dass man sich in eine Toilettenschüssel erbricht, während ein Mann zusieht. Außer wenn es der Ehemann ist, den man so verachtet, dass nichts mehr peinlich ist. Faust. Der Tragödie letzter Teil.

Danach ging er zurück an den Tisch. *Die Tat ist alles, nichts der Ruhm.*

Sie hat Jacob Lenz in einer dieser Talkshows gesehen, in der er ausgiebig Faust zitierte. Unsäglich eitel, und nur noch übertroffen von dem Moderator, der vor Mitgefühl beinahe sabberte. Am Ende sangen sie gemeinsam Rosamundes Lieblingssong: *My Way* von Frank Sinatra. Und Anna hatte das dringende Bedürfnis nach einem großen Glas Whisky, um den schlechten Geschmack hinunterzuspülen. Ein Schmierenkomödiant. Ein Mörder? Sie wünscht es sich beinahe, doch die Fakten stimmen selten mit Annas Sehnsüchten überein.

Wenn es jemand war, der nicht zur Tischgesellschaft gehörte, war es ein Leichtes, durch die Hintertür zu verschwinden. Sie hat Mackeroths Angaben überprüft, dieses Mal war die Tür nach draußen sogar offen, weil gerade eine Lieferung anstand. Harry, der die Gelegenheit ergriff, seine gesammelten Niederlagen in einen Sieg zu verwandeln?

In den Zeitungen schreiben sie, dass die Polizei einige »heiße Spuren« verfolge. Was gar nichts heißen muss. Der »Toilettenmord« war ein gefundenes Fressen für die Journaille, Rosi Stark wurde post mortem zur größten Produzentin aller Zeiten, und das Lokal boomt wie nie zuvor. Der köstliche Hauch des Todes, den sie einatmen, wenn sie aufs Klo gehen. Der entzückende Schauer, noch einmal davongekommen zu sein …

»Wollen Sie hier übernachten?«

Jemand rüttelt am Türschloss, und Anna erwacht aus ihren Tagträumen. Sie steht auf und öffnet. Ein böser Blick, Anna lächelt entschuldigend und geht zum Waschbecken. Der Seifenspender ist silbern, und ihre Hände sind ringlos. Sie ist nicht der Typ, den Männer mit Schmuck überhäufen. Philipp hat ihr einmal Ohrringe geschenkt, die sie einer Freundin gab, als er sie verließ. Zumindest hat sie sie nicht in den Rhein geworfen wie die Uhr. Sie sollte versuchen, mit Hanni Pelzer zu sprechen. Und sich endlich aufraffen, Rafael zurückzurufen. Aus ermittlungstechnischen Motiven, wenn sie schon keine anderen Gründe finden will.

Sie holt ihr Handy aus der Tasche und wählt seine Nummer. Die Mailbox: Immer, wenn sie einen Anrufbeantworter bespricht, fehlen ihr die Worte. Das große Mundwerk versagt, wenn es ernst wird. Ist es ernst? Fünfzig Jahre und wenig dazugelernt. Nur das: Liebe ähnelt einem Kriminalroman – wer das Ende kennt, verliert das Interesse.

12. Kapitel

»Harry ist verschwunden«, sagt Rafael. Anna unterdrückt einen Ausruf des Entsetzens, der ihre Angst verraten könnte, dass Harry guten Grund dazu haben könnte. Stattdessen ergreift sie seinen Arm, gedacht als beruhigende Geste. Doch er schüttelt sie ab und sieht sie vorwurfsvoll an. »Der ganze Ärger hat begonnen, als du ins Haus kamst.«

»Das war Zufall«, erwidert Anna. So defensiv. Es ist ein Wunder, dass Lily, die Spionin, ihm noch nichts von ihrer Profession erzählt hat. Oder Schlimmeres als ein Wunder, denn manchmal glaubt sie, die Elfe zu sehen, und in ihren Albträumen hat sie längst einen Platz gefunden. Dort trägt Lily Flügel.

Jeder Engel ist schrecklich. Als Kind hat Anna an einer Weihnachtsaufführung teilgenommen, und einer ihrer Flügel aus Pappmaché fing an einer Kerze Feuer. Er brannte, und Josef löschte die Flamme mit Weihwasser, während Maria an der Krippe nur hysterisch schrie. Ihre Schulkameraden im Publikum lachten, weil sie dachten, dass Anna wieder einen ihrer Scherze inszenierte. Der Pfarrer behauptete später, es sei ihre Ungeschicklichkeit gewesen. Noch nie sei in der Kirche etwas angebrannt. Anna ist, wenn überhaupt, ein gefallener Engel.

An der Seite eines Rafael, der mit ihr durch den Park geht und sie ab und zu von der Seite ansieht, als trage sie alle Schuld auf ihren breiten Schultern. Er wirkt müde und besorgt, und sie würde ihn gerne trösten oder sich zumindest hinsetzen und von allem ausruhen. So fühlt man sich im Zustand der Überforderung. Marlowe war Detektiv, Gewohnheitstrinker und gelegentlich Liebhaber, und er hatte keine Schwangeren und Schmollenden, die ihn von seinen Fällen ablenkten.

Rafael bewegt sich schnell, als wolle er sie abhängen. Das Gesicht so grimmig; sie hat keine Ahnung, was er denkt.

Auf der Wiese sonnen sich Punker mit gepiercten Freundinnen und verwachsenen Hunden in den letzten Strahlen. Sie halten nichts von dem Aufruf, die Berliner Grünanlagen sauber zu halten, um den Haushalt der Stadt zu entlasten. Politik ist kein Thema, denn sie wird von Marsmenschen gemacht. Anna kickt eine Bierflasche aus dem Weg. Sie ist um keinen Deut besser als der Rest der Gesellschaft, denn sie hätte sie aufheben können. »Sprich mit mir«, sagt Anna. »Wann ist er verschwunden? Gab es einen aktuellen Grund?«

Rafael nimmt die Flasche und wirft sie in einen Mülleimer. »Die Polizei war wieder da. Sie wollten ihn abholen. Das hab ich ihm erzählt, als er mittags nach Hause kam. Danach gab es Streit mit Lily, dann ist er weg und blieb es auch. Er hat seinen Rucksack mitgenommen und die Kamera. Auf einem Zettel, der in der Küche lag, hat er hinterlassen, dass er für eine Weile untertauchen muss. Harry war noch düsterer als sonst an diesem Mittag. Als ob er überhaupt keinen Ausweg mehr sieht. Und er wollte mir nichts sagen.«

Er hebt noch eine Flasche auf. Irgendwie stört sie dieser Säuberungstick.

»Ich mache mir Sorgen um Harry. Und du hast ewig nicht zurückgerufen. Ich verabscheue unzuverlässige Menschen.«

Ich auch, denkt Anna, aber ich kann dir so wenig von dem, was ich fürchte, erklären. »Mein Handy war vorübergehend verschwunden. Ich habe es irgendwo liegenlassen.«

Sie setzt sich auf eine graffitiverwüstete Parkbank und zieht ihn auf ihre Seite. »Ich kann nicht mehr laufen. Ich möchte, dass alles zum Stillstand kommt.«

»Dann bist du tot«, sagt Rafael.

Der junge Mann, dessen unvollkommene Schönheit sie berührt und abstößt, lehnt seinen Kopf auf die Banklehne und schließt die Augen. Sie weiß nichts von ihm, nur, dass er in ihr Leben eingedrungen ist. Mit Harry und Lily im Schlepptau, und alles ist reichlich kompliziert geworden. Allein ist er nicht zu haben – und sie will ihn ja auch gar nicht. »Worum ging der Streit?«

»Lily wollte ihm ein Alibi geben … für die Tatzeit, du weißt schon. Sie hatte sich alles ganz fein ausgedacht, aber Harry brüllte sie an, dass er ihre Lügen nicht brauche. Er war so wütend auf sie, ich verstand es gar nicht, denn sie wollte ihm nur helfen. Lily hat sich immer als eine Art Schutzengel von Harry gesehen. Es war ganz normal, dass sie ihm das anbot.«

Schon wieder Engel. Sie sollten bleiben, wo sie vielleicht sind, denkt Anna: im Zwischenreich von Fantasie und Frömmelei. »Es würde zu ihm passen, nicht lügen zu wollen, wenn er unschuldig ist.«

Zu viel Konjunktiv, doch er nimmt den Satz dankbar auf.

»Die Familie fällt auseinander«, sagt er, »und Lily schleicht durchs Haus wie ein verirrtes Gespenst. Sie macht mir Angst. Ich mache mir Sorgen um Harry. Und ich hatte Streit mit meinem Boss. Alles läuft schief, wie du siehst. Ich sollte auch abhauen.«

Der Stich in der Gegend, wo ihr Herz zu vermuten ist, erschreckt sie. Deshalb sagt Anna, dass es immer gut sei, seinem Instinkt zu folgen. Sie sagt oft das Gegenteil von dem, was sie denkt. Aus Selbstschutz, Höflichkeit, Feigheit, Gemeinheit … es gibt viele Gründe zu lügen, und nur wenige, die für die Wahrheit sprechen. Öffne dein Herz, und du bist nackt. Und sie werden dich aus dem zweifelhaften Paradies der Unberührbarkeit vertreiben …

»Ich brauche jetzt einen Menschen, an dem ich mich festhalten kann«, sagt Rafael. »Wenn dir der sexuelle Aspekt peinlich ist, könnten wir doch auch Freunde sein.«

»Das ist noch anspruchsvoller«, sagt Anna und setzt ihre Sonnenbrille auf. Sie fühlt sich benutzt und auch irgendwie gedemütigt. Sie ist selbst schuld, und er ist ein Idiot.

Es gibt Sonnenuntergänge in Berlin, die könnten in der Südsee stattfinden. Sie nimmt die Gläser wieder ab und schaut in den Himmel. Die Farben sind nicht nachzumalen, vielleicht, weil sie so vergänglich sind. Alles, was bleibt, verliert an Zauber. Und wenn sie sich jetzt an jeden schönen Augenblick ihres Lebens erinnern könnte, wäre sie glücklich.

»Ich glaube nicht, dass Harry sie umgebracht hat«, sagt Anna, und er legt seine Hand auf ihre. Die Farben verglühen. Seine Finger sind kurz und dicklich, seltsam, dass ihr noch nicht aufgefallen ist, wie hässlich seine Hände sind. Sie hat immer nur auf sein Gesicht und diesen Körper geschaut – oder sie hat die Augen geschlossen. Macht sie immer beim Sex, es hilft bei der Konzentration auf die eigene Lust.

»Ich glaube ihm einfach.« Rafael legt seinen Arm um die Freundin und zieht ihren Kopf ganz sanft an seine Schulter. »Vielleicht ist es auch besser so. Ich meine, dass er abgetaucht ist, bis alles vorbei ist. Nur Lily ist ganz versessen darauf, ihn zu finden. Sie macht mich wahnsinnig… ruft dauernd bei mir an. Deshalb hatte ich Ärger im Restaurant. Wir dürfen während der Schicht nur in Notfällen telefonieren.«

Anna ist zum Stillstand gekommen, zumindest für die Zeit, bis das Rot gänzlich vom Himmel verschwunden ist. »Was macht Lily überhaupt? Sie muss doch von irgendetwas leben.«

»Sie braucht nicht viel. Sie isst wie ein Spatz. Und ihre Garderobe kriegst du in eine Schublade…«

»Frisör braucht sie auch keinen…«

»Du magst sie nicht. Aber sie ist… rührend. Ein Kind, verstehst du? Lily weigert sich, erwachsen zu werden. Dazu gehört die Ablehnung regelmäßiger Arbeit. Sie jobbt gelegentlich als Aktmodell oder Aushilfskellnerin. Einmal hatte sie eine kleine Rolle in einer Fernsehserie. Harry hat sie ihr verschafft, als er noch ein paar Beziehungen hatte. Seither glaubt sie, dass sie zur Schauspielerin berufen ist. Nein, sie weiß es. Lily zweifelt nie an sich. Oder daran, dass sie Harry liebt und für ihn durch alle Feuer gehen würde.«

Es klingt ein wenig bitter. Oder eifersüchtig. Anna spürt noch einmal den Stich. Sie hat nichts Feenhaftes an sich. Sie ist schrecklich bodenständig – zumindest in der Außenansicht. Die gute Freundin und Ersatzmutter für Sibylles ungeborenen Balg. Alle Sehnsüchte sind unter der Asche der Enttäuschungen begraben. Nein, sind sie nicht. Und wenn es nicht dieser Mann ist, woran sie ohnehin nie glaubte, dann wird ein anderer kommen. »Hast du jemals daran gedacht, dass Lily…?«

»…die Stark? Niemals, Anna. Warum sollte sie etwas tun,

das Harry in Schwierigkeiten bringt? Auf der Liste der Verdächtigen steht er ganz oben. Außerdem mochte Lily Rosi Stark.«

Vielleicht ist sie die Einzige und fühlt sich deshalb einzigartig, denkt Anna und verabscheut sich für so viel Bösartigkeit. »Woher weißt du das?«

»Sie kannte sie aus dieser Serie, bei der sie mitspielte. Es war eine Zeit, in der Lily fast glücklich war. Die Stark hat sie ermuntert und gelobt, und Lily dachte, dass die Karriere nur noch einen Steinwurf entfernt ist. Sie stand in Starks Sonne ... aber dann wurde die Serie aus Quotenmangel eingestellt. Die Stark versprach ihr, sie wieder zu beschäftigen ... aber es ist nie geschehen. Nur: Lily hat die ganze Zeit daran geglaubt, dass der Anruf kommt. Das konnte ihr selbst Harry nicht ausreden. Oder ich ...«

»Du bist in sie verliebt«, sagt Anna, »oder du warst es zumindest.« Neid ist eine Todsünde und eine der bitteren Empfindungen. Sie hebt den Kopf von seiner Schulter, es gibt keine Nähe, die ewig währt. *Immer hübsch bescheiden sein.* Sie war es doch. Sie hat nie zu viel von anderen erwartet. Von sich selbst schon, aber auch da gab es einige Enttäuschungen.

Rafael spielt mit der schwarzen Haarsträhne, die ihm oft in die Stirn fällt. Er war beim Frisör, denkt Anna, und dass es sie im Grunde nichts angeht, in wen er verliebt ist oder war. Das Sprechen scheint ihm schwer zu fallen. Immer wenn von Lily die Rede ist, verschließt sich sein Gesicht.

»Wir waren kurz zusammen. Bevor Harry der Große auf den Plan trat. Aber ich glaube nicht, dass ich in sie verliebt war. Es war eher ... Mitleid. Zärtlichkeit. Oder auch nur, dass wir zwei so allein waren und die Heizung in diesem alten Kasten kaum funktioniert. Sex mit Lily ist wie die Begegnung mit einer Schneeflocke ... du berührst sie ... und sie löst sich auf.«

Und bei mir geht eine Lawine ab, denkt Anna. So genau wollte sie es nicht wissen. Alles, was schmerzen könnte, sollte verdrängt werden. Sodass man nichts mehr spürt. Nur den neutralen Geschmack einer Zigarette. Das Brennen von Whisky in der Kehle. Spaghetti Vongole, die auf der Zunge zergehen. Die Wärme der Sonne und die Kälte eines leeren Raumes …

Die Punker und bauchfreien Mädchen und Hunde sind verschwunden, als ob sie sich in der Dämmerung aufgelöst hätten. Bierflaschen und Kippen sind zurückgeblieben. Hundekot. Irgendwann wird irgendwer alles aufräumen, damit alles von vorne beginnen kann. Das Schweigen dauert lange.

»Es könnte sein, dass ich mich in dich verliebt habe.« Er sagt es so leise, dass sie es beinahe überhört hätte.

Anna setzt die Sonnenbrille auf, die sie in die Haare geschoben hatte. Jetzt nichts Falsches antworten. Nicht: Ich bin zu alt oder zu feige. Sie benutzt ihr Lieblingswort, um Zeit zu gewinnen: »Warum?«

»Du kannst blöd fragen, Marx. Es geschieht mit einem, und man kann wenig tun – außer auf Gnade hoffen.«

»Sie sei dir gewährt«, erwidert Anna. Ein dahingerutschter Satz, und sie wollte nicht spöttisch oder ironisch sein – und auch nicht witzig.

»Dein hohes Alter gibt dir nicht das Recht, dich über mich lustig zu machen.« Rafael ist aufgestanden und sieht auf sie herab. »Ich weiß schon, dass man seine besten Gedanken hüten muss. Aber ich bin noch nicht lange genug hier, um euer dummes Versteckspiel zu beherrschen. Dein Blinde-Kuh-Gehabe: Was nicht in deine Vorurteile passt, willst du nicht sehen. Du hast mich nicht mal ein kleines Stück in dein Leben gelassen, Anna. Ich weiß ja nicht einmal, wo du wohnst.«

Er steht immer noch da wie ein Racheengel. Dies hier,

denkt Anna, läuft auf eine Weise schief, die sie nicht gewollt hat. Das Furchtbare ist, dass er Recht hat – mit fast allem, was er sagt. Nicht Kuh: blinde Kuh. Auf Krücken. Und sie wird nie genug sehen oder weit genug gehen, um ihn Lügen zu strafen. Leidenschaft: unter Kontrolle. Laster: unkontrollierbar. Gefühle: wattiert. Und nichts wünscht sie jetzt mehr, als die Krücken wegzuwerfen und über alle Zäune zu springen.

Anna steht auf und ist in Augenhöhe: »Ich wohne im Scheunenviertel. Ich bin fast fünfzig. Unverheiratet, es hat mich nie einer gefragt. Gewohnheitstrinkerin. Kettenraucherin. Privatdetektivin, leider erfolglos. Ich habe Harry beschattet, als ich in die Villa eingestiegen bin. Im Auftrag von Rosi Stark. Jetzt versuche ich, irgendwie herauszufinden, wer sie erschlagen hat. Weil ich nicht glauben will, dass es Harry war.«

Er sieht nicht so entsetzt aus, wie sie dachte. Und Anna fühlt sich jetzt gut, besser als je zuvor. Magische Wahrheit. Man sollte sie öfter ausprobieren. Doch nun folgt die unvermeidliche Frage: »Bist du deshalb mit mir ins Bett – um etwas über Harry zu erfahren?«

Anna schüttelt den Kopf. »Nein.« Die Wahrheit ist, dass sie reif war und er der richtige Mann im rechten Augenblick. Zu brutal, das zu erklären. Und leichtfertig über Liebe zu reden hat sie irgendwann, irgendwie verlernt. Sie möchte, dass er sie jetzt in den Arm nimmt und sagt, dass alles gut sei. Und sei es nur für den Augenblick …

Er ist unentschieden. Sie kann es an seinem Gesicht ablesen. Zu viel Wahrheit ist wie bittere Medizin, deren heilende Wirkung nicht sicher ist. Das Hungergefühl ist ein sicheres Zeichen dafür, dass sie der Tröstung bedarf. Wenn er sie jetzt küsste, würde sie ihn überwinden, den Hunger. Doch er tut es nicht. Er sieht durch sie hindurch in eine Welt, die ihr fremd ist. Es sind nicht nur die Jahre, die zwischen ihnen stehen, sondern auch seine und ihre Vergangenheit. Die gelebten Jahre. Alle Täuschungen und Enttäuschungen. Sex ist zu einfach und die Liebe zu kompliziert.

»Wir sollten gehen«, sagt Rafael. »Ich habe noch viel zu erledigen… und Lily wird immer verwirrter, man muss auf sie Acht geben.«

Die Stadt ist voller Engel. Der, den Anna jetzt sieht, ist aus Stein und mit Vogelkot übersät. Er kann sich nicht wehren, denkt Anna, und dass dies auch auf Lily zutreffen könnte.

13. Kapitel

»Warum gehen Sie nicht zur Polizei, wenn Sie Informationen haben?«

Marlowe alias Marx sieht aus dem Glasfenster auf den Fluss, der sich durch Berlin schlängelt wie ein flüssiger Tausendfüßler. Immer wollte sie am Wasser, am Meer wohnen, und bisher hat sie es nur an dieses Ufer gebracht. Ihr Schweigen irritiert Hanni Pelzer, ein alter Trick aus Journalistentagen, das Gegenüber zum Reden zu bringen, ohne Fragen, auf die es ohnehin nur stereotype Antworten gibt.

Doch Rosamundes Nichte scheint das Spiel zu kennen. Sie schweigt auch, und Anna sagt schließlich: »Die haben ihre Methoden und ich meine.« Klingt gut, sagt aber gar nichts. Immerhin haben die Informationen, die sie telefonisch ankündigte, Hanni Pelzer dazu gebracht, sie in ihrem Büro zu empfangen. Sie wirkt fahrig und nervös, und sie sieht Anna nicht an, wenn sie mit ihr spricht. Ihre Augen hinter modischen Brillengläsern halten sich an Filmpostern fest, die die Wände ihres Büros zieren. *Casablanca* darf nicht fehlen, Anna hat ihn sechsmal gesehen und sechsmal geweint. Zumindest in Filmen fordert sie ein Happy End für die Liebe, und edle Entsagung steht nicht auf ihrem moralischen Diätplan.

»Ein gewaltsamer Tod und polizeiliche Ermittlungen sind eine schreckliche Erfahrung. Ich hätte nie gedacht, dass ich sie einmal durchleben muss. Rosi erschien mir irgendwie … unsterblich.«

Hülsenfrüchte von Worten, und Anna nickt mitfühlend und kann nicht umhin, Sympathie zu empfinden. Hanni Pelzer hat so gar nichts mit ihrer Tante gemein. Sie ist so unscheinbar, dass sie mit ihrer Umgebung zu verschmelzen scheint. Das Büro ist in Braun gehalten, und die Möbel wirken fast schäbig. Nur der Laptop, aufgeklappt, kündet von modernen Zeiten. »Sie war sehr imponierend«, sagt Anna.

»Ach, sie haben ja für Rosi gearbeitet, kurz bevor … Es ist so schrecklich, was da passiert ist …«

Hanni Pelzer nimmt ihre Brille ab und wirkt noch verletzlicher. Auf ihrem Schreibtisch steht ein silberner Rahmen, der mit Rosis Bild gefüllt ist. Sie hat ihren Arm um die Nichte gelegt und lächelt wie üblich. Hanni folgt Annas Blick und führt ein Taschentuch in die Augenwinkel, obwohl Tränen nicht erkennbar sind. Alles Film, denkt Anna nicht zum ersten Mal in Berührung mit diesem Fall. Trotzdem würde sie gern etwas Tröstliches sagen, um den Zwerg aufzurichten. Nur fällt ihr nichts ein außer der berüchtigten Beileidsfloskel.

»Sie war stets mein großes Vorbild. Meine Mutter, wissen Sie, ist eine Säuferin, und von ihr habe ich nur gelernt, wie man Flaschen be- und entsorgt.«

»Das tut mir leid«, sagt Anna. Wie hat dieses zarte Wesen

nur die überwältigende Präsenz Rosi Starks ertragen können? Doch nein, jetzt, da Hanni ihre Kostümjacke auszieht, sieht Anna, dass sie sehr muskulös ist. Eine Gewichtheberin. Und der tränenumflorte Blick ist einem harten Funkeln gewichen. Jekyll and Hyde, denken Marlowe and Marx.

»Ich warte auf Ihre Informationen, und glauben Sie ja nicht, dass ich Sie dafür bezahle. Sie haben von Rosi genug bekommen – und verdammt wenig dafür geliefert.«

Annas raue Stimme wird auch schneidender, sie ist jetzt auf der Hut: »Es gab nichts zu entdecken. Harry Loos ist ein ehrenwerter Mann, vielleicht ist er deshalb so erfolglos und verzweifelt.«

»Und ein Mörder«, sagt Hanni Pelzer, und nicht ein Gran Zweifel liegt in diesem Satz.

»Was macht Sie so sicher? Es hätte jeder sein können.« Das Gespräch läuft gut, denkt Anna. Solange sie Fragen stellt, muss sie keine beantworten. Denn sie hat nicht die leiseste Ahnung, welche Informationen sie der Nichte zum Fraß vorwerfen könnte. Wenn es so weit ist, muss sie improvisieren.

»Ich bitte Sie. Er hat sie gehasst und auf widerliche Weise verfolgt. Er hat ihren Hund getötet. Und er war da, in diesem Lokal. Rosi hat ihn gesehen. Sie hat es uns gesagt. Kurz darauf ist sie zur Toilette gegangen … Genau das habe ich auch der Polizei erzählt. Aber diese schlappen Wowereit-Figuren haben ihn ja noch nicht einmal verhaftet.«

»Er ist verschwunden.« Klingt nicht entlastend, denkt Anna, und Hanni Pelzer schlägt mit ihrer Faust auf den Tisch. Der Laptop vibriert. Boxt sie auch?

»Na bitte. Habe ich's doch gesagt. Aber die Polizei tut ja nichts. Man muss die Tür schließen und den Dieb fangen.«

Da Anna sie fragend ansieht, fügt sie hinzu: »Eins der

sechsunddreißig Strategeme. Rosi hat sie sozusagen verinnerlicht.«

Fragen, Anna, immer nur fragen: »Was sind Strategeme? Verzeihen Sie, ich bin so unwissend.«

Sie hat auf einen Knopf gedrückt, und Hanni Pelzer scheint für den Augenblick vergessen zu haben, warum sie Anna überhaupt empfangen hat.

»Sollten Sie aber wissen. Es ist eine alte chinesische Schriftensammlung zum Überleben in einer feindseligen Welt. Ich kann sie nicht alle auswendig so wie Rosi, aber die wichtigsten habe ich mir gemerkt.«

»Würden Sie sie mir verraten? Das interessiert mich wirklich.«

Hanni Pelzer lacht, und es klingt überheblich. Sie hat sich mit Rosis Tod befreit, denkt Anna. Und wenn sie tatsächlich die halbe Firma erbt, ist sie plötzlich eine wichtige Person. Ist es nicht das, was alle anstreben: geliebt oder gefürchtet zu werden, auf keinen Fall ignoriert? Sie scheint bereits während des Gesprächs gewachsen zu sein, Annas erster Eindruck einer grauen Maus war falsch.

»Na gut, Sie können sowieso nichts damit anfangen. Also, zum Beispiel: *Ausgeruht den erschöpften Feind erwarten*. Oder: *Einen Backstein hinwerfen, um einen Jadestein zu erlangen. Hinter dem Lächeln den Dolch verbergen. Aus dem Nichts etwas erzeugen. Unter dem Kessel das Brennholz wegziehen. Einen Hirsch als Pferd ausgeben… und so weiter…* Sie hat alle Strategeme angewandt, und sie war erfolgreich. Keiner war meiner Tante auch nur annähernd gewachsen.«

»Auch Sie nicht?«

Diese Frage erweckt Misstrauen. Hanni Pelzer friert ihr Gesicht ein. »Nun, ich habe alles von ihr gelernt, woran sie mich teilhaben ließ. Jacob hat sich ja nicht wirklich für die

Firma interessiert. Sein Faust-Projekt würde uns ruinieren. Für so etwas gibt es keine Filmförderungsgelder. Und anders kann man einen Film heute nicht finanzieren, geschweige denn eine Verleihfirma finden. Deshalb hat Rosi ihre ehrgeizigen künstlerischen Pläne erst mal hintangestellt und sich mit Fernsehserien und -filmen beschäftigt. Sicheres Geld. *Will man etwas fangen, muss man es zunächst loslassen.* Eines ihrer Lieblingsstrategeme.«

Sie ist immer noch da, denkt Anna, und Hanni wird Jahre brauchen, um das Gespenst abzuschütteln. Es hat sich in ihrem Kopf eingenistet, so wie die Mutter-Säuferin, und jeden Erfolg oder Misserfolg wird sie an diesen beiden Frauen messen.

»Und nun verraten Sie mir, warum Sie meine Zeit stehlen, Frau Marx. Denn, wie Sie sehen, bin ich überaus beschäftigt.«

Das Telefon, auf Anrufbeantworter geschaltet, blinkt beinahe ununterbrochen. Zeitmangel: die neue Armut der Reichen. »Stimmt es, dass Sie die halbe Firma erben?«

»Ja, und das war meine letzte Antwort. Ich wüsste auch gar nicht, was Sie mir erzählen könnten, das mich interessiert. Der Mörder steht fest – und sie werden ihn kriegen, früher oder später. Ein Hungerleider wie Harry Loos kann ja nicht weit kommen. Also …«

Anna fällt kein passendes Strategem ein, also versucht sie es mit einer schlichten Lüge. »Jacob Lenz will die Firma verkaufen.«

Die Überraschung hält sich in Grenzen. »An wen?«

»An einen Amerikaner, der ins deutsche Filmgeschäft einsteigen will. Ist ihm im ersten Anlauf misslungen.«

Hanni Pelzer lächelt. »Ach der … nun, das ist gut zu wissen, aber es wird ihm ohne meine Zustimmung nicht gelingen. Sonst noch etwas?«

Noch eine Lüge, aus der Not geboren: »Die beiden Prostituierten wollen Geld sehen. Sonst gehen sie zur Polizei und erzählen, was sie wissen.«

Das war schon besser, Anna. Die Pelzer sieht aus, als habe sie eine Kröte geschluckt, oder zwei. Dann springt sie auf und geht zum Fenster. Sie dreht Anna den Rücken zu. Die Beine unter dem kurzen Rock sind ebenfalls muskulös und an den Waden sehr ausgeprägt. Sie trägt braune, flache Schuhe, die bequem aussehen und die Anna nicht einmal zu Hause anziehen würde. Ihre Stimme ist scharf wie ein Messer: »Welche Rolle spielen Sie hier eigentlich? Haben Sie einen Auftrag? Oder sind Sie nur eine miese kleine Erpresserin! Da sind Sie bei mir an die Falsche geraten.«

Detektive haben einen schlechten Ruf zu verteidigen. »Ihr Geld interessiert mich nicht«, sagt Anna, »nur die Wahrheit, die alle Beteiligten so kunstvoll verschleiern. Ich habe Marilyn und Joy bei einem Liederabend kennen gelernt – und sie sind sehr gesprächig.«

»Ich kenne die beiden Damen nicht.«

»Ach, kommen Sie, Frau Pelzer: Marilyn und Joy sind die polnischen Nutten, die Onkel Wanja schon öfter an die Firma vermittelt hat. Sie waren auch bei jenem Mittagessen dabei, zumindest bis zu dem Zeitpunkt, als die Polizei alarmiert wurde. Nun würden sie gerne für eine Weile untertauchen, aber dazu brauchen sie Bargeld.«

Hanni Pelzer dreht sich um: »Das klingt nach Erpressung, finden Sie nicht?«

»Man könnte es so sehen«, erwidert Anna. »Aber ich gebe nur wieder, was Marilyn mir erzählt hat.«

Ihr Gesichtsausdruck ist unverändert maskenhaft. »Was können die Flittchen schon groß erzählen, was die Polizei nicht ohnehin weiß? Dass zwei Damen zur Unterhaltung dabei waren, ist bekannt. Daran ist nichts Ehrenrühriges oder gar Ungesetzliches. Haben die beiden Sie etwa beauftragt, bei mir Geld herauszuschinden? Da muss ich Sie enttäuschen, Frau Marx. Mit schmierigen Detektiven mache ich keine Geschäfte.«

So klein und so bösartig. Anna vergisst alles, was sie anfangs über Hanni Pelzer gedacht hat. Sie ist eine würdige Nachfolgerin, und vermutlich nutzt sie zu ihrem Vorteil, dass man sie unterschätzt, nur weil sie klein und grau wirkt. Das Wort »schmierig« hat getroffen, und es löst einen Zorn aus, der Hanni Pelzer zerschmettern würde, wenn Anna Marx göttliche Gaben besäße.

Wie es ist, kann Anna nur mit Worten strafen: »Ich gehöre nicht zu denen, die Sie schmieren müssen, damit die Geschäfte laufen. Oder erpressen können wie Benno Mackeroth. Außerdem kursieren in Berlin heftige Gerüchte, dass die Firma pleite ist. Sie sind zu klein, um Rosi Starks Lebenswerk weiterzuführen, einfach zu klein …«

So, jetzt fühlt sie sich besser. Anna greift nach ihrer Handtasche und geht wortlos zur Tür. Als sie diese hinter sich geschlossen hat, leise, wie es sich geziemt, hört sie ein Krachen, so, als ob jemand etwas hinterhergeworfen und die Tür getroffen hätte. Etwas Mittelschweres. Speerwerferin? Anna lächelt, als sie in den Lift steigt und nach unten schwebt. Aus dem Lautsprecher erklingt Filmmusik. Im Erdgeschoss verkündet eine weiche Frauenstimme in drei Sprachen, dass man ebendort angekommen sei. Überflüssig und aufdringlich – wie so vieles in diesem Leben.

Anna marschiert zum U-Bahnhof Schlesisches Tor, vorbei an dem Stein mit der Inschrift »Dem unbekannten Flüchtling«. Geschichte, die sich überlebt hat. Da wären in Berlin viele Steine zu demontieren. Und nun fügen sie andere hinzu, und die neue Mauer verläuft zwischen denen, die es geschafft haben, und den anderen – der schweigenden, sich arrangierenden oder protestierenden Mehrheit.

Anna zählt sich zur Mehrheit mit Tendenz zum innerlichen Randalieren. Wovon keiner etwas hat, nicht einmal sie.

14. Kapitel

Die Nacht macht Berlin. Sie deckt das Schäbige, Unvollendete, Protzige zu und wahrt den schönen Schein trotz fehlender Scheine. Fünfzig Milliarden Euro Schulden sind kein Thema, solange das Bier frisch gezapft ist. Die Nacht strahlt drei oder zwei Opernhäuser an, das Regierungsviertel und die Kreuzberger Kneipen. Die Bankrotterklärung Berlins hat bis zum nächsten Morgen Zeit, und Reiche und Arme trinken ohne Ansehen der Person auf alles, was sie begehren oder fürchten.

Annas Computer hat sich von ihr verabschiedet und als letzten Gruß einen flimmernden, dann schwarzen Bildschirm hinterlassen. Ihren Wutanfall nahm er ohne Gegenwehr oder tätige Reue hin. Ihr virtueller Berater, eigentlich Informatikstudent, ging nicht ans Telefon. Also ist sie in Sibylles Kneipe geflohen und sitzt an der Bar vor einem Mochito, den Freddy ihr ausgegeben hat. Er ist verliebt, ein Zustand, der ihn in großzügige Raserei versetzt und dazu verleitet, zu viel Rouge aufzutragen. Freddy lächelt ohne Unterlass und zeigt auf einen Jüngling mit schwarzen Haaren, den Anna im ersten Augenblick für Rafael hält. Bis er sich umdreht. »Er ist Boxer«, sagt Freddy. »Ist das nicht wahnsinnig aufregend?«

»Doch«, erwidert Anna und fragt nach Sibylle.

»Sie ist in der Küche. Schlitzauge hat sich krankgemeldet, er hat schon seit Tagen Depressionen und heulte nur noch vor dem Herd. Sie ist auch nicht in bester Verfassung – oder kommt mir das nur so vor, weil ich so glücklich bin? Sibylle ist ziemlich launisch in letzter Zeit, von euphorisch bis verzweifelt ist alles drin. Sind Depressionen ansteckend, Schätzchen?«

»Nein«, sagt Anna und kaut an den Minzeblättern, um ihren Zigarettenatem zu verbessern. Wer weiß, vielleicht tritt der Eine ins Lokal, und alles wird gut. Ein Mann ohne Ehering, Goldkettchen oder braune Mokassins. Mäßig behaart und zumindest so komisch, dass sie noch über ihn lachen kann, wenn er sie verlassen hat.

Freddys Boxer steht jetzt neben ihr und lässt seine Muskeln unter einem dünnen, engen T-Shirt spielen. Er hat deutlich mehr davon als Hanni Pelzer, die Frau der Strategeme, von Rosi Stark zu einer perfekt funktionierenden Geldmaschine gezüchtet. Klein, grau und listig. Extrem bissig. Annas Lüge mit den beiden polnischen Mädchen hat wunderbar eingeschlagen. Es kann ja nichts mehr passieren, sie sind schon weg aus Berlin. Hat Fjodor zumindest behauptet, als sie ihn im Treppenhaus traf.

Fjodor möchte sie engagieren, um eine russische Emigrantenzeitung »zu zerstampfen«. Seine Worte, er bebte vor Entrüstung, als er Anna von der Kritik an seinem Tschaikowsky-Vortrag erzählte. Sie war vernichtend, und das Ganze sei nichts weiter als ein persönlicher Rachefeldzug eines russischen Journalisten, den Fjodor schon sehr lange mit Leserbriefen quält. »Stalinistenschweine«, nannte er die Mitglieder der Redaktion, und er forderte Rache in der Form, dass das Blatt eingestellt werden müsse. »Irgendwas findet man immer«, sagte Fjodor, und er zählte Geldwäsche, Steuerbetrug, illegale Beschäftigung und Rauschgift auf.

Fjodor wedelte mit besagter Zeitung vor Annas Gesicht, während er sich zunehmend erregte. »Ich bin gekreuzigt worden!«, schrie er durchs Treppenhaus, und Frau Gülem, die im vierten Stock wohnt, kam nach draußen und spähte nach unten. »Leide leiser!«, brüllte sie, bevor sie ihre Tür zuschlug. Sie ist eigentlich Deutschlehrerin, doch sie verdient ihr Geld bei einer Telefonsex-Firma, weil ihr dies die Möglichkeit gibt, zu Hause zu arbeiten und bei ihrem Baby zu bleiben. Herr Gülem ist verschwunden, weil er das schreiende Kind nicht ertragen konnte. »Kennst du einen, kennst du sie alle«, sagte Frau Gülem einmal zu Anna, als sie gemeinsam an der Bushaltestelle warteten. Doch Kinder seien ein Wunder, das zu bestaunen sie niemals müde werde.

Nach der Intervention flüsterte Fjodor, dass Anna sofort in Aktion treten müsse und Geld keine Rolle spiele. Warum nicht? fragte sich Anna, denn er ging ihres Wissens keiner Beschäftigung nach, die ihn ernähren könnte. Onkel Wanja? Sie sagte ihm, dass sie zurzeit an einem anderen Fall arbeite, sich aber darum kümmern werde. Ein Versprechen, das sie niemals einzulösen gedachte. Die Vertagung gefiel ihm nicht, doch er ließ Anna ziehen, nachdem sie ihm nochmals versichert hatte, wie wunderbar sein Gesang gewesen sei.

In ihrem Büro fand Anna ein Fax ihres Steuerberaters, der dringend um Kontaktaufnahme bat. Die Post warf sie ungeöffnet auf den Schreibtisch, es waren ja doch nur Rechnungen. Dann setzte sie sich an den Computer, um einen Brief an den Klienten zu schreiben, dessen gestohlenes Fahrrad sie trotz intensiver Suche nicht wiedergefunden hatte. Denken Computer mit und strafen sie Lügen? Denn bevor sie zu Ende tippen konnte, gab das Gerät seltsame Laute von sich, um dann den Geist aufzugeben. Weshalb sie ihren Vorsatz, den Abend ohne Gesellschaft und Alkohol zu verbringen, ad acta legte.

Im »Mondscheintarif« ist Liebe allgegenwärtig. Freddy und der Boxer küssen sich über die Theke hinweg, und Anna sieht zur Seite. Scham ist ein Gefühl, das heutzutage unangenehm auffällt. Sie schämt sich, weil sie die Szene nicht mag. Das ist Berlin, und manchmal fühlt sie sich in dieser homoerotisch aufgeladenen Stadt wie provinzielles Strandgut. Viel zu romantisch, um Exhibitionismus erotisch zu finden.

»Sind sie nicht ein schönes Paar?« Sibylle hat Sushi, die sie beim Japan-Service bestellt und auf Teller drapiert hat, unter das Kneipenvolk gebracht. Wer rohen Fisch mit grüner Paste nicht mag, hat Pech gehabt, denn an diesem Abend gibt es mangels Küchenpersonal nur dies oder die Buletten vom Vortag.

»Entzückend«, sagt Anna und sieht ihre Freundin forschend an. »Alles in Ordnung mit dir?«

Ein Kopfschütteln. »Ich habe nochmals darüber nachgedacht. Es ist vielleicht doch keine so gute Idee.«

Oh verdammt, sie hätte wissen müssen, dass die Euphorie nicht lange anhält. Sibylle hasst Entscheidungen wie der Teufel das Weihwasser. Selbst bei einer Weinbestellung gerät sie ins Schwanken. Und nun das. »Es ist keine Idee, Sibylle, sondern etwas sehr Konkretes. Und wenn du etwas unternehmen willst, dann mach es gleich. Lass dir morgen einen Termin geben.«

Sibylle ruft Freddy zu, dass sie ihn nicht für Sex bezahle, und er zieht seine Zunge aus dem Boxermund. »Nur nicht neidisch sein.« Er zwinkert Anna zu und stellt ihr ein Glas Bier hin. Woher weiß er, dass sie eines bestellen wollte? Steht es auf ihrer Stirn geschrieben? Und Sibylle hat keinen Grund, jetzt beleidigt hinter die Theke zu gehen und sich ein großes Glas Milch einzuschenken.

»Hör mal, ich kann dir die Entscheidung nicht abnehmen. Was immer du tust, ich bin einverstanden.«

»Was will sie tun? Ihren Journalisten abschießen und sich einen richtigen Kerl nehmen?«

»Halt die Klappe, Freddy.« Sibylle überblickt ihr Zuhause, die Freunde und Fremden, die es mit ihr teilen. Sie kann sich kaum vorstellen, mehr als einen Abend pro Woche nicht hier zu sein. Dies hier ist das richtige Leben, eines, das sie davor bewahrt, eine einsame alte Frau zu werden. Es wird immer Männer geben, manchmal auch Frauen, und nie die Leere von Abenden, die man allein vor dem Fernseher verbringt. Die Angst, dass das Leben vorbeigeht, bevor sie es gelebt hat, ist bodenlos. Wenn sie einmal in dieser Stimmung ist, die sich vermutlich als Todesangst beschreiben lässt, erscheint ihr jede verpasste Gelegenheit als ein weiterer Schritt in den Abgrund. Die Hölle des Nichts. Sie kann nicht allein sein. Und vermutlich auch nicht zu zweit. Mit einem Wesen, das ganz und gar von ihrer Person abhängig ist, ihrer Zuwendung, Fürsorge, Zuverlässigkeit. Eine gnadenlose Liebe wäre das, und sie ist ihr nicht gewachsen. Auch nicht mit Annas Hilfe. Oder der eines Vaters, den sie ohnehin nicht eindeutig identifizieren könnte. Und wenn schon: Die Geschäftsgrundlage war Sex, nicht familiäre Verpflichtung.

Einmal nur, ein einziges Mal in ihrem Leben, ist Sibylle vom Vorsatz der belanglosen Beziehung abgewichen. Es ist lange her, sie war noch so jung damals. Eine hübsche, dumme Person, die von einer Karriere am Theater träumte. Und auf einen Jacob Lenz traf, der damals berühmt war und als Gastprofessor in ihrer Theaterklasse unterrichtete. Sie hat ihn angebetet und er sie verführt, in der Konstellation der Abhängigkeiten keine originelle Geschichte. Nur, dass sie ihn liebte. Ausschließlich, verzweifelt und hoffnungslos liebte. Sie wollte ihn heiraten. Sie war so naiv. Keiner Verstellung fähig, sodass ihm ihre ungestümen Gefühle schmeichelten, doch sicher auch erschreckten. Diese Liebe dauerte ein Jahr. Dann las sie in der Zeitung, dass er Rosi Stark heiraten werde. Sie schrieb ihm Briefe, sie rief ihn an, sie forderte seinen, ihren, Rosis Tod, doch er wich ihr feige aus. Sibylle wollte sich das Leben nehmen, aber die Schlaftabletten reichten nicht aus, und es endete damit, dass sie ihr den Magen auspumpten. Jacob schickte Blumen ins Krankenhaus, an dem Tag, als sie in den Illustrierten Fotos von seiner glanzvollen Hochzeit brachten.

Sibylle erinnert sich daran, dass sie Stunden damit zubrachte, diese Fotos mit einer Nagelschere zu zerschnipseln. Es waren dunkle Tage, Wochen und Monate. Sie verließ die Schauspielschule und begann zu trinken. Wahllose Männerbekanntschaften, sie ließ sich mit fast jedem ein, der ihr einen ausgab. Ein Wunder, dass sie diese Zeit überlebt hat, ohne körperlichen Schaden zu nehmen. Weil es eine Form der Selbstzerstörung war, die viel schlimmer war, als Schlaftabletten zu schlucken. Weil sie immer, wenn sie ihn oder Rosi sah oder über die beiden las, diesen nagenden Schmerz spürte. Zwei Leute, die auf ihre Kosten glücklich waren. So empfand sie es jedes Mal. Und dass es Unrecht war … nun, es ist vorbei.

Es ist nie vorbei.

Sie hat Anna nichts davon erzählt, dies ist ein Kapitel ihres Lebens, das sie hütet wie einen schrecklichen Schatz. Sibylle zapft Bier, während Freddy Cocktails mixt, als würde er dafür bezahlt. Was natürlich der Fall ist, aber manchmal führt er sich auf, als würde er ihr eine Gefälligkeit erweisen. Er ist zickig, ihr Koch ist depressiv, sie ist schwanger, und die Studentin, die kellnert, leidet an Magersucht. »Mondscheintarif« ist der falsche Name, sie sollte die Kneipe in »Villa Freud« umbenennen.

Es ist eine Nacht des großen Durstes, jeder trinkt darauf, etwas verloren oder gewonnen zu haben, und Anna starrt melancholisch auf hetero- und homosexuelle Pärchen, die sich berühren, streicheln, küssen. Welchen Grund haben sie, hier zu sein, wenn nicht den, in anderen Neid zu erwecken? Verfluchte Exhibitionisten, und manchmal ist es schwerer als sonst, allein zu sein.

Sie hat große Lust, Rafael anzurufen, doch selbst wenn er käme, was keineswegs sicher ist, würde sie doch wieder das Falsche sagen oder tun. Woher soll sie die Sicherheit nehmen? Sie kann nicht einmal ihrer Freundin helfen, die beste Wahl zu treffen. Und würde man jemals wissen, was richtig oder falsch ist, wenn die Alternative immer Fiktion bleibt?

Sibylle lacht zu laut und verbreitet hektische Fröhlichkeit. Sie wirkt wie aufgezogen. Zum ersten Mal fühlt Anna, dass unter dieser Leichtlebigkeit ein großer Zorn verborgen ist: jedes Lachen ein unterdrückter Wutanfall.

Sie sieht Sibylle ihren Journalisten umarmen, der in Begleitung einer dunkelhäutigen Schönheit gekommen ist. Wir sind so frei, Gefühle einzusperren. Jede Lebensruine hat ihre prächtige Fassade, und Sibylle kann gar nicht so oberflächlich sein, wie sie sich zeigt. Es wäre gut für sie, wenn sie das Kind bekäme. Anna denkt an Frau Gülem aus dem vierten Stock und ihr verklärtes Gesicht, als sie auf das schreiende Bündel schaute, das um den Bauch gebunden war. Eine Liebe sollte man schon haben.

Und an diesem Abend wird Anna sie nicht mehr finden. Sie lässt anschreiben und winkt Sibylle zu, während sie sich den

Weg zur Tür freikämpft. Manchmal ist es nützlich, groß und stark zu sein, wenn auch nur äußerlich. Bei Hanni Pelzer ist das Verhältnis genau umgekehrt. Sie könnte so gut wie jede oder jeder andere zur Klobürste gegriffen haben, denkt Anna. Töten ist keine Kunst, sondern nur der nächste, ultimative Schritt aus der moralischen Gewohnheit. Wenn wir nur Macht über unser Leben haben und sie missbrauchen, weil es zu misslingen scheint, dann ist die Macht über ein anderes Leben ein göttliches Gefühl. Eine Verzweiflung. Die Mutprobe auf dem Weg zur Hölle.

Anna weicht einem kleinen Mann im Ledermantel aus, der einen Bullterrier an der Leine führt. Sie überquert die Straße, gerade noch, bevor ein Wagen mit überhöhter Geschwindigkeit vorbeirast. Der Passant pfeift *Die Internationale*, und sie stellt sich vor, dass er ein Stasi-Offizier war und jetzt nur noch ein Arbeitsloser mit bissigem Hund ist, auf der Suche nach Opfern. Vielleicht hätte er gelacht, wenn man sie überfahren hätte? Es war ein schwarzer Mercedes, und er fuhr mit aufgeblendeten Scheinwerfern. Die Stadt ist ein gefährliches Pflaster, voller Lebensruinen, Verrückter und solchen, die es noch werden. Es wäre schön, mit Sibylle nach Italien zu ziehen.

Kein Fernsehen: Das Programm ist noch schlimmer als in Deutschland, und das will etwas heißen. Italien wird ein Traum bleiben, und sie findet wieder einmal ihren Schlüssel nicht, als sie ihn ein paar Schritte vor dem Haus in der Handtasche zu suchen beginnt.

»Hallo, Anna.«

Sie sieht von der Tasche hoch auf einen Engel, der aus dem Schatten ins Licht der Straßenlaterne tritt. Dieser hier hat eine Glatze.

15. Kapitel

Lily trägt einen langen, giftgrünen Wollmantel, obwohl es eine warme Nacht ist. Flügel sind nicht zu erkennen, doch der Wind spielt mit einem gelben Seidenschal, der sie wie ein Lichtschein umgibt. »Ich habe lange gewartet«, sagt Lily und bringt es fertig, dies nicht vorwurfsvoll klingen zu lassen.

»Ich war bei meiner Freundin«, erwidert Anna und ärgert sich über ihren defensiven Ton. Sich einfach vor eine Haustür zu setzen und zu warten ist anachronistisch. Selbst Lily muss von der Erfindung des Handys gehört haben. Anna hat den Schlüssel gefunden und hält ihn in der Hand, abwartend.

Die großen Augen sind auf Anna gerichtet, als wollten sie deren Gedanken röntgen. »Ich habe Durst und Hunger«, sagt Lily, und Anna schließt auf und fragt sich, warum sie dieses Wesen so bedrohlich findet. Weil es ein Kind ist, das boxen lernte? Und seine erotischen Abenteuer hinter Gucklöchern findet?

Lily folgt ihr durch das dunkle Treppenhaus, das Licht funktioniert wieder einmal nicht, doch niemand schreit, singt oder stöhnt in dieser Nacht in diesem Haus, und Anna liebt sie alle für ihre Rücksichtnahme. Vielleicht schlafen sie schon.

»Eine schöne Wohnung«, sagt Lily, nachdem Anna ihr Türschloss im Dunkeln gefunden hat. Es liegt im Auge des Betrachters, denkt Anna und führt die Besucherin in ihr Büro, den größten Raum, den einzigen, den sie aufgeräumt hinterlässt. Nur die Blumen auf dem Schreibtisch sind verwelkt. Roter Mohn, den ihr die Blumenhändlerin immer schenkt. Ihre ein wenig verwirrte Mutter war verschwunden und wurde von Anna gefunden. Es war leicht, denn beide Male war die alte Frau auf dem Spielplatz und schaukelte. Sie wollte in den Himmel, wie sie Anna ganz vernünftig erklärte. Doch er war fern.

»Ich habe Milch, Brot und Käse. Ist das in Ordnung?«

Lily nickt und sieht sich neugierig um. Sie findet Gefallen an dem Gummibaum und dem Bild, das eine Frau zeigt, die ihren Mantel geöffnet hat und darunter nackt ist.

»Bist du Exhibitionistin?«, fragt sie Anna, die mit einem Tablett zurückkommt.

»Nein.« Anna stellt Essen und Trinken ab und schenkt sich ein Glas Whisky ein. Sie setzt sich hinter ihren Schreibtisch, als ob sie eine Barriere gegen Lily bräuchte. Das Leichtgewicht isst, als ob es seine erste oder letzte Mahlzeit wäre. Ein Kind. Sie erinnert Anna an die Alte, die in den Himmel schaukeln wollte. Sie sollte Mitleid mit Lily haben, doch es fällt ihr schwer. »Ich brauche dich wohl nicht zu fragen, woher du meine Adresse hast.«

»Ich bin dir einmal gefolgt. Aber ich habe Rafael nichts verraten. Um ihn geht es auch gar nicht, sondern um Harry. Er ist weg… und ich will, dass du ihn findest.«

Sie möchte nicht, sie will. Anna zieht unter dem Schreibtisch die Schuhe aus und wackelt mit den Zehen. »Berlin ist groß. Wenn er überhaupt noch hier ist. Wie soll ich ihn finden, Lily?«

»Du bist Detektivin. Und ich habe Angst, dass ihm etwas geschehen ist.« Lily leckt ihre Finger ab. Sie hat im Verhältnis zu ihrer Winzigkeit große, kräftige Hände. Sie sollte Boxerin werden. Es gibt Väter, die ihre Kinder umbringen, ohne es zu merken. Mütter natürlich auch.

»Harry hatte Angst, verhaftet zu werden, und ist abgehauen. Ganz normal ist das. Wer sollte ihm etwas tun?« Anna ist müde und ein bisschen gereizt. Und Lilys große, flehende Augen ändern nichts daran, dass ihr Ansinnen unmöglich ist.

»Harry war da«, sagt Lily. »Vielleicht hat er gesehen, wer es war.«

Es überrascht Anna nicht, denn sie hat es ja schon von anderen gehört. »Vielleicht hat er sie umgebracht.«

Anna zuckt zusammen, als Lilys zarte Stimme in Gekreisch umschlägt. »Nein, das hat er *nicht*. Ich habe ihn die ganze Zeit gesehen. Ich stand hinter der Tür des Vorratsraums. Harry war nicht in der Toilette. Er war im Gang. Ich schwöre es.«

»Hast du das der Polizei erzählt?«

Lily, wieder mit zarter Stimme: »Ich wollte es ja. Aber ich hatte Angst, dass sie mir nicht glauben. Und Harry war so wütend auf mich, weil ich ihm versprochen hatte, ihm nicht mehr zu folgen … ich musste ihn doch beschützen.«

»Wovor?«

»Die Geschichte mit der Produzentin war ein Missverständnis, verstehst du? Sie war nicht schlecht, sie hätte ihm sein Geld bezahlt, da bin ich ganz sicher.«

Jede von Lilys Antworten provoziert mehrere Fragen. Anna sieht auf ihre Uhr: Es ist nach Mitternacht. Keine der letzten Nächte war mit ausreichendem Schlaf gesegnet.

»Ich wollte mit ihr reden – über Harry. Damit sie versteht, dass es ihm gar nicht ums Geld ging, sondern um Gerechtigkeit. Und dann hätte sich alles gelöst. Aber dazu ist es ja nicht mehr gekommen.«

Lilys Naivität ist bodenlos. Eine Schauspielerin. Alle Frauen haben einen Hauch dieses Talents, sonst würden sie Männer nicht dazu bewegen, sie zu heiraten. Anna ist allerdings minder begabt. Und sie hat nicht die leiseste Ahnung, was von Lilys Gerede zu halten ist. Sie sagt, was ihr gerade einfällt, denkt Anna, ohne Anspruch auf Wahrheit oder Logik. Lily und Harry, das kann doch nur in eine Katastrophe münden. Zwei Traumtänzer, die sich auf dünnem Seil bewegen und alles vermeiden, das einer Bodenhaftung gleichkäme.

»Was hast du sonst noch gesehen, Lily – in dem Lokal?«

»Sie haben laut geredet und viel gelacht. Harry hat mit seiner kleinen Kamera Fotos gemacht … und dann ist er zurück, weil die Stark ihn entdeckt hat. Er ist in die Vorratskammer ausgewichen – und ich habe mich hinter dem Regal mit den Dosen versteckt. Dann ist er durch die Hintertür raus auf die Straße, und zwar kurz *bevor* sie … als ich sie zur Toilette gehen sah, habe ich mir nämlich überlegt, ob ich sie dort auf Harry ansprechen soll. Aber dann dachte ich, dass das kein guter Ort ist, also bin ich auch weg. Ist noch Brot da?«

»Nein. Ich bin heute nicht zum Einkaufen gekommen. Ihr wart also beide weg, und du hast nichts weiter gesehen? Niemanden, der ihr folgte?«

Lily schüttelt den Kopf. Ihre Glatze schimmert im Schein der Schreibtischlampe, und ihre Haut ist elfenbeinfarben.

»Ich dachte, du wärst eine bessere Detektivin«, sagt Anna.

Lily hat die Beine angezogen und stützt ihren Kopf auf die Knie. »Aber im Verfolgen bin ich gut. Manchmal hat Harry nichts gemerkt. Rafael sowieso nicht, der geht blind durch die Welt. Hat er dir eigentlich erzählt, dass er Rosi Stark hasste?«

Willkommen im Club der Rosi-Hasser. Anna findet es bemerkenswert, dass Lily auf der anderen Seite steht. Und dass Rafael ihr nichts davon gesagt hat. Es war nur Sex, von Vertrauen war nie die Rede. Sie hat ebenfalls gelogen, also keinen Grund, ihn anzuklagen.

Lily spielt mit dem Seidenschal. »Weil sie ihm immer das Trinkgeld in den Hosenbund gesteckt hat. Er fand das demütigend – und ordinär. Sie hat ihn auch einmal zu einer ihrer Partys eingeladen. Er hat nie darüber geredet, aber ich weiß, dass er wütend auf sie war.«

»Aber deshalb bringt man doch keinen um! Oder war er etwa auch in dem Lokal?«

Lilys herzförmiger Mund verrät die Andeutung eines Lächelns. Doch sie antwortet nicht.

»Na komm, Lily, das ist jetzt ein dummes Spiel, und ich bin müde und will ins Bett. War noch jemand da, der nicht zur Tischgesellschaft oder zum Personal gehörte?«

Sie legt den Kopf schief und sieht Anna lange an. »Ich glaube nicht. Kann ich hier schlafen?«

»Nein.« Sie hat lange gebraucht, bis sie Nein sagen konnte, ohne sich schuldig zu fühlen. Doch seit Anna den Zauber dieses Wortes für ihr Wohlbefinden entdeckt hat, setzt sie es ein. Lily ist nicht beeindruckt. Sie lehnt sich in dem Sessel zurück, streckt die Beine von sich und schließt die Augen. »Er hat mir etwas gegeben, als ich in die Pubertät kam. Irgendwelche Pillen, damit ich wachse und stark werde. Aber das ist nicht passiert. Stattdessen sind mir die Haare ausgefallen. Büschelweise. Es sah sehr seltsam aus, und jeder Schulgang war ein Spießrutenlaufen. Irgendwann habe ich mir dann den Kopf rasiert, und jetzt wirkt es gewollt, nicht wahr? Rafael mag es. Harry auch. Er meint, dass ich damit klug aussehe. Stimmt das?«

»Viel klüger als George Bush.« Anna gähnt hinter vorgehaltener Hand. Sie möchte ins Bett gehen. Ohne Lily. Schlafen bis in einen neuen Tag. »Ich muss dich jetzt wirklich rauswerfen, Lily. Vielleicht… hast du eine Ahnung, wohin Harry gegangen ist. Hat er irgendwo Freunde?«

»Nein. Er hat nur mich und Rafael. Seine Verwandten mag Harry nicht. Er ist wie ich. Deshalb gehören wir zusammen. Kann ich noch Milch haben?«

Sie will Nein sagen, doch Anna steht auf und geht in die Küche. Vielleicht ist Lily auch ein Katzenengel, Symbiose aller Lebewesen und Geister, die nur sich selbst umarmen. Völlig unmoralisch. Ein bisschen irre. Mit jener Aura von Schutzbedürftigkeit, der Männer wie Harry nicht widerstehen können. Rafael ist auch nur ein Mann. Und das Haus war kalt. Es gibt immer einen Grund, und der beste Weg, einer Versuchung zu widerstehen, ist, nach Oscar Wilde, ihr nachzugeben. Vielleicht geht sie, wenn Anna ihr Honig in die Milch gibt.

Doch Lily ist in dem Sessel eingeschlafen. In einer Stellung, die Anna das Kreuz verbiegen würde. Die Verletzlichkeit einer Schlafenden hat Anna immer schon berührt, und natürlich bringt sie es nicht übers Herz, Lily zu wecken. Sie holt eine Decke aus dem Schlafzimmer und legt sie über Lilys Füße. *Füße müssen immer warm sein*. Mutter-Worte. Lily hat ihre nicht erwähnt. Vielleicht gab es sie nicht, nur den schrecklichen Vater. Und nun hat sie in Harry einen Ersatz gefunden, und Anna soll ihn suchen. Es ist lächerlich, sie hat nicht die geringste Ahnung, wo sie beginnen könnte.

Weshalb sie die Milch mit dem Honig trinkt, im Badezimmer. Es ist die Medizin ihrer Kindheit, und sie steht vor dem Spiegel und sagt sich, dass sie erwachsen ist. Niemand mehr da, der sie beschützen und trösten könnte. Alle sind schon damit überfordert, Verantwortung für nur ein Leben zu tragen. Lily besonders. Anna auch. Fast alle, die sie kennt. *Wenn wir nicht klar sehen können, wollen wir wenigstens die Unklarheiten scharf sehen*. Sigmund Freud, der geniale Wiener Kokser.

Klar ist an diesem Fall nur, dass niemand die ganze Wahrheit sagt. Lily lügt möglicherweise, um Harry zu schützen. Hanni Pelzer denkt an Strategeme und Anna daran, dass sie ein wunderbares Motiv hätte: Geld. So wie Jacob Lenz, der Rosi Starks Begabung der subtilen Erpressung so gar nicht beherrscht. Benno Mackeroth, der sich von seiner furchtbaren Gönnerin vielleicht befreien wollte.

Oliver Lindemann und Gustav Brock, die auch mit von der Mörderpartie waren, hat Anna bisher vollkommen ignoriert. Theoretisch und vermutlich auch praktisch mit demselben Motiv wie Mackeroth: Es bestanden Abhängigkeiten, die Rosi für ihre Zwecke nutzte. Vorstellbar, dass sie willig mitmachten, weil ein Beamter und ein Programmdirektor ein bisschen Glanz in ihrem Leben brauchen, Brot und Spiele und natürlich auch Sex. Nein, solche Leute entfremden keine Klobürste, dazu sind sie zu feige. Die Wahl der Waffe ist gewissermaßen künstlerisch, innovativ. Dazu braucht man Fantasie. Nicht notwendigerweise den Willen zu töten. Vielleicht war es nur ein Augenblick der Unbeherrschtheit, der Versuch, sie zu verletzen, zu demütigen. Und dies alles spricht für Harry, der den Weg des Schweigens gewählt hat. Dass er Lilys Angebot, ihm ein Alibi zu geben, kategorisch ablehnt: Spricht das nun für oder gegen seine Unschuld?

Der Honig klebt an Annas Zähnen, und sie reinigt sie mit der wilden Entschlossenheit eines Menschen, der Zahnärzte fürchtet wie die Pest. Während sie den Mund weit aufreißt, denkt sie an Marilyns strahlendes Gebiss. Die beiden Mädchen waren nicht betrunken wie die anderen am Tisch. Sie haben, abgesehen von ihrer Angst vor der Abschiebung, keinen Grund zu lügen. Und doch hatte Anna das Gefühl, dass Marilyn ihr etwas verschwieg. Sie wird Fjodor nach Marilyns Handynummer fragen. Am liebsten würde sie es gleich tun, doch wenn er nicht singt, wird er schlafen.

Auf dem Weg ins Schlafzimmer sieht sie noch einmal nach Lily, die in der Fötusstellung schläft. Ihr Mund ist leicht geöffnet, und sie atmet schwer, als ob sie von Albträumen gequält würde. Anna kann dem Impuls nicht widerstehen, über die weiße Kopfhaut zu streicheln. So verletzlich … dann löscht sie das Licht und irrt im Dunkeln zur Tür.

Sie kollidiert mit dem Schirmständer, alle Dinge stehen ihr im Weg, als ob sie sich gegen Anna Marx verschworen hätten. Sie flucht verhalten, im Flüsterton, und findet den Lichtschalter im Flur. Dort sollte er stehen, der Schirmständer, doch die ukrainische Putzfrau hat ihre eigene Vorstellung von der Platzierung von Gegenständen. Diskussionen zu diesem Thema sind fruchtlos und enden stets mit dem Satz »Nix verstehen«.

Wir wollen wenigstens die Unklarheiten scharf sehen, murmelt Anna in ihrem Bett, das zu groß für eine Person ist. Als sie es anschaffte, dachte sie noch … was immer es war, es war falsch. Sind Frauen klüger als Männer, weil sie weniger wissen und mehr verstehen?

16. Kapitel

»Sie sah aus wie ein Engel, als sie da runterfiel. Die langen blonden Haare, wissen Sie …«

Die Augenzeugin weist mit dem Finger himmelwärts, und die Kamera folgt der Richtung ihrer Hand zu einem Hochhaus an der Karl-Marx-Allee. Es gibt nichts zu sehen, nur die Plattenbaufassade mit den kleinen Balkons, eher Austritte, auf denen Menschen stehen, die nach unten blicken, auf die blinkenden Lichter der Polizeiautos und Notarztwagen. Einige winken nach unten.

Die Gaffer auf der Straße werden von Uniformierten daran gehindert, über den Schauplatz der Tragödie zu trampeln. Kameraleute und Mikrofonträger bedrängen Polizei und Anwohner. Die Leiche ist bereits in einem Sarg verstaut. Sie ist nicht mehr wichtig, sozusagen dem Fokus des Geschehens entrückt. Hier geht es um die Lebenden: Was haben sie gesehen? Was ist geschehen?

Agnes Pelcic stürzte vom Balkon des sechsten Stockwerks auf die Straße. »Wie ein Engel«, wiederholt die junge Frau, die ein wenig lispelt, vielleicht ist sie auch nur aufgeregt, weil sie noch nie so gefragt war und in einer Weise lebt, die keine Höhepunkte kennt. Dies ist einer. Sie lächelt in die Kamera und wird zur Seite gestoßen, als die Fernsehteams auf eine Blondine mit rotem Lederrock zustürzen. Sie weint und wird von einem Sanitäter gestützt, der auf sie einredet. Die Einkaufstüte neben ihr wird zertrampelt, als die Medienmeute auf sie losstürmt. Die Kamera richtet sich in Naheinstellung auf ihr Gesicht, bevor Polizisten einschreiten und sich schützend vor sie stellen.

»Oh mein Gott«, sagt Anna, die vor ihrem Fernseher steht, bereits angezogen, aber noch ungeschminkt. Sie stellt die Kaffeetasse auf den Couchtisch, dies ist ihr Wohnzimmer, und nebenan, im Büro, schläft Lily immer noch, obwohl es bereits elf Uhr ist. Anna hat die Blondine sofort erkannt. Es ist Joy. Das Mädchen, das sie im »Club erfolgloser polnischer Frauen« getroffen hat. Zusammen mit Marilyn.

Sie hieß Agnes Pelcic, und für Anna war sie Marilyn Monroe. Sie liegt in diesem Sarg, der jetzt in den Wagen geschoben wird. Noch einmal hält die Kamera auf Joys Gesicht: Es zeigt jenen Ausdruck des Nichtverstehens, die erste Reaktion auf eine Tragödie, die nie gedacht wurde.

»Wieso hat Ihre Freundin Selbstmord begangen?«, schreit eine Journalistin. Ihr Mikrofon ist wie eine Waffe auf Joys Gesicht gerichtet. Sie hat ihre Hände auf die Ohren legt, weil die Fragen, die auf sie niederprasseln, wie Pistolenschüsse klingen müssen. Zwei Polizisten bahnen ihr den Weg zum Notarztwagen, sie entschwindet aus dem Bild, und jetzt zeigen sie die abgesperrte Stelle, wo der Körper aufgeprallt ist. Dann geht die Kamera nach oben, in den sechsten Stock, zu dem Balkon, dem Austritt, dessen Geländer so niedrig ist, dass jedes Kind darüber klettern könnte.

»Eine Einladung zum Selbstmord«, kommentiert der Journalist die Bauweise, und Anna denkt, dass jemand, der mit dem Leben abgeschlossen hat, keine Einladung braucht. Doch genau das hat Marilyn nicht getan: Sie war jung und schön und voller Gier nach allem, was das Leben bieten könnte. »Sie hat es nicht selbst getan«, widerspricht Anna dem Fernsehjournalisten, der über Selbstmordgefährdete in Plattenbauten stammelt, als wäre er Experte in Fragen von Leben und Tod unter architektonischen Gesichtspunkten.

»Idiot.« Er hört es nicht. Er interviewt einen Nachbarn, der nicht weiß, was er antworten soll, es aber trotzdem tut. Der Mann ist Agnes ein paarmal im Lift begegnet und sagt, dass sie Model war und vor allem Ausländerin. Sie habe einen komischen östlichen Akzent gesprochen. Er sächselt.

Es ist zu viel. Anna geht aus dem Zimmer in ihr Büro, um nach der schlafenden Lily zu sehen. Die Lage ist unverändert, und sie setzt sich an ihren Schreibtisch und betrachtet das grün umhüllte Wesen, während sie nachdenkt. Fjodor hat sie entweder angelogen oder es nicht gewusst: Marilyn und Joy sind nicht aus Berlin weg, sondern in dieser Wohnung geblieben, die sie vermutlich teilten. Weil sie sparen wollten für eine strahlende Zukunft. So viel dazu.

Marilyn ist nicht freiwillig gesprungen, das ist Annas Ausgangshypothese. Sie wurde gesprungen – ein grammatikalisch mörderischer Satz. Jemand hat sie aus dem Weg gestoßen, weil sie zu viel wusste. Zum Beispiel Onkel Wanja, den sie mit ihrer Weigerung unterzutauchen, dem Risiko aussetzte, ein sehr lukratives Geschäft zu verlieren: den Callgirlring. Geld ist immer ein guter Grund für Verbrechen, selbst wenn Onkel Wanja als gütiger alter Mann beschrieben wurde. Andererseits: Wäre das klug, wenn gerade jetzt die Aufmerksamkeit der Polizei auf die Tote und ihre Freundin gelenkt würde? Um sicher zu sein, hätte er beide entsorgen müssen, und viel unauffälliger, als es hier geschehen ist.

Joy war die Schwächere der beiden, und sie wird reden – und ihn damit erst recht in Gefahr bringen. Nein, wenn Onkel Wanja ein kluger alter Mann ist, hat er nichts mit Marilyns Tod zu tun. Er wird Joy einen Anwalt zur Seite stellen, der ihr rät, nichts zu sagen. Sie war offensichtlich einkaufen, während es geschah. Als sie kam, trug sie eine Einkaufstüte. Sie muss die Polizei, den Menschenauflauf gesehen haben – und ist trotzdem nicht weggelaufen. Warum?

Anna stellt die Frage hintan und beschäftigt sich mit einer zweiten Hypothese: Agnes oder Marilyn musste sterben, weil sie gesehen hat, wer Rosi Stark auf die Toilette folgte. Vielleicht hat sie versucht, den- oder diejenige zu erpressen. Sie mochte große Scheine. Sie war furchtlos bis über die Grenze der Selbstüberschätzung. Warum aber ein Treffen in ihrer Wohnung, ganz allein? Jemand, der einmal getötet hat, ist gefährlich. Das musste selbst Marilyn wissen. Vielleicht ist ihr Besuch zu früh gekommen – oder Joy hat sich beim Einkaufen verspätet. Sie sah nicht nur geschockt aus, sondern auch schuldbewusst. Und irgendwann wird ihr dämmern, dass sie von nun an selbst in Gefahr ist. Wer wird sie beschützen? Die Polizei? Onkel Wanja?

Als Anna sich eine Zigarette anzündet, um besser denken zu können, wacht Lily auf.

»Es brennt«, murmelt sie und öffnet langsam ihre Augen, diese großen Kinderaugen, und richtet sie auf Anna. Fragend.

»Meine Zigarette brennt. Du bist hier eingeschlafen«, sagt Anna. »Ich konnte dich nicht aufwecken. Ich habe es nicht einmal versucht.«

Lily sieht erschrocken aus. »Habe ich im Schlaf geredet?«

»Nein. Ich habe jedenfalls nichts gehört. Kaffee ist in der Küche. Handtuch und Zahnbürste sind im Bad. Ich muss in einer Stunde weg, du hast also noch ein bisschen Zeit.«

»Wirst du Harry suchen.«

Die Frage ist wie eine Forderung formuliert. Anna hat wenig Neigung, das Thema zu vertiefen, also sagt sie: »Ja, ich versuche es. Aber vorher muss ich mich um eine andere Sache kümmern. Ein Mädchen ist gestorben, das ich kannte. Marilyn, die in Wirklichkeit Agnes hieß. Sie haben es gerade in den Nachrichten gebracht.«

Lily, die sich geräkelt hat, hält in ihren Armbewegungen inne und sieht Anna scharf an. »Eine schöne, blonde Frau, die ihren Körper verkauft hat?«

Sie ist für jede Überraschung gut, denkt Anna. Gleich wird sie mir erzählen, dass sie übersinnliche Kräfte hat und von ihr träumte. »Kennst du sie?«

Lily lächelt schlaftrunken, aber auch ein wenig gemein. »Ja, sicher. Sie hatte etwas mit Rafael. Vor einem Jahr oder so. Eigentlich war es eine große Liebe, es hat mir aber nichts mehr ausgemacht, weil ich sowieso nur Harry wollte. Die beiden waren ein so schönes Paar.«

Glaub ich, denkt Anna und fühlt wieder diesen unbestimmten Schmerz. »Marilyn war ein sehr teures Callgirl. Wie kam sie an Rafael?«

Lily ist aufgestanden und hat sich aus der Küche eine Tasse Kaffee geholt. Sie scheint Annas Verletzung und ihre Neugierde zu genießen. Setzt sich an den Schreibtischrand und stellt die Tasse so hin, dass sie Ränder hinterlassen wird. »Sie war mit ein paar Leuten in dem Lokal, in dem er kellnert. Damals sprach sie wenig Deutsch, und sie hat sich wohl gelangweilt, deshalb haben sie miteinander Polnisch geredet. Na ja, und wie das so ist. Er war schrecklich in sie verliebt. Sie sah aus wie Marilyn Monroe.«

Sie war zu schön, denkt Anna. Man hat sie nur dafür bewundert und daran gemessen, und es ist ihr natürlich zu Kopf gestiegen. Sie hielt sich für unbesiegbar. Niemand ist es. Auch Lily nicht, die sich benimmt, als wäre sie in Annas Wohnung zu Hause. Sie blättert im Terminkalender, und Anna schlägt ihr auf die Hand, nur leicht. »Lass das, Lily. Deine Neugierde ist ungesund. Hat Rafael gewusst, dass sie ein Callgirl war?«

»Ja, klar. Anfangs hat ihn das nicht gestört, hat er jedenfalls behauptet. Aber irgendwann wurde er dann doch schrecklich eifersüchtig. Er ist zu Onkel Wanja gegangen und hat ihm sein Erspartes angeboten – im Gegenzug für Marilyn. Aber der hat nur gelacht, und sie wollte ja gar nicht aufhören. Sie hat immer gesagt, dass sie die Bewunderung von vielen Männern braucht und dass sie ihnen ihre Schönheit wie ein Geschenk gibt. Und dafür eine Belohnung erwartet, eine angemessene. Sex fand sie überhaupt nicht schlimm. Sie sagte, Sex sei irgendwie Macht. Ich weiß nicht, was sie damit meinte. Du etwa?«

»Nein«, sagt Anna. »Vielleicht muss man schön sein, um es so zu sehen. Marilyn und Rafael haben sich also gestritten?«

»Ja, immer öfter. Aber sie haben sich immer wieder versöhnt – bis zum letzten Mal.« Lily malt Kreise auf ein leeres Blatt Papier. Ihre Hände sind immer in Bewegung, und ihre

Kreise sind schief. Sie nimmt das Papier, zerknüllt es und wirft es wütend in den Papierkorb. »Ich kann nicht malen. Ich habe kein Talent, überhaupt keines.«

»Du bist Schauspielerin«, sagt Anna. »Was war beim letzten Mal?«

»Rafael ist ausgerastet und hat ihr eine Ohrfeige gegeben. Marilyns Backe ist angeschwollen, das hat sie ihm nicht verziehen. Sie ist gegangen. Später hat sie ihm eine Arztrechnung geschickt, und er hat sie bezahlt. Ist es nicht komisch, wie banal große Lieben enden? Ich habe immer geglaubt, dass sie füreinander bestimmt sind – so wie ich und Harry.«

Lily spielt jetzt mit dem Brieföffner. »Du musst Harry finden. Ich weiß nicht, was ich ohne ihn tun soll. Ohne ihn ist alles grau ...«

»Du solltest etwas essen«, sagt Anna. »Wir gehen jetzt frühstücken, und dann versuche ich, irgendwie an Joy ranzukommen. Und du bist *sicher*, dass du nichts gesehen hast? Ich glaube nämlich, dass Rosis und Marilyns Tod zusammenhängen. Sie ist nicht gesprungen. Nicht freiwillig.«

Lily sieht Anna ungläubig an. Dann schaltet sie den kleinen Fernsehapparat an, der in Annas Büro steht. Der Nachrichtenkanal zeigt Bilder vom Weltgeschehen, die Toten nehmen kein Ende, doch Marilyn ist nicht dabei. »Sie war nicht wichtig«, sagt Lily, und es klingt herzlos. Nichts berührt sie, denkt Anna, außer Harry. Sie ist von ihm besessen, und das macht sie blinder, als sie ohnehin schon ist.

»Erzähl mir von Harry«, sagt Anna, als sie beim Frühstück sitzen, in einem der Cafés, die für Menschen da sind, die zu faul zum Einkaufen sind oder schon morgens Gesellschaft brauchen. Sie hat Lily eine Zahnbürste geschenkt und sie nach der Katzenwäsche aus der der Wohnung getrieben. Lily behauptete, keinen Hunger zu haben. »Man muss essen«, sagte Anna und schob ihren Gast aus der Tür. Bevor sie aus dem Haus ging, klingelte sie bei Fjodor, doch er reagierte nicht. Vor mittags hat sie ihn nie gesehen oder gehört, er ist ein Morgenschläfer, also ließ sie es dabei.

Lily löffelt ein Joghurt, während Anna aus einer großen Tasse Kaffee trinkt und in ein Schinkenbrötchen beißt. Lily hat kein Geld dabei, und Anna hat sie eingeladen. Lily erzählt: von Harry, den sie auf den ersten Blick geliebt hat. Weil er so zart ist wie sie und nur nach außen den Boxer spielt. Alles, was in der Welt geschehe, nehme Harry persönlich. »So viel Anteilnahme kann einen umbringen«, sagt Lily, und dass sie endlich einen Menschen gefunden habe, der ihren Schutz brauche. Weil es doch immer umgekehrt war in ihrem Leben: »Alle haben über mich bestimmt – mein Vater, meine Lehrer, Trainer, Kameraden… mich hat wirklich nie einer gefragt, was ich wollte. Und wenn ich etwas sagte, hat keiner zugehört. Manchmal kam es mir vor, als ob ich gar nicht existierte. Nur in der Vorstellung der anderen, verstehst du. Und Harry war der erste Mann, der mich… ich weiß nicht… überhaupt als erwachsenen Menschen behandelte. Als Frau. Ich habe ihm mein ganzes Leben erzählt, alles, was falsch war. Das habe ich natürlich erst begriffen, als ich darüber sprach. Man kann Harry alles fragen – und er hat immer Antworten. Er ist so klug. Er weiß einfach alles.«

Nur nicht, wie man richtig lebt, denkt Anna, spricht es aber nicht aus. Wer weiß das schon, ehe es zu spät ist. Lilys Gesicht verklärt sich, wenn sie über Harry redet. Ihre großen Augen sehen durch Anna hindurch auf das Paradies, dem sie einen Namen gegeben hat. Es ist rührend, aber auch verstörend. »Warum, glaubst du, ist er weg? Und warum hat er dich nicht mitgenommen?«

Die zweite Frage war falsch, denn Lily beginnt zu zittern.

Anna könnte sich ohrfeigen. Lily hat keine Antworten, also sollte sie aufhören zu fragen. »Es tut mir leid. Wahrscheinlich wollte er einfach nur vor der Polizei davonlaufen. Er wird sich sicher bald mit dir in Verbindung setzen. Wenn er es nicht schon getan hat.«

»Ich sollte nach Hause«, sagt Lily. Sie zittert nicht mehr. Sie springt auf, und bevor Anna auch nur ihre Tasse abstellen kann, ist sie aus dem Café geflüchtet. Anna rennt hinterher. Sie weiß nicht, warum sie es tut, vielleicht, weil sie glaubt, Lily vor etwas beschützen zu müssen, das sie nicht einmal benennen kann. Aber sie tut es: Sie folgt ihr bis an die Glastür. Dann wird sie von hinten festgehalten.

»Wir wollen doch nicht vergessen zu zahlen«, sagt eine Stimme, die zu den Händen gehört, die ihre Arme umklammern. In Filmen passiert so etwas nie, denkt Anna, die den wehenden, grünen Mantel noch einmal sieht, bevor Lily aus ihrem Blickfeld verschwunden ist.

»Sie werden es nicht glauben, aber ich wäre zurückgekommen wegen der Rechnung. Lassen Sie mich jetzt los?«

»Das sagen sie alle, Schätzchen.«

Die Frau, die einer Sumo-Ringerin ähnelt, hat Anna losgelassen und sich vor ihr an der Glastür postiert. Sie hält Anna die Rechnung vors Gesicht. »Ist nicht persönlich gemeint. Ist sie deine Tochter?«

»Nein. Mein Engel.« Anna gräbt in ihrer Tasche und gibt der Sumo-Ringerin einen Zehn-Euro-Schein. »Den Rest können Sie behalten. Natürlich nur, wenn Sie mich jetzt durchlassen.«

Die gewaltige Frau tritt zur Seite und sieht Anna besorgt an. »Soll ich ein Taxi rufen … oder einen Arzt … oder Priester?«

»Wie wär's mit Gott? Oder haben Sie seine Nummer nicht?« Anna tritt ins Freie. Und überquert die Straße bei

Rot. Sie fühlt sich immer besser, wenn sie etwas Verbotenes tut. Die lächerliche Rebellion gegen die Verhältnisse, die sie nicht gutheißt. Gegen die sie nichts tut. Außer Engeln nachzujagen. Und Mördern …

17. Kapitel

Die Geschäfte laufen gut. Der Kioskbesitzerin von gegenüber ist die Katze entlaufen, und sie hat Anna beschworen, sich auf die Fährte ihres geliebten Tieres zu setzen – sofort und um jeden Preis.

Anna könnte also Geld verdienen, doch stattdessen ist sie in die Karl-Marx-Allee gefahren und steht nun vor einer Wohnungstür, die von der Polizei versiegelt wurde. »Marilyn und Joy« steht auf dem Schild, von Hand geschrieben, und es hängt schief. Anna mit ihrem Sinn für alles, das schräg und unvollkommen ist, widersteht dem Impuls, es gerade zu schieben. Dann erlischt das Licht, und in dem schmalen, fensterlosen Flur steht eine furchtsame Detektivin, die nach dem Lichtknopf tastet.

In diesem Haus hängt Trauer wie tiefer Nebel, und es war nicht erst Marilyns Tod, der ihn brachte. Jedes Stockwerk, das Anna auf ihrem Weg nach oben passierte, erschien ihr als eine Station der Hölle, obwohl die Stufen aufwärts führten. Die Graffiti an den Wänden sind politisch unkorrekt und obszön. Die Stille ist grau und dumpf, und es riecht nach tausend Jahren Einsamkeit.

Da, wo Anna wohnt, ist es niemals leise. Sie hat oft geflucht, sich aber nie gefürchtet. Sie könnten alle tot sein hinter ihren Resopaltüren, denkt Anna. Nur von Agnes alias Marilyn weiß sie es. Und was soll sie jetzt tun?

Marlowe würde die Tür eintreten. Marx zieht es in Erwägung, aber sie weiß genau, dass sie sich nur die Schulter prellen würde. Das Türschloss sieht fragil aus, man könnte es mit einer Haarnadel öffnen. Vielleicht. Vernünftiger wäre es, zu gehen und nach einer rotweiß gestreiften Katze zu suchen. Anna tut das, was sie immer tut, wenn sie sich nicht entscheiden kann: Sie zündet sich eine Zigarette an. Und wartet. Lehnt sich gegen die Tür und hofft auf ein Wunder, irgendeines. Zum Beispiel, dass Joy zurückkommt…

Dass jemand die Tür von innen öffnet, gehörte nicht zu jenen, die sie erwartet hat. Sie stolpert und fällt beinahe in die Arme des Menschen, der sie einließ. Die Überraschung ist einseitig, und Anna ist in der schlechteren Position, weil sie zunächst damit beschäftigt ist, ihr Gleichgewicht zu halten. Der Mann ist einen Schritt zurückgegangen, sodass sie sich nirgendwo festhalten kann. Sie rudert mit den Armen und verliert ihre Handtasche, die zu Boden fällt.

Der Mann hebt sie auf. Anna steht jetzt auf beiden Beinen. Sie sehen sich an. Er ist groß und kräftig und trägt eines dieser Gesichter, in die sie sich häufig verliebt hat, als sie noch auf dem Pfad der erotischen Hoffnung war. Klugheit und Güte sind ein Paar, das sich selten in Gesichtern festschreibt. Es täuscht manchmal, aber sie hat dieser Verbindung nie wirklich widerstehen können. Philipp hatte so ein Gesicht. Er war dünner. Und feige war er auch. Sonst hätte sie ihn nie verlassen können.

»Dürfte ich meine Handtasche wiederhaben?«

Der Mann sieht Anna fast amüsiert an, hält jedoch an ihrem Eigentum fest. »Dürfte ich fragen, wer Sie sind? Und was Sie hier tun?«

»Nein«, erwidert Anna, obwohl sie weiß, dass sie damit nicht durchkommt. Sie mag dieses Wort einfach zu gern, und sie hat zu spät damit begonnen, es konsequent anzuwenden.

Er schüttelt lächelnd den Kopf und holt dann ihren Ausweis aus der Tasche. Er studiert ihn schweigend, und Anna studiert den Mann. Alles an dieser Hässlichkeit wirkt anziehend, obwohl er natürlich ein Bulle sein muss. Ein Berufsstand, gegen den sie ein paar Vorurteile pflegt, die vor allem dann ins Kraut schießen, wenn die Polizei massenhaft in Erscheinung tritt, mit Helmen und Schilden bewaffnet und im Krieg gegen das Volk. Es ist in Berlin renitenter als anderswo, man muss es nicht mögen. Es gibt kein Ideal, das den Einzelfall außer Kraft setzt. Der Bulle, der auf einen Menschen einschlägt, der schon am Boden liegt. Der Vermummte, der dem ängstlichen Polizisten mit Pflastersteinen begegnet.

Dieser hier ist keiner von Annas Prototypen. Er schiebt ihren Ausweis zurück in die Tasche und betrachtet Anna mit zur Seite geneigtem Kopf und ironischem Grinsen. Findet er sie komisch?

»Jetzt wissen Sie, wer ich bin. Und Sie sind ein Bulle. Haben Sie auch einen Namen?«

»Johannes Täufer. Die Witze dazu kenne ich schon. Bleibt die Frage, was Sie hier tun.«

»Sie haben mich gewissermaßen reingelassen«, sagt Anna. Sie sieht sich jetzt zum ersten Mal um und ist erstaunt, wie schön die Wohnung eingerichtet ist. Ein Ort, um sich wohl zu fühlen, zumindest wenn die Tür geschlossen ist und die Gardinen zugezogen sind. Die Rosen auf dem Couchtisch sind verwelkt, das ist der einzige Makel. An der Balkontür sind Klebestreifen angebracht. Die Tür steht offen.

»Ach, kommen Sie, Anna Marx: In wessen Auftrag schnüffeln Sie hier herum? Wenn ich noch länger gewartet hätte, wären Sie mit der Haarnadel beschäftigt gewesen, stimmt's? Das wollte ich Ihnen ersparen.«

Er lächelt immer noch. Seine Stimme ist sanft, und die grauen Augen sind freundlich auf Anna gerichtet. Seine Hände liegen auf der nicht unerheblichen Wölbung eines Bauches, der von einem weißen Hemd umhüllt ist. Er trägt keinen Ring. Anna mag kräftige Männer, zumindest solange sie angezogen sind. Jetzt zieht sie Johannes Täufer aus und ist nicht sicher, ob ihr die nackte Wahrheit gefallen würde. Wann hört sie auf, an Sex zu denken? Mit fünfzig?

»Ich tue nie etwas Ungesetzliches, und ich habe keinen Auftraggeber, ehrlich. Es ist bloß so, dass ich Marilyn und Joy kennen lernte, durch meinen Nachbarn, der eigentlich Sänger ist. Sie war ein so schönes Mädchen. Ich glaub einfach nicht, dass sie freiwillig da runtergesprungen ist.«

Anna geht auf die Balkontür zu, und er hält sie nicht auf. Sie steigt über die Absperrung, vorsichtig. Dann steht sie draußen und sieht nach unten. Dort, wo Marilyn aufgeprallt ist, ist eine Kreidezeichnung geblieben. Die kleinen Menschen, die vorbeigehen, umkreisen sie und blicken dann neugierig zurück. Sie sind noch einmal davongekommen, doch natürlich nur vorübergehend.

Die dunklen Flecken müssen vom Blut stammen. Der große Schlaf ist immer noch die angenehmere Vorstellung als jene von Marilyns zerschmettertem Körper.

Das Geländer ist niedrig und ebenfalls von Klebestreifen bedeckt. Anna ist nicht schwindelfrei, die Höhenangst hat mit den Jahren zugenommen und raubt ihr jetzt den Atem. Niemals würde sie springen, und sie wird es auch nicht tun, wenn sie fünfzig ist.

»Berühren Sie nichts«, sagt die Stimme hinter ihr. Sie ist sehr nahe, fast in Annas Nacken. Sie ist sanft und freundlich, diese Stimme, und sie passt zu einem dicken Mann. Anna riecht Pfefferminzatem. Sein Bauch berührt ihren Rücken, er fühlt sich warm und weich an. Doch ihr ist kalt.

»Die simple Kunst des Mordens«, flüstert der Täufer. »Jeder kann es. Jeder möchte es dann und wann. Ich bräuchte Ihnen nur einen kräftigen Stoß zu geben und vielleicht noch bei Ihren Füßen nachhelfen – und Sie würden fliegen.«

Anna schaut nach oben in den Himmel. Alles war leichter, als sie noch daran glaubte, dass hinter den weißen Wolken ein gütiger alter Mann sitzt, der gut und böse definiert. Es war eine kurze, fast schmerzfreie Zeit. Die Angst beginnt mit der Erfahrung des freien Willens. Mit den vielen kleinen bösen Erfahrungen und dem Wissen, wozu Menschen fähig sind. Und wenn der Täufer kein Bulle ist, sondern ein Mörder?

»Ich wollte nie fliegen«, flüstert Anna. »Ich habe nämlich Höhenangst.«

»Sie wollte auch nicht fliegen.«

Anna dreht sich zu ihm um, weil sie das Flüstern in ihrem Nacken nicht mehr erträgt. Die Angst ist so groß wie das Universum, und sie muss dennoch fragen: »Woher wissen Sie das so genau?«

Sie hat die Welt jetzt in ihrem Rücken. Und seine Augen vor sich. Sie sind grau und uneinsichtig, und Annas Einschätzung von der Güte anderer war immer schon von großem Optimismus getragen. Der Balkon ist so klein, dass kein Stuhl darauf Platz hätte. Zu klein für zwei, die groß geraten sind. Kampflos, denkt Anna, werde ich nicht über Bord gehen. Es stirbt sich besser, wenn man sich gewehrt hat. Scheiße, es gibt kein Rezept für besseres Sterben. »Nun sagen Sie es mir schon. Ich verstehe alles.«

»Wie anmaßend, Anna Marx. Ich weiß es nicht genau. Ich vermute es, so wie Sie auch. Und weil ich mich bemühe, ein guter Bulle zu sein, vertreibe ich mir hier die Zeit und versuche mir vorzustellen, was passiert ist.«

Er tritt einen Schritt zurück. »Nun kommen Sie schon rein. Sie zittern ja. Möchten Sie was trinken? Die Mädchen haben eine hervorragend bestückte Hausbar, obwohl ich nicht glaube, dass sie ihre Freier hier empfangen haben. Nicht in diesem Haus, obwohl die Wohnung sehr gemütlich ist.«

Es gibt ein Leben vor dem Tod; sie nimmt es dankbar an und steigt über die Absperrung zurück in die Wohnung. Dass er nicht erriet, woran sie dachte, kann Anna nur hoffen. Und obwohl es zu früh ist, um zu trinken, nimmt sie das Glas mit Whisky. Der Bulle hat sich eine Flasche Bier aus dem Kühlschrank geholt. »Prost, Marx. Und jetzt erzählen Sie mir alles, was Sie über diesen Fall wissen oder denken.«

Anna hat sich auf die schwarze Ledercouch gesetzt, deren Preis vermutlich astronomisch war. Marilyn muss umwerfend darauf ausgesehen haben. »Haben Sie an einen Gedankenaustausch gedacht, Täufer?«

»Mal sehen.« Der Bulle steht vor Anna und sieht auf sie herab. »Darf ich Sie Anna nennen? Ich habe mit Marx nie viel anfangen können, dafür war ich schon immer zu blöd. Es hat nur für die Polizei gereicht. Das überwiegend vergebliche Streben, die Gerechtigkeit anzuschubsen. Nach Dienstschluss haue ich mir den Bauch voll, um zu wissen, wie Glück schmeckt.«

»Kann ich gut verstehen, Bulle.« Das Wort passt zu ihm, und sie mag ihn, auch weil er sie am Leben ließ. Also erzählt ihm Anna vieles, doch nicht alles. Und sie lügt natürlich. Behauptet, dass Rosi Stark sie beauftragte, ihren Mann zu beschatten. Sie lässt Harry aus, Lily und Rafael. Sie erzählt von ihrer Begegnung mit Marilyn und Joy. Und alles in allem fügt sich eine Geschichte, die sonderbar, aber nicht unwahrscheinlich ist. »Wo ist Joy? In Polizeigewahrsam?«

»Schön wär's. Sie ist abgehauen in dem Trubel, bevor wir sie ausführlich vernehmen konnten. Ein Polizist, der gepennt hat, und weg war sie. Joy wird jetzt als Zeugin gesucht. In Wirklichkeit heißt sie übrigens Maria Radovitz.«

»Sie wird zu Onkel Wanja gelaufen sein«, sagt Anna.

»Bei dem waren wir schon. Er ist geschäftlich in Moskau, wie uns sein Anwalt mitgeteilt hat. Unbestimmte Geschäfte auf unbestimmte Zeit, ich glaube nicht, dass er zurückkommt.«

Johannes Täufer sieht nicht so aus, als ob ihn dies übermäßig bekümmern würde. Anna folgert daraus, dass auch er nicht daran glaubt, dass Onkel Wanja sein goldenes Kalb geschlachtet hat.

Anna sagt ihm, was sie glaubt: Dass die beiden Todesfälle zusammenhängen. Dass Marilyn etwas gesehen hat an jenem Tag im Restaurant – und dass sie versuchte, jemanden zu erpressen. »Sie war ein wundervolles Mädchen, aber mit einem sehr ausgeprägten Sinn für Geld. Und ich denke, sie hielt sich für unverwundbar – einfach, weil sie so schön war.«

Der Bulle sieht jetzt traurig aus. Dann sagt er auf einmal wütend: »Ich könnte diesen blöden Polizisten umbringen, der das andere Mädchen laufen ließ. Die beiden lebten und arbeiteten zusammen. Also weiß Joy vermutlich auch, wen Marilyn in die Wohnung bestellt hat. Wenn wir sie nicht bald finden, haben wir möglicherweise eine zweite Leiche am Hals. Warum erzähl ich Ihnen das alles, Anna?«

Weil sie eine gute Zuhörerin ist. Meistens. »Sie sitzen schon lange in dieser Wohnung, oder? Einsamkeit verführt zu den sonderbarsten Gefühlen. Vertrauen zum Beispiel. Außerdem verfolgen wir beide dasselbe Ziel, oder?«

Täufer, misstrauisch: »Und Sie wollen mir wirklich erzählen, dass niemand Sie dafür bezahlt?«

»Niemand. Ich bin blöd. Und zu neugierig, um loszulassen.«

»Wenn Sie mir helfen, Joy zu finden, lade ich Sie zum Essen ein. Wenn nicht, sperre ich Sie ein. Ich könnte ja einfach behaupten, dass sie versucht haben, in die Wohnung einzubrechen.«

Der Bulle lächelt. Nicht unbedingt beruhigend, eher amüsiert oder überheblich. Anna, die so glücklich war, in ihm nicht ihren Mörder gefunden zu haben, schwankt wieder ein wenig in ihrer Sympathie. Macht auszuspielen ist die billigste Form der Kommunikation. Sie zu besitzen und nicht zu gebrauchen, das ist die Kunst, vor der sie Respekt hat. »Ich esse nicht mit jedem, Johannes. Und ich habe keine Angst vor Ihnen.«

Er grinst immer noch. »Doch, schon. Auf dem Balkon draußen dachten Sie einen Augenblick lang, ich würde Sie runterstoßen. Sehe ich aus wie ein Mörder?«

»Wie sehen die aus? Wie einer der illustren Tischgäste von Rosi Stark? Wenn ich Sie wäre, würde ich alle Beteiligten nach einem Alibi für die Tatzeit befragen. Ich könnte schwören, dass es ein Erpressungsversuch war, der Marilyn das Leben gekostet hat.«

Der Bulle sieht Anna jetzt abschätzend an. Er hält den Kopf schief und zupft an seinem Ohrläppchen. Seine Haare sind weiß und, so denkt Anna, von einem Friseur geschnitten, der eigentlich Vertreter für Rasenmäher ist. »Das tun wir, meine Liebe. Es ist unser Job, und in Ihrem werden Sie es nicht weit bringen, wenn Sie sich nur auf ihre Intuition verlassen. Das ist nur der Speck. Mäuse fängt man anders.«

Gott, wie sie es hasst, wenn man sie auf diesem Niveau kritisiert. Privatdetektivin zu sein ist nicht der gesellschaftliche Rang, den man bewundernd von unten betrachtet. Sie wäre auch lieber Chefredakteurin geworden, umgeben von Schmeichlern und Speichelleckern. Aber nein, vielleicht lieber doch nicht. Anna hat immer daran geglaubt, dass das Leben in dünner Luft angenehm, aber sehr ungemütlich ist. Charakterverformend. Alles will sie sich erlauben, aber nicht das: eitle Selbstgerechtigkeit. Und so ganz frei davon ist der Bulle nicht. Aber ausnahmsweise hält sie ihren Mund, sieht ihn mit einem Blick an, den sie für verführerisch hält, und sagt: »Da haben Sie Recht. Aber Sie haben auch mehr Ermittlungsspielraum als ich. Und wer hat kein Alibi?«

»Alle haben eines – bis auf den Witwer. Der war allein zu Haus. Der Schauspieler und die Pelzer geben sich gegenseitig eines. Sie waren zusammen joggen. Aber das sollte ich Ihnen gar nicht erzählen. Helfen Sie mir nun, das Mädchen zu finden – mit Intuition und allem, was Sie wissen und mir nicht gesagt haben?«

Anna nickt. Zögernd, damit er nicht glaubt, dass sie sich von ihm nötigen lässt. Als er ihr seine Karte gibt, steht darauf nur sein Name und die Nummer seines Mobiltelefons. Keine Berufsbezeichnung, keine Adresse: Das ist zumindest ungewöhnlich. Seine Polizeimarke hat er ihr auch nicht gezeigt. Und jetzt grinst er wieder so, als könne er ihre misstrauischen Gedanken lesen, der fette Mann, der keinem ihrer Bullentypen entspricht. Und manchmal wünscht sie sich doch, dass sie von anderen gefürchtet würde, und das hat nichts mit Selbstgerechtigkeit zu tun.

Anna steckt seine Karte ein und kritzelt ihre Handynummer auf ein Stück Papier. Dann steht sie auf und sagt: »Ich melde mich, wenn ich etwas weiß.«

Er hat sich erhoben und öffnet ihr höflich die Tür. Findet vor ihr den Lichtschalter im Flur und wartet, bis sie in den Lift steigt. Sie dreht sich nicht um. Eigentlich wollte sie zu

Fuß gehen, aber einmal will sie darauf vertrauen, dass etwas funktioniert. Zum Beispiel dieser winzige Lift in diesem schrecklichen Haus, in dem sie sich fühlt wie in einer Folterkammer.

Er gleitet mit sanftem Surren nach unten, während Anna die Graffiti an den Innenwänden studiert. *Gott ist nicht tot, er sucht nur einen Parkplatz*, ist der einzige Satz, der ihr nicht obszön erscheint.

18. Kapitel

»Ich könnte genauso gut eine Münze werfen«, sagt Sibylle, während sie zwei Portionen Gulaschsuppe auf den Tisch stellt.

»Was meint sie?«, fragt Fjodor, und bevor Anna antworten kann, zischt Sibylle: »Davon verstehen Männer nichts. Die können nur vögeln.«

»Ich singe«, sagt Fjodor, »und ich bin impotent. Wovon redest du also?«

»Es sind die Frauen«, ruft ein Mann von der Bar, »und keine soll sich wundern, dass es so viel Impotente und Schwule gibt.«

»Hast du was gegen Schwule?« Freddy, der hinter der Bar steht und wahnsinnig schlechter Laune ist, weil ihn sein Boxer mit einem Dichter betrogen hat, funkelt den Gast drohend an.

Sibylle beginnt zu weinen, und Anna nimmt sie in den Arm und streichelt ihr beruhigend den Rücken. Schwangere, schwermütige Schwule und sexlose Sänger sind eine explosive Mischung, und wenn sie jetzt murmelt, dass alles gut wird, ist dies der billigste Trost, der ihr einfällt.

»Die Suppe wird kalt«, sagt Fjodor, und aus Gründen, die keiner weiß, entspannt dieser Satz die Situation. Sibylle greift zum Taschentuch; der Gast, der sich ungebeten einmischte, gibt eine Lokalrunde, und Freddy ist damit beschäftigt, Bier zu zapfen. Der koreanische Koch, der so wundervolle Gulaschsuppe zubereitet, ist zwar immer noch depressiv, doch er steht in der Küche und leidet leise. Freddy hat einmal behauptet, dass seine Tränen den Speisen die letzte Würze geben, doch daran möchte Anna jetzt nicht denken. Sie lächelt Sibylle aufmunternd an, widmet sich dann ihrem Gulasch und sagt zwischen zwei Bissen zu Fjodor: »Du weißt, wo Joy untergetaucht ist. Nun sag es mir endlich.«

Er kaut schweigend und hingebungsvoll. Anna hat ihn eingeladen, und er hat vor, noch mindestens zwei Speisen zu bestellen, denn Onkel Wanja ist aus der Stadt verschwunden und damit seine einzige Geldquelle in Notzeiten. Er ist Künstler, und die Zeiten sind immer voller Not. Eines Tages, wenn er ein großer Sänger ist, wird er sich daran erinnern, dass dies seine glückliche Periode war. Im Augenblick kann er dieses Gefühl nicht in sich entdecken. Er wird Anna anschnorren müssen, denn er kann die fällige Miete vorübergehend nicht bezahlen. Anna hat ein großes Herz, und außerdem will sie etwas von ihm, die Gelegenheit ist also günstig.

»Ich brauche dringend zwei Hunderter, sonst bin ich nächste Woche obdachlos«, sagt Fjodor. »Geliehen natürlich. Mein Agent sagt, dass ich nächsten Monat ein Engagement auf einem Ausflugsschiff habe, dann bin ich gerettet, und du bekommst das Geld zurück.«

»Du hast keinen Agenten«, sagt Anna.

»Ja, aber das Schiff gibt es. Es fährt erst ab Juni, und sie wollen einen großen Sänger. Das bin ich.«

Anna seufzt. Geld zu verleihen ist die sicherste Methode, sich Feinde zu machen. Schenken ist der bessere Weg. Schenken und darauf vertrauen, dass das Gute in irgendeiner Form zurückkommt. Blöd ist das auch, aber wer möchte schon in einer Welt von Kredithaien leben? »Ich habe nur hundert dabei. Würdest du in Erwägung ziehen, die andere Hälfte von Sibylle anzunehmen? Ich werde sie fragen.«

»Dann schulde ich zwei Frauen. Das ist kompliziert.« Fjodor streicht über sein dreifaches Kinn, das er liebt, weil es die größte Stimme aller Zeiten schützt.

»Weißt du überhaupt, wo Joy ist?«

»Irgendwie schon. Sie hat mich angerufen. Ein verzweifeltes Wesen, wie Doktor Kimble auf der Flucht. Sie hat mich gefragt, ob sie bei mir sein kann, aber ich musste ablehnend auftreten.«

Fjodor studiert in tragischer Pose die Tageskarte, nachdem er die Suppe bis auf den letzten Tropfen ausgelöffelt hat.

Herzloses Ungeheuer, denkt Anna und zündet sich eine Zigarette an, um ihm den Rauch ins Gesicht zu blasen. Wenn er jetzt das Fenster öffnet, wird ein Luftzug seine Stimmbänder ruinieren. Er dreht sein Gesicht zur Seite. »Ich möchte keinen geblasen haben, Anna.«

Die Vorstellung ist überirdisch. »Warum hast du Joy nicht aufgenommen?«

»Weil ich ein Künstler bin. Und feige. Und voller Hunger auf Ziegenkäse mit Tomaten und Thymian. Außerdem ist es schwierig, mit einem so schönen Mädchen auf kleinem Raum zu sein. Wenn man impotent ist. Es würde mich traurig machen, verstehst du?«

Irgendwie versteht Anna das. Und bläst ihren Rauch woandershin. »Wohin ist Joy dann gegangen? Hat sie dir das gesagt?«

Fjodor bestellt bei Sibylle Ziegenkäse mit viel Brot. Und Rotwein, weil dieser gut für seine Stimme ist. Die Wirtin hat rote Augen, doch sie lächelt wieder. Die Entscheidung dieses Augenblicks ist, den Dingen ihren Lauf zu lassen. Vorhin, in der Küche, hat sie dem Koch erzählt, dass sie schwanger sei, und er hat zum ersten Mal seit Wochen gelächelt. Das ist ein gutes Omen. Sie wird es auch Freddy sagen, überhaupt allen Leuten, und dann ist dieses Kind sozusagen öffentlich und vor Sibylles Zweifeln sicher. »Ich bin schwanger«, sagt sie zu Fjodor, der mit den Augen rollt und ihr dann heftig die Hand schüttelt. »Du musst dem Bauch Opern vorspielen«, sagt er, »dann wird es ein musikalisches Kind.«

»Wo ist Joy?«, fragt Anna.

»Ihre Stimme ist nicht so schön«, erwidert Fjodor, »und zurzeit sehr panisch. Sie fühlt sich von Onkel Wanja im Stich gelassen, und sie ist ganz hysterisch wegen Marilyn. Ein schrecklicher Tod, nicht wahr? Ich würde singen, bis ich am Boden gelandet bin.«

»Was?«, fragt Anna und könnte sich ohrfeigen.

»Mozart, was denkst du denn?« Fjodor sieht Sibylle hinterher, die der Konversation nicht folgen konnte und etwas beleidigt abging. Sie watschelt schon ein bisschen, denkt Anna, und dass dies ein gutes Zeichen für eine werdende Mutter ist.

»Was ist mit Joy? Fjodor, spiel hier nicht herum, sie könnte in Gefahr sein. Selbst die Polizei glaubt nicht an einen Selbstmord.«

»Du meinst, sie ist…« Er greift mit der Hand an die Kehle. Sollte ihn jemals einer zu erwürgen versuchen, er würde ihn umbringen.

»Ja, meine ich, und wir sollten sie finden, bevor es zu spät ist.«

Fjodor streichelt nachdenklich sein Kinn: »Sie wollte zu einem Freund von Marilyn. So sagte sie. Keiner von den Kunden, sondern ein Jüngling, der in Marilyn wahnsinnig verliebt war. Der Name war… liegt mir unter der Zunge… irgendein altmodischer Maler…«

»Rafael«, sagt Anna. Sie hat ihn beinahe vergessen, und jetzt tut es wieder weh. Er taucht immer wieder auf, denkt sie, und das ist unfair. Und dass Rafael gelogen hat, als er sagte, dass hübsche, junge Mädchen ihm nichts bedeuten. Er war nur einfach nett. Und unaufrichtig. Und sie wird ihm mit der Distanz einer kaltschnäuzigen Detektivin begegnen. Darüber könnte sie beinahe lachen.

»Jaja, so hieß er. Aber frag mich nicht, wo der Jüngling wohnt. In einer Ruine im Osten. Und er arbeitet als Kellner, das ist unromantisch. Ich meine, Marilyn hätte etwas Besseres verdient, so schön, wie sie war.«

»Den Tod sicher nicht«, sagt Anna und legt einen Hundert-Euro-Schein auf den Tisch. »Ich muss los, Fjodor. Lass einfach alles anschreiben. Ich zahle heute Abend.«

»Du kannst mich doch nicht hier sitzen lassen!«, ruft Fjodor, doch Anna hört es nicht mehr, weil sie schon auf der Straße ist und nach einem Taxi sucht. Immer wenn sie eines braucht, steht keines am Stand. Busse neigen zu Verspätung oder Überfüllung. In U-Bahnen erschrecken Glatzköpfe die Passagiere, und Anna, sie weiß es, würde sich einmischen und vermutlich verprügelt werden. Das Leben ist nicht schön. Aber sie hat kein besseres. Und der Taxifahrer, der nun endlich auftaucht, sogar anhält und von innen die Wagentür öffnet, spricht den Fjodor-Akzent. Was sie daran erinnert, dass der Hunderter ihr letztes Bargeld war.

Sie lässt den Wagen an einem Bankomaten halten, und einen schrecklichen Augenblick lang fällt ihr die Geheimnummer nicht ein. Das Leben besteht aus Zahlen, in wirklich jedem Sinn des Wortes. Sie schließt die Augen und wartet auf die Eingebung, die schließlich kommt. Sie tippt die Zahlen ein, der Automat schiebt Geld aus dem Schlitz, und sie steigt wieder ins Auto.

»Sie sehen gestresst aus«, sagt der Fahrer und hält ihr einen Vortrag über den liebevollen Umgang mit Zeit. Er ist eigentlich Schriftsteller und auf Seite tausendfünfhundertsiebzig seines Werkes, dessen Titel *Das Tempo der Schnecke* lautet. Bevor er ihr den Inhalt erklären kann, fahren sie vor der Villa vor, die Fjodor eine Ruine nannte, womit er nicht ganz falsch liegt. Als Anna Geld aus der Tasche holt, sieht sie die Visitenkarte des Bullen. Nein, sie wird ihn nicht anrufen. Jetzt noch nicht. Zuerst muss sie mit Joy sprechen. Und wenn es sein muss, wird sie wieder durchs Fenster gehen. Es war kein guter Einstieg in diese Geschichte. Und der Verdacht ist nicht von der Hand zu weisen, dass sie noch böser enden wird.

19. Kapitel

Lily sitzt auf der Fensterbank, genau dort, wo Anna schon einmal eingestiegen ist. Anna hat nicht geklingelt, sondern ist ums Haus gegangen, durch das Gestrüpp, das einmal ein Garten war. Dieses Mal entdeckte sie ein kleines Holzhaus, versteckt hinter den Himbeersträuchern und Kastanienbäumen. Ein Farbenblinder hatte es einmal giftgrün gestrichen, doch Efeu und Moos haben von dem Holz Besitz ergriffen und die Farbe auf ein erträgliches Maß reduziert. Es riecht nach faulem Obst oder Abfällen, die nicht entsorgt wurden.

Lily trägt ein weißes Kleid, das an eine längst vergangene Hochzeit erinnert. Es ist zu groß und zu weit und wie ein Schleier um sie ausgebreitet. Lilys Augen sind geschlossen, und sie kaut an einem Grashalm, doch sie hat Annas Schritte gehört.

»Hi, Marlowe. Hast du Harry gefunden?«

Anna steht unter dem Fenster und sieht zu Lily hoch. »Noch nicht. Zurzeit bin ich auf der Spur eines Mädchens. Marilyns Freundin Joy: Sie soll bei Rafael sein. Sind die beiden nicht hier?«

Lily öffnet ihre großen Augen, die alles und nichts zu sehen scheinen. Sie sieht Anna lange an. »Ist es nicht schrecklich, immer auf der Suche zu sein?«

Lily scheint keine Antwort zu erwarten, und so schweigt Anna. Der Wind trägt den Geruch, den sie vorhin wahrgenommen hat, ans Haus.

Er ist ekelhaft, doch Lily scheint ihn nicht wahrzunehmen. »Sie sind weggegangen. Joy wollte nicht hier bleiben, sie fürchtet sich vor dem Haus. Ich glaube fast, sie kann es nicht riechen.«

»Versteh ich«, sagt Anna. Sie schwingt sich hoch und sitzt jetzt neben Lily im geöffneten Fenster. Diese Bewegung war für ihre Verhältnisse sehr sportlich, und es gibt bequemere Sitzgelegenheiten. Doch Lily sagt, dass dies ihr Lieblingsplatz sei. »Hier habe ich oft gesessen und Harry beim Arbeiten zugesehen. Manchmal hat er mir vorgelesen, was er geschrieben hat. Er war wirklich sehr gut, weißt du.«

»Hat dir Rafael denn gesagt, wohin sie gehen?« Anna fällt

auf, dass sie mit Lily wie zu einem Kind spricht. Ob Lily und Harry je Sex miteinander hatten?

Lily schüttelt den Kopf. Anna sieht zarten, weißen Flaum: Lily hat sich nicht rasiert, und jetzt greift sie sich mit den Händen an die Kopfhaut. »Nein, sie sind einfach fort und haben mich allein gelassen. Ich vermisse Harry so. Kannst du ihn nicht wiederbringen?«

Ich bin keine gute Fee, will Anna sagen. Doch sie bringt es nicht fertig. Und was zum Teufel soll sie jetzt tun? Die Stadt nach Rafael und Joy und Harry absuchen? Langsam hat sie das Gefühl, die schlechteste Detektivin aller Zeiten zu sein. Eine, die immer zu spät kommt. Und sich eine Zigarette ansteckt, statt mutig zur Tat zu schreiten.

»Wie findest du mein Kleid? Es ist das einzige, das meine Mutter zurückließ, als sie fortging. Ich war zwei Jahre alt. Vater sagt, dass sie eine böse Frau war.«

»Das war sie bestimmt nicht. Es ist sehr schön. Du solltest öfter Weiß tragen.« Sie springt in den Zeiten, denkt Anna. Ihr Vater ist tot. Und sie ist so allein, dass es wehtut, sie anzusehen. »Hast du wirklich keine Ahnung, wo Rafael und Joy sein könnten?«

»Das würde mich auch brennend interessieren.«

Weder Lily noch Anna haben seine Annäherung wahrgenommen. Für einen so großen und starken Mann ist Johannes Täufer erstaunlich lautlos. Er steht so plötzlich vor ihnen, dass Anna vor Schreck beinahe nach hinten gekippt wäre. Und er lächelt, als sei ihm eine freudige Überraschung gelungen. »Hallo, Anna. Sie haben doch nichts dagegen, dass ich Ihnen gefolgt bin.«

»Kennst du ihn?« Lily verschränkt die Hände über dem Kopf, wie immer, wenn sie sich bedroht fühlt.

»Nein«, sagt Anna.

»Ich bin ihr Bulle. Sie hilft mir, Joy zu finden.« Täufer grinst Anna ein klein wenig boshaft an. »Ich dachte mir, ich erspare Ihnen die Telefonkosten, wenn ich hier auftauche … hier riecht es übrigens komisch …«

»Kompost«, sagen Anna und Lily gleichzeitig, und der Engel sieht dabei zu Boden. Anna erzählt Täufer von Rafael, der mit Joy befreundet sei, und sie lässt Marilyn aus, um den Mann einer Nacht vor dem Bullen zu schützen. Unterlassungen sind unsichtbare Lügen – und Anna reiht Satz um Satz gegen sein skeptisches Schweigen. »Lily weiß nicht, wo die beiden sind. Vielleicht bringt er sie über die Grenze«, sagt Anna und legt jetzt, sie weiß nicht, warum, schützend den Arm um das Wesen im Hochzeitskleid. Lily fühlt sich kalt an, obwohl es ein warmer Tag ist. Und das Fensterbrett ist definitiv nicht für Annas ausladende Hüften geschaffen. Täufers Kopf ist in Höhe ihrer Brust. Er sieht Lily an, als wäre sie eine Vorspeise oder ein Dessert, und schwenkt dann zu Anna, dem Hauptgericht. »Und wenn er sie umbringt?«

»Blödsinn«, sagt Anna. »Rafael hat mit der Sache überhaupt nichts zu tun.« Und noch während sie spricht, zweifelt sie an ihren Worten. Es gibt nichts, das sie sicher weiß. Außer dass sie sterben wird und den Geruch, der aus dem Garten kommt, nicht sehr viel länger ertragen kann.

»Er hätte sie doch hier erledigen können.« Lily hüpft vom Fensterbrett, um einem Schmetterling nachzujagen. Sie ist barfuß, und ihr viel zu langes Kleid streift am Boden entlang.

Täufer sieht ihr nach. »Ist sie ganz dicht?«

»Absolut«, sagt Anna.

Lily kommt zurück und stellt sich vor Anna, als ob sie einen starken Hintergrund bräuchte. Sie ist jemand, den man beschützen muss. Das Kind, das Anna nie haben wollte. Es hat jetzt den Zeigefinger an die Stirn gelegt, als ob es Hilfe beim

Nachdenken bräuchte. »Ich glaube, Joy wollte noch kurz in die Wohnung. Sie hat irgendeinen Ring vergessen, der ihr wichtig war.«

»Wann sind die beiden weg?«

Lily trägt keine Uhr. Anna glaubt nicht, dass sie der Zeit irgendeine Bedeutung beimisst.

»Vor einer halben Stunde.« Sie sieht Anna triumphierend an.

Der Bulle lächelt den beiden Frauen zärtlich zu. »Das ist gut. Mehr wollte ich nicht wissen. Vielen Dank, Lily. Du hast mir sehr geholfen.«

Spricht's und wendet sich zum Gehen. »Wollen Sie mich nicht mitnehmen?«, ruft Anna in seinen breiten Rücken. Er dreht sich nicht mehr um. »Nein. Sie sollten was gegen den Geruch hier tun. Er ist penetrant. Ich rufe Sie an, Anna.«

Sie hüpft vom Fensterbrett, fühlt sich für einen Augenblick jugendlich, und steht jetzt neben Lily, die dem Bullen verträumt hinterhersieht. »Sie trauen mir nicht«, ruft Anna, bevor er hinter der Hausecke verschwindet. Das hohe Gras hat er einfach nieder getrampelt. Wie ein Elefant, denkt Anna, und dass sie immer noch nicht weiß, ob er sie anzieht oder abstößt. Sie sieht Lily an, die ihr knapp bis an die Schultern reicht, und fragt sich, warum Täufer ihr glaubte. Weil Erwachsene denken, dass sie das Monopol auf Lügen haben? Lily ist weit über zwanzig, und sie könnte ihre Tochter sein. Gott bewahre!

Die beiden Frauen hören das Aufjaulen eines Motors, und Lily rafft ihr Kleid hoch und läuft zum Gartentor. Anna bleibt zurück und sieht wieder auf das Gartenhaus, das sich so gut vor Blicken zu verstecken weiß. Es zieht sie an, und sie weiß nicht, warum. Als Kind war sie schon neugierig und meinte, alles erforschen zu müssen. Gewachsen ist auch die Trägheit, doch so ganz ist dieses Verlangen nie verschwunden.

»Er fährt ein riesiges Motorrad«, sagt Lily, als sie zurückkommt. »Ist er wirklich ein Bulle?«

»Glaub schon. Ich habe bei seiner Dienststelle angerufen, und dort gibt es einen Johannes Täufer.« Anna ist ein wenig beleidigt, dass er sie nicht mitgenommen hat. Auch, weil er ihr nicht traute und sie bis hierhin verfolgt hat. Sie fühlt sich benutzt, und das ist kein schönes Gefühl. Nicht, wenn es einem passiert, und auch nicht, wenn man es selbst hundertmal tut. Jeder benutzt jeden für irgendwas, selbst dafür, geliebt zu werden.

»Rafael hat seinen Job gekündigt«, sagt Lily und schnuppert mit ihrer kleinen Nase in den Wind.

»Es riecht nach einem toten Tier.« Anna will nicht fragen, weshalb er das tat und was er jetzt vorhat. Rafaels Entscheidungen sind nicht ihre Sache, und miteinander zu schlafen heißt nicht, irgendetwas zu teilen außer einen Augenblick der Lust. Wie hätte sie sonst an ihrem Satz »Er hat mit der Sache nichts zu tun« zweifeln können? Niemand kennt den anderen, und keiner will erkannt werden.

Geheimnisse seien das wichtigste Element der Liebe, hat Philipp immer behauptet. Er war ein Mann, der im Grunde keine Frau brauchte, weder die Ehefrau noch die Geliebte. Er brauchte seine einsamen Geheimnisse und fühlte sich von Frauen unangemessen bedrängt, aber das hat Anna erst sehr spät begriffen. Der liebenswerte, ehrenwerte, emotionale Krüppel hat ihr Kummer bereitet, als sie ihn verließ, und sie hat ihn überwunden. Wozu man auf der Welt ist: die Traurigkeit zu besiegen, die im Alleinsein liegt.

»Woran denkst du?« Lily hüpft in ihrem Brautkleid, um dem Gestrüpp auszuweichen. Sie gehen durch die Wildnis, und Anna sagt: »An traurige, tote Tiere. Was ist in dem Gartenhaus?«

»Werkzeug, eine Matratze und eine Tiefkühltruhe«, erwidert Lily und dreht sich im Kreis, sodass der weite Rock fliegt. »Wenn Harry und ich geheiratet hätten, wäre es in diesem Kleid gewesen.«

»Das kannst du immer noch tun«, sagt Anna gegen jede Überzeugung. Je näher sie dem Holzhaus kommen, desto intensiver wird der Geruch. Einmal war Anna bei einer Obduktion dabei. Es war ihr erster Fall in Berlin, und sie hat in letzter Zeit nicht mehr an ihn gedacht. Ein junges Mädchen, das auf der Straße getötet wurde, und der Fahrer war geflüchtet. Der Vater beauftragte Anna, den Mörder zu suchen. Er nannte ihn Mörder, weil er ein Ventil für seinen Schmerz brauchte und den Fähigkeiten der Polizei misstraute.

Anna benötigte zwei Wochen, um den Jungen zu finden, und einen oder zwei Tage später hätte dies auch die Polizei getan. Wenn sie nur schneller gewesen wären in ihrer Suche! Der Junge war siebzehn und der Sohn eines Automechanikers, der seine Werkstatt um zwei Ecken hatte. Der Junge hatte keinen Führerschein und war zu schnell gefahren. Die alte Geschichte von Schuld und der panischen Angst vor Strafe. Anna beging den furchtbaren Fehler, dem Vater des Mädchens seinen Namen zu nennen. Und er tat, womit Anna nie gerechnet hatte: Er überfuhr den Jungen mit seinem Wagen, einmal vorwärts und einmal rückwärts, um ganz sicherzugehen. Dann stellte er sich der Polizei mit den Worten, dass er den Mörder zur Strecke gebracht habe.

Er hat Anna Marx nicht ins Spiel gebracht. Er hat sie geschont, aber *sie* wusste es. Und lebte fortan damit, sich am Tod eines Jungen mitschuldig zu fühlen. Sie tut es jetzt noch, obwohl es ihr immer öfter gelingt zu vergessen. Die Verdrängung des Schmerzes oder der Wut, die sich gegen einen selbst richtet, funktioniert bis zu dem Punkt, an dem eine Assoziation die Erinnerung wachruft. Genauso hat es gerochen, als sie bei der Obduktion des toten Mädchens dabei war, auf Wunsch des Vaters, des Mörders.

»Ich möchte ins Haus gehen und etwas trinken«, sagt Lily. »Es ist heiß heute.«

Anna ignoriert den Satz und folgt ihrer Nase, die sie zu dem kleinen Haus führt, in einem großen Garten, der einmal für die Bonzen angelegt worden war und heute so verrottet ist wie das System, in dem er blühen durfte. »Später, Lily. Ich will wissen, woher der Gestank kommt.«

Lily ergreift Annas Arm. »Ich kann es dir sagen: Er kommt aus der Tiefkühltruhe, die im Gartenhaus steht. Wir haben ein paar Lebensmittel dort gelagert, als im Haus kein Strom war. Und dann haben wir sie vergessen. Seit ein paar Tagen ist der Paraffinschrank kaputt, aber es hat niemand mehr nachgesehen. Harry hat manchmal dort übernachtet, wenn er allein sein wollte. Nicht einmal ich durfte ihn dort stören. Er war eben ein Künstler …«

Sie hat es schon wieder getan. Anna bleibt stehen und sieht Lily an wie eine strenge Mutter ihr Kind. Sie versucht es zumindest »Wieso *war*? Du sagst es schon zum zweiten Mal.«

Lily bedeckt mit den Händen ihren kahlen Kopf. Sie weicht Annas Blick aus. »Das habe ich nicht so gemeint. Du weißt, wie ich ihn liebe. Harry ist alles, was ich habe … außer diesem Kleid …«

Das Kleid hat Schmutzränder, und ihre Augen sind wie Glasperlen. Sie ist verrückt, denkt Anna, und ich bin es auch. Weil ich mit ihr in diesem Garten stehe und sie beschützen will und weiß, dass ich es nicht kann. »Natürlich liebst du ihn. Aber wir müssen jetzt herausfinden, woher dieser Gestank kommt. Sonst wird irgendein Nachbar die Polizei holen … ein Bulle war ja schon da.«

»Aber er war sehr nett.«

Nein, denkt Anna, das war er nicht. Er täuscht durch sein gütiges Lächeln und die Gemütlichkeit, die man den Dicken andichtet. »Komm, Lily, wir gehen jetzt in dieses kleine Haus. Es ist gar nicht bedrohlich.«

Ist es doch. Je näher sie kommen, desto giftiger wird die Farbe und durchdringender der Geruch. Anna widersteht dem Impuls umzukehren. Sich der Furcht zu ergeben ist der erste Schritt in den großen Schlaf.

»Nein.« Lily bleibt stehen und stampft mit dem Fuß auf. »Es gehört Harry. Er hat mir verboten, ihn dort zu stören.«

Er ist da drin, Anna ist jetzt ganz sicher. Aber wie hält Harry Loos diesen Gestank nur aus? Der Gedanke, dass er Rosi ausgegraben und in dieses Haus gebracht hat, ist mehr als absurd. Die Produzentin liegt in einem Grab, das mit Blumen und Kränzen übersät ist. Das Begräbnis war ein feierlicher Akt, der sogar im Privatfernsehen übertragen wurde. Selbst der Oberbürgermeister erwies Rosamunde Stark die letzte Ehre ... »Dann gehe ich allein, Lily ... bleib einfach hier stehen und warte auf mich.«

Anna geht ein paar Schritte und dreht sich vor der Tür noch einmal um. Lily hat sich hinter einem Kastanienbaum versteckt, sie sieht nur das weiße Kleid hinter dem Stamm hervorleuchten. Anna winkt, obwohl es eine sinnlose Geste ist, und dann konzentriert sie alles, was mutig an ihr ist, in ihrem rechten Fuß und tritt gegen die Holztür. Sie hält sich mit Daumen und Zeigefinger die Nase zu, während die Tür knarrend aufspringt ...

Spinnweben streifen ihr Gesicht, als sie durch die Tür geht. Tageslicht fällt auf einen mit Staub bedeckten Holzboden, die Matratze, einen Stuhl und Klapptisch, auf dem eine leere Whiskyflasche steht. Anna wünscht sich, sie wäre voll, denn in diesem Raum ist der Gestank so überwältigend, dass nicht einmal eine blockierte Nase ihm standhalten kann. Dennoch geht sie weiter, auf die Tiefkühltruhe zu, die einmal weiß war und jetzt voller Rostflecken ist.

»Harry?«, sagt sie leise, als sie vor der Truhe steht. Männlicher Beistand wäre jetzt erwünscht, doch hat sie nicht gelernt, ohne ihn auszukommen? Anna ergreift mit einer Hand den Griff, die andere ist immer noch um die Nase gepresst. Sie öffnet den Deckel mit einem Ruck…

…und stößt einen Schrei aus, der mehr ein Stöhnen ist, Ausdruck von Überraschung, Entsetzen, Ekel und dem Wunsch, anderswo zu sein, überall, nur nicht hier.

Harrys gebrochene Augen sehen durch Anna Marx hindurch. Sein Mund ist geöffnet, es sieht aus, als fletsche er die Zähne, grinse sie an mit der Überheblichkeit eines Toten, der alles Leiden hinter sich hat. Die Haut hat einen leichten Grünton. Das weiße T-Shirt, das er trägt, ist in Brusthöhe rotbraun gefärbt, um eine Stelle, die ein Loch aufweist. Er liegt mit angewinkelten Beinen und gefalteten Händen in einem Sarg, der ihn nur für kurze Zeit frisch und kalt bewahrt hat, bevor er ihn der Verwesung preisgab. Dem Geruch des Todes, den hungrigen Käfern und Würmern…

Anna schließt den Deckel mit einem Knall und geht rückwärts zur Tür. Sie denkt an nichts, bewegt nur ihre Beine… und stößt, als sie an der Tür ist, mit ihrem Rücken gegen ein Hindernis. Jetzt schreit sie auf, laut und gellend. Dreht sich um und steht vor einem Engel im Hochzeitskleid. Glatzköpfig. Mit Augen, in denen das Wissen um das steht, was Anna gerade gesehen hat.

»Ist er tot?«, fragt Lily.

»Sehr tot.« Anna zieht Lily weg in Richtung des Hauses. Sie schleift sie beinahe hinter sich her und lässt ihren Arm erst los, als sie vor dem geöffneten Fenster stehen. Hier erscheint Anna der Geruch erträglich, beinahe angenehm. Es könnte faules Obst sein. Sie holt tief Luft. Es ist verrottendes Fleisch. »Gibt es was zu trinken im Haus?«

Lily nickt und stemmt sich nach oben, sie scheint nie durch die Tür zu gehen, und Anna folgt ihr auf diesem Weg durch Harrys Zimmer in die Küche. Im Kühlschrank finden sich Vodka und Wasser, und Anna trinkt beides aus der Flasche, erst den Schnaps, und zündet sich dann eine Zigarette an. Ihre Hände zittern, und ihre Beine fühlen sich an wie Watte. Es ist drei Uhr nachmittags, und sie war auf den Tod nicht vorbereitet. Man ist es nie. Als der Junge überfahren wurde, schloss sie sich zwei Tage in ihrer Wohnung ein und betäubte sich mit Whisky. Sibylle hat sie da rausgeholt, und das Leben ging weiter. Das Leben geht immer weiter. Manchmal weiter, als es erlaubt ist.

Lily sitzt am Küchentisch. Sie hat den Kopf auf die Arme gelegt und sieht Anna an, als wüsste diese Antworten.

Anna bleibt stehen und lehnt sich gegen den Kühlschrank. Es geht ihr unerheblich besser, zumindest kann sie wieder denken und sprechen. »Hast du ihn da hineingelegt?«

»Ja«, sagt Lily. »Da hat das Ding noch funktioniert. Ich wollte ihn so behalten, ich wusste ja nicht… der arme Harry. Ich mache immer alles falsch. Seit ich auf der Welt bin, Anna, mache ich alles, alles falsch.«

Lily beginnt zu weinen, und Anna kann gar nicht anders, als zu ihr zu gehen und sie tröstend zu streicheln. Auch Lily riecht nach Tod. Nein, es ist der Geruch von Mottenkugeln, das Kleid, das sie nicht zur Hochzeit mit Harry tragen wird. »Was ist geschehen, Lily? Willst du es mir erzählen?«

Lily hebt den Kopf und sieht Anna flehend an. »Es ist alles so schrecklich… wirst du mir denn verzeihen?«

Anna bejaht es und hat nicht das Gefühl, dass sie lügt. Lily ist ein furchtbarer Engel, aber nicht einer, den sie fürchten muss. Anna setzt sich auf den Tisch, und Lily legt den Kopf in Annas Schoß. Sie spricht leise und langsam anfangs, so, als ob sie die Vergangenheit erst ausgraben müsste mit bloßen Händen. Weil sie sie doch vergraben hat, mit der Erde des Vergessens zugeschüttet.

»Ich bin Harry gefolgt, in das Lokal, du weißt schon. Er hat mich erst nicht gesehen, er war doch hinter der Produzentin her, und ich dachte, er wird mit ihr reden, und alles wird gut. Weil sie immer so freundlich zu mir war. Sie wollte einen Star aus mir machen, stell dir vor… und dann ist sie wieder zur Toilette, und sie war ganz allein da drin, und da ist Harry ihr nachgegangen, und ich bin hinterher, als er schon mit ihr gesprochen hat. Sie kniete vor der Kloschüssel, und Harry redete auf sie ein. Ich weiß gar nicht mehr, was er zu ihr sagte, ich war so aufgeregt, und dann hat sie sich zu ihm umgedreht, ich stand draußen im Waschraum, aber die Tür war offen, und sie hat mich im Spiegel gesehen. Unsere Augen haben sich getroffen, und sie hat mir zugelächelt, aber es war ein grausames Lächeln. Und dann hat sie angefangen, ihn zu beschimpfen. Er sei eine Ratte, hat sie gesagt, und dass sie ihn zertreten werde. Weil er ein lästiges, kleines Tier ist, und sie nicht zulasse, dass er in ihrem Leben herumwühlt. *Ich bin stark genug, dich zu vernichten*, *Harry Loos*, das sagte sie, und ihre Stimme war fest und gar nicht laut. Mein Vater hat immer so mit mir gesprochen, wenn er böse auf mich war, und ich konnte mich überhaupt nicht dagegen wehren. Und Harry stand auch nur da, und ich sah seinen gekrümmten Rücken. Und Lily dachte, dass sie etwas tun muss, um ihm zu helfen, also sie ist rein und hat Harry weggestoßen und nach dem erstbesten Ding gegriffen. Sie wollte nur, dass die Frau still ist, verstehst du, Anna?«

Anna nickt, und es ist die Wahrheit. Sie versteht.

»Die Frau musste wieder erbrechen und beugte sich über die Kloschüssel, und Lily hat mit diesem Ding auf ihren Kopf gezielt. Damit sie still ist. Nicht mehr Worte und Galle herauswürgt… und dann gab es nur noch dieses Geräusch, als ob Glas zerspringen würde…«

Die simple Kunst des Mordens, denkt Anna und findet sich nicht einmal frivol. Vielleicht war es der Anblick von Harrys Leiche, der Lilys Worte jetzt fast leicht erscheinen lässt, wie Regentropfen, die zu einer Überschwemmung führen können, nur weiß man es vorher nicht. Und dann, in der Erzählung der Vergangenheit, ist die Tragödie nur noch Geschichte, eine traurige Geschichte, die so und nicht anders ablaufen musste. Es gibt nichts mehr, was anders gemacht werden könnte. Keine Korrekturen an Taten, nur noch Schuld und Sühne. Lily erzählt, als wäre sie Zuschauerin, nicht Akteurin gewesen. In der Nacht, die schon sehr lange vorbei scheint, hat sie Anna gesagt, dass sie nur Filme mit Happy End mag. Liebesfilme, Komödien, alles, was leicht und lieb ist. Doch einer hat dieses beschissene Drehbuch geschrieben. Lilys Vater? Ein Psychiater wird hinterfragen und aufschreiben. Lilys Geschichte, von ihr selbst in der dritten Person erzählt, weil sie sich als Totschlägerin nicht ertragen kann.

»Und Harry?«, fragt Anna sanft.

»Ach, Harry. Lily hat es doch nur für ihn getan. Sie wollte ihn vor dieser Frau beschützen. Er hat Lily weggezogen und ist mit ihr durch die Hintertür hinaus auf die Straße und dann nach Hause. Er dachte zuerst, dass die Produzentin nur verletzt ist. So eine wie die bringt man nicht so leicht um, sagte er zu Lily. Doch dann hat er es in den Nachrichten gehört, und er war sehr böse auf Lily. Er wollte nicht mehr mit ihr sprechen. Und dann hat Lily mitbekommen, wie Harry zu

Rafael sagte, dass er weggehen müsse, weit weg von Lily. Und dass Rafael auf Lily aufpassen soll, weil sie krank ist. Ich bin doch nicht krank, Anna?«

Anna will diese Frage nicht beantworten. »Und Lily hat nicht ertragen, dass er fortgeht.«

»Ich bin froh, dass du das verstehst. Lily hat versucht, mit ihm zu reden. Sie ist ihm ins Gartenhaus gefolgt. Und da war diese Pistole, sie gehört Rafael. Und als Harry nicht zuhören wollte, hat Lily die Pistole genommen, und sie versuchte, ihn... ich weiß nicht... zu erschrecken? Sie wollte, dass er bleibt oder sie mitnimmt, eins von beidem. Aber Harry wollte ihr die Pistole wegnehmen. Er sagte, dass er schon gepackt hat und sich durch nichts aufhalten lässt. Da hat Lily abgedrückt. Weil es keine andere Möglichkeit gab. Was hätte sie tun können?«

Nicht schießen, denkt Anna. Aber wer weiß, wenn sie damals eine Waffe gehabt hätte, als sie Philipp zum letzten Mal sah... sie hätte ihn zu gerne sterben sehen in dieser letzten Szene.

Lily sieht zu Anna hoch. »Er war nicht sofort tot, aber sie hat ihn in den Armen gehalten, bis er nicht mehr geatmet hat. Er wollte nicht, dass sie einen Arzt ruft, sonst hätte er das doch gesagt, oder? Harry hat nur noch gelächelt, weißt du, als ob er froh wäre, dass alles so gekommen ist. Danach hat Lily ihn in die Kühltruhe gelegt. Er war leicht wie eine Feder, und sie ist viel stärker, als sie aussieht.«

Niemand ist stark genug. Arnold Schwarzenegger vielleicht, aber würde der aus Liebe töten? Anna sieht auf Lilys kahlen Kopf und ist so ratlos wie nie zuvor. Sie weiß schon, was das Richtige wäre: Lily ins Bett schicken und die Polizei anrufen. Johannes Täufer, der Joy nachjagt und nichts von einer dritten Leiche weiß. Vielleicht wäre er sogar nett zu

Lily und würde sie nicht übermäßig quälen. Nein, das erscheint ihr nicht als beste Lösung.

»Was machen wir jetzt?«, sagt Lily, und Anna möchte eine gute Antwort geben. Nur fällt ihr leider keine ein.

»Wir können ihn da nicht liegen lassen. Er zerfällt. Das möchtest du doch nicht, oder?« Das tut er sowieso, Anna. Er ist tot. Sie sollte aufhören, Unsinn zu reden.

Lily schüttelt den Kopf.

»Er muss ins Leichenschauhaus. Die Polizei wird kommen. Und sie werden dich mitnehmen. Aber ich glaube, dass sie dich später in ein Krankenhaus bringen und nicht ins Gefängnis.«

»Ich will aber nicht ins Krankenhaus«, sagt Lily.

Die Täterin, das Opfer: Anna hat Probleme, das eine vom anderen zu trennen. Lily sitzt jetzt aufrecht vor Anna und beginnt zu weinen. Ganz still sitzt sie, schluchzt oder heult nicht, nur die Tränen laufen ihr übers Gesicht. Anna ist so hilflos, dass sie wütend wird. Auf die Produzentin, die Harry demütigte. Auf Harry, der Lilys Liebe zu leicht nahm. Und auf Rafael, der all dem zugesehen und nichts getan hat. Sich fügen heißt lügen. Ein Satz, den Anna nie vergessen hat.

Nicht immer berücksichtigt, das ist wahr. Aber in wichtigen Augenblicken fällt er ihr ein. Und sie bringt es nicht fertig, wütend auf Lily zu werden. Allenfalls auf sich selbst.

»Die Pistole, Lily: Wo ist sie?«

Lily öffnet die Kühlschranktür, und als sie sich umdreht, hat sie die Waffe auf Anna gerichtet. Ihre Augen sind groß und weit weg. »Ich wusste nicht, wohin ich sie …«

»Gib mir die Waffe, Lily«, sagt Anna sanft. »Ich werde sie für dich aufbewahren.«

Ihre Hände berühren sich, und Lilys Finger sind so kalt wie die Pistole, die Anna in ihre Handtasche steckt. Ihr Handy klingelt, und sie greift danach, obwohl es niemanden gibt, den sie jetzt sprechen möchte. Es ist Rafael, und seine Stimme klingt gehetzt und anklagend. »Wo zum Teufel bist du?«, fragt er. »Wir waren vor deinem Haus und sitzen jetzt in dieser Kneipe bei deiner Freundin. ›Mondscheintarif‹ ist ein blöder Name.«

Er ist ein Idiot. »Ich bin zu euch gefahren«, sagt Anna und malt für Lily ein R in die Luft. »Du hättest ja vorher anrufen können. Lily ist neben mir. Harry ist im Prinzip auch da, aber andererseits auch wieder nicht.«

»Bist du betrunken?«

»Ratlos«, sagt Anna. Und das ist die einzige Wahrheit.

20. Kapitel

Sie hat Lily einfach dagelassen. Anna hat ein Taxi gerufen und ist nach Hause gefahren, in ihr zweites Zuhause, Sibylles Kneipe, die durchgehend geöffnet ist von zehn bis ein Uhr morgens, oft länger, wenn die Vergnügungssüchtigen kein Ende finden und auch die Wirtin nicht allein ins Bett gehen möchte. In dieser Straße ruft niemand die Polizei wegen Lärmbelästigung, das Delikt ist eine lässliche Sünde, die mit wuchtigen Worten oder entbehrlichen Gegenständen aus Fenstern geahndet wird.

Annas Straße: Sie fühlt sich besser, als sie aus dem Taxi aussteigt und das Schild »Mondscheintarif« sieht. Sie musste Lily schwören, dass sie wiederkommen wird. Eine zweifache Mörderin wartet auf sie. Nein, es war Totschlag in beiden Fällen, und man wird Lily auf ihre Zurechnungsfähigkeit untersuchen lassen und vielleicht für immer wegsperren. Die Gesellschaft muss sich vor ihren gefährlichsten Irren schützen. Die lebenden Toten, getarnten Kranken, das mörderische Pack der gut gelaunten Ausbeuter – sie alle laufen frei herum, und Anna auch. Sie ist wütend und traurig, und ihre Füße schmerzen. Die falschen Schuhe, und wie kann man vorher wissen, welche Entscheidung die richtige ist? Sie hatte nicht eine Sekunde Angst vor Lily, nur Lichtjahre von Mitleid, aber auch das war falsch. Diesen Engel zu enttäuschen kann böse enden. Und trotzdem: Sie dem auszuliefern, was Gesetz und Ordnung genannt wird, erscheint Anna als Verrat. Lily vertraut ihr. Sie ist das ewige Kind, das an Erwachsenen gescheitert ist. »Sie ist irre«, murmelt Anna, während sie die drei Stufen hochsteigt und die Glastür öffnet.

Die Kneipe ist leer bis auf Fjodor und den Boxer, der mit Freddy an der Bar sitzt und ein Gespräch der Versöhnung führt. Sibylle steht an der Küchentür und winkt Anna zu sich. Sie flüstert: »Ich habe Rafael und Joy nach oben in meine Wohnung geschickt. Fjodor hat so viel gegessen und getrunken, dass du das niemals bezahlen kannst. Du siehst furchtbar aus. Was ist passiert?«

»Zu viel«, flüstert Anna zurück.

Sie zieht ihre Schuhe aus und folgt Sibylle mit bloßen Füßen in den ersten Stock, in eine Wohnung, die ihre Freundin vor Jahren bezogen, aber nie wirklich eingerichtet hat. Es stehen immer noch Umzugskartons in den Räumen, voll gestopft mit Büchern und Bildern und Krempel, den wegzuwerfen Sibylle nicht fertigbringt. Auspacken will sie ihn aber auch nicht, also bleibt die Wohnung ein Provisorium, ein Umzugsheim, der Schlafplatz, den Sibylle braucht, um ihre Liebhaber zu empfangen.

Auf dem Bett liegt Joy und schläft. »Sieht sie nicht aus wie ein Engel?«, sagt Sibylle, und Anna beginnt hysterisch zu lachen und hält erst inne, als sie Rafael sieht, der von der Toilette kommt und sagt: »Es ist kein Klopapier da.«

»Vergesse ich immer. Nimm halt irgendwas.«

Er verschwindet wieder, nachdem er Anna mit einem anklagenden Blick bedacht hat. Ein gekränkter Knabe, denkt sie, und dass dieser Aspekt der Geschichte inzwischen unerheblich geworden ist. Sie haben nichts gemeinsam außer einer Totschlägerin und einer Zeugin, die von der Polizei gesucht wird. Es wäre komisch, wenn's nicht so traurig wäre. Trotzdem hat er einen schönen Po. Er verschwindet hinter der Toilettentür.

»Sie ist doch nicht tot, oder?« Anna beugt sich zu der Schlafenden und spürt ihren Atem.

»Wie kommst du denn darauf? Sie war bloß so erledigt, dass ich sie erst gefüttert habe und dann noch oben schickte. Ist sie nicht wunderschön? Wenn ich nicht schwanger und aus dem Rennen wäre, könnte ich neidisch werden.«

»Ich auch, wenn ich nicht andere Sorgen hätte.« Anna lässt sich auf die Couch fallen. »Du musst mir helfen. Ich habe Harry gefunden, in einer defekten Tiefkühltruhe und bereits in Auflösung begriffen. Lily hat ihn erschossen. Sie hat übrigens auch Rosi Stark erschlagen. Sie hat es für Harry getan.«

Sibylle legt ihre Hand schützend auf den Bauch und sieht Anna an wie damals, als ihre Freundin in die Kneipe stürmte und ihr sagte, dass die Türme in New York eingestürzt seien. »Muss ich das verstehen?«

»Ja. Hast du ein Bier im Kühlschrank?«

Sibylle holt eine Bierflasche aus dem Eisschrank, der im Wohnzimmer steht. Sie benutzt die Küche als Abstellkammer für Umzugkartons. »Redest du von der seltsamen Kleinen mit der Glatze? Warum hat sie Harry erschossen?«

»Weil er sie verlassen wollte. Männer sind so unsensibel. Schließlich hat sie für ihn getötet.«

Sibylle findet die Geschichte überaus kompliziert. »Und das hat sie dir alles so einfach erzählt?«

Anna nimmt einen tiefen Schluck. Das Bier schmeckt bitter. »Ja, in der dritten Person. Sie ist ein verwirrtes Kind. Und ich habe keine Ahnung, was ich jetzt mit ihr anfangen soll.«

Rafael kommt aus der Toilette, und Anna spürt wieder diese Wut, die sie auf irgendjemanden haben muss, der schuld sein könnte. Als er sie auf die Wange küssen will, dreht sie den Kopf weg. Sagt: »Hast du überhaupt nichts mitbekommen? Lily hat Harry erschossen. Mit deiner Pistole. Und dann hat sie ihn in die Kühltruhe gesteckt, wo Harry zu stinken begann. Ist irgendwas mit deiner Nase oder deinen Augen oder Ohren nicht in Ordnung? Wie konntest du das alles geschehen lassen?«

Rafael verzieht seinen kleinen Mund zu einem Ausdruck des Schmollens, den Anna abscheulich findet. »Ich bin nicht ihr Babysitter, Anna. Ich war mit meinen Angelegenheiten beschäftigt. Mit dir zum Beispiel und mit meinem neuen Job. Und dann ist Joy aufgetaucht. Ich hab Lily kaum gesehen in den letzten Tagen. Sie war in diesem Haus ohnehin wie ein … Schatten. Hinter Gucklöchern. Oh Gott, der arme Harry … und mit *meiner* Pistole …«

Selbstsüchtig, denkt Anna. Sie hat sich blenden lassen von seinem Aussehen. Nein, es gibt nichts zu bereuen. Er ist nur eine Fußnote in diesem Stück, der unbeteiligte Zeuge, dem sie niemals Unschuld attestieren würde. »Kann mir denn einer sagen, was ich jetzt tun soll?«

Die Frage überfordert ihn sichtlich. »Vergiss Harry, du hast ihn nie gesehen. Ich fliege übrigens in zwei Tagen nach Ibiza, wo ich einen neuen Job angenommen habe. Also bin ich aus der Sache raus. Joy will sich absetzen, und du musst ihr dabei helfen. Lily wird schon irgendwie klarkommen.«

Diese Antwort übersteigt Annas prinzipielles Verständnis für die Feigheit der Männer. Sie steht auf und gibt ihm eine Ohrfeige. Für Lily und alle Frauen dieser Welt.

»Bravo«, sagt Sibylle.

»Verrückte Weiber.« Er hält sich seine Wange, die rote Spuren von Annas Hand trägt. »Macht doch euren Dreck alleine. Je eher ich aus dieser Stadt verschwinde, desto besser.«

Die Weiber sehen tatenlos zu, wie er seine Handtasche nimmt und den Raum verlässt. Sie zucken zusammen, als er die Wohnungstür zuknallt. Joy stöhnt auf, doch sie erwacht nicht, und Sibylle sagt: »Ich habe Männer mit Handtäschchen nie leiden können.«

»... und mit Goldketten und karierten Socken und braunen Halbschuhen«, fügt Anna hinzu. Dann sehen sie sich an und beginnen zu lachen, als ob nichts geschehen sei, das ernst genommen werden sollte. Sibylle hält ihren Bauch, in dem etwas wächst, das ihr Sorgen bereitet und das sie lieben könnte. Das eine geht nicht ohne das andere, so viel ist sicher. Sie lässt sich auf die Couch fallen und lacht noch immer, als Annas Handy klingelt.

Es ist der Bulle, und er ist wütend, sodass sich Annas heitere Unzurechnungsfähigkeit in nichts auflöst. »Der kleine Glatzkopf hat mich angelogen«, sagt Johannes Täufer. »Joy war nicht in der Wohnung. Und ich habe das seltsame Gefühl, dass Sie wissen, wo sie sich aufhält.«

»Es trügt«, sagt Anna und blickt auf die Schlafende. Schon wieder kommt ihr das Wort *Engel* in den Sinn, und Polizisten darf man ungestraft anlügen. Marlowe hat es ständig getan. Er war ein Mann. Eine Kunstfigur. Einer dieser gebrochenen

Helden, die Frauen so lieben. Anna ist keine Heldin. Diese Illusion hat sie nie genährt.

»Ich bin so verrückt nach Ihnen, ich könnte Ihnen sämtliche Knochen brechen«, sagt Johannes Täufer in das lange Schweigen. Und sie legt auf, weil es Sätze gibt, auf die keine Antwort folgen kann.

»Was hat er gesagt?«

Anna sieht Sibylle an. »Dass er verrückt genug sei, mir sämtliche Knochen zu brechen.« Nur eine kleine Variation, vielleicht hat er es auch so gesagt, und sie hat ihn missverstanden, weil die Verbindung schlecht war.

»Mit welchen Kerlen lässt du dich eigentlich ein? Kannst du nicht sein wie andere Frauen? Heiraten. Kinder kriegen. In Frust und Langeweile dahinsiechen, bis der Richter dich scheidet?... Ist der Bulle verheiratet?«

»Er ist ledig. Weil er Polizistenfrauen nicht mag. Sagt er. Wir müssen Lily wegbringen. Und Joy auch. Er ist zu dicht an mir dran. Und ich wette, dass er schon vieles über mich weiß. Und dann kennt er auch dich und die Kneipe. Ich will dich nicht in Schwierigkeiten bringen.« Anna hat es bereits getan. Aber sie weiß, dass diese Freundschaft einiges aushält. Vielleicht sogar ein gemeinsames Kind...

Sibylle sieht verlangend auf Annas Zigarette. Sie raucht nicht mehr. Auch eine Art von Entscheidung fürs Leben. »Ich liebe Schwierigkeiten, Anna. Dann fühle ich mich so lebendig. Und während du telefoniert hast, ist mir mein Psychiater eingefallen. Daniel. Er hat seine Praxis in Kreuzberg. Wir könnten Lily zu ihm bringen, zumindest vorübergehend. Er ist wirklich sehr nett und außerdem schwul.«

»Was hat er dann mit dir gemacht?«

Die Freundin beginnt zu lachen. »Ich war eine Art Therapie. Hat aber nicht funktioniert. Er wollte es bis zur Heterosexualität bringen, aber unsere Veranstaltungen waren so traurig, dass wir auf halber Strecke aufgegeben haben. Trotzdem schuldet er mir einen Gefallen. Soll ich ihn anrufen?«

Anna nickt und sieht zu Joy hin. »Ich muss mit ihr reden, aber sie spricht nur Polnisch und Russisch und ein bisschen Englisch. Ich werde Fjodor fragen, ob er sie nicht doch aufnehmen kann, zumindest vorübergehend. Hast du Bargeld im Haus?«

»In der Kasse sind ein paar Scheine. Sag Freddy, er soll sie dir geben. Ich ruf inzwischen meinen gütigen Psycho an.«

Gott segne sie, denkt Anna, während sie die Treppe hinunterläuft. Ohne Schuhe fühlt sie sich freier. Sie sollte nicht so viel Geld für Schuhe ausgeben. Das denkt sie so lange, bis sie in eine Glasscherbe tritt, die vor der Innentür zur Kneipe auf sie gewartet hat. Anna schreit auf, inspiziert eine kleine, doch relativ stark blutende Wunde am großen Zeh und zieht eine Blutspur bis hinter die Theke, wo Freddy Bier für eine Runde Gäste zapft, die aussieht, als wäre sie einem *Matrix*-Film entsprungen.

»Filmfuzzis«, flüstert Freddy, und Anna trägt ihm, ebenso leise, Sibylles Wunsch vor. »Aber nur die Fünfziger, das Kleingeld brauche ich noch«, sagt Freddy und öffnet die Kasse. »Fjodor hat übrigens die Speisekarte rauf- und runtergegessen. Nach Bier und Wein ist er jetzt beim Schnaps gelandet. Du schuldest uns weitere hundertfünfzehn Euro, Süße. War er in einem früheren Leben ein Kamel, das auf Vorrat fressen kann?«

»Das hab ich gehört«, ruft Fjodor, erhebt sich von seinem Stuhl und kommt zur Bar. »Noch ein Schnaps zum Abwinken, Freddy. Die Lady zahlt alles.«

Anna legt fünf Scheine auf die Theke. Sie beugt sich zu Fjodors Ohr und sieht bewundernd auf die Nahaufnahme des

Dreifachkinns. »Die schenken wir dir. Aber nur, wenn du Joy bei dir aufnimmst.«

»Für immer? Bist du meschugge?«

»Schrei nicht so, Fjodor. Sprich leise und denk vorher nach. Nur für ein oder zwei Tage, das ist doch kein großer Aufwand. Und du darfst natürlich keinem etwas sagen. Weil Joy in Gefahr ist.«

»Solche Opern missfallen mir gewalttätig, Anna. Wenn zum Schluss alles gemetzelt wird, du weißt schon. Ich mag das nicht, wenn Sterbende singen.«

»Dir passiert gar nichts, Fjodor. Ich versprech es dir.« Das sagt sie so leicht. Aber an diesem Punkt des Geschehens ist sie keines ihrer Worte mehr sicher.

Fjodor schielt auf die Scheine, so wie Anna es einmal getan hat, als Rosi Stark in ihr Büro kam. Und streicht sie mit einer schnellen Bewegung ein und steckt sie in die Hosentasche. Der Duft des Geldes, und Anna wünscht sich, sie hätte nie daran gerochen. Das Finanzamt ist schuld. Wenn sie keine Steuern bezahlen müsste, könnte sie von ihrer Profession leben. Gerade so, aber es würde für ein bescheidenes Leben reichen. Sie ist nicht anspruchsvoll, wenn man von Getränken, Speisen und Schuhen absieht.

»Ich tue es für dich, Anna. Ein oder zwei Tage. Weißt du, was Nietzsche gesagt hat? Lebe gefährlich, hat er gesagt.«

»Ja und?«

»Er ist tot, Anna. Verstehe den Zusammenhang. Also gut: Ich tue es für dich, und du schuldest mir einen Gefallen. Die Emigrantenzeitung. Ich will ihren Exodus.«

Anna küsst ihn dankbar auf die Wange. »Versprochen, Fjodor, sobald diese Geschichte vorbei ist. Vorausgesetzt natürlich, dass ich etwas finde.«

»Sie sind alle Mörder«, ruft Fjodor, und die *Matrix*-Runde

sieht auf Annas blutenden Zeh und versteht den Zusammenhang nicht. Freddy reicht ihr ein Pflaster über die Theke. »Du versaust den Laden. Und die Putzfrau hat wegen seelischer Grausamkeit gekündigt.«

Anna umhüllt ihren großen Zeh mit Pflaster. »Warum?«

»Ich habe ihr verboten, den Schnaps zu wässern. Sie ist eine heimliche Trinkerin, was ja noch ginge, wenn sie die Flaschen nicht mit Wasser auffüllen würde. Als ich mich weigerte, die Anklage zurückzunehmen, hat sie mir den Mopp zwischen die Beine geworfen und ist mit diesen Worten abgegangen, die Schlampe.«

Fjodor erhebt anerkennend sein Glas. »Die Welt ist ein schlechter Haufen.«

Anna setzt ihren Fuß vorsichtig auf. »Ich wecke Joy jetzt auf, und du nimmst sie mit nach Hause. Sofort. Ich muss noch etwas erledigen und klingle dann bei dir. Lass sonst niemanden rein, Fjodor, verstehst du mich?«

»Und wenn es mein Agent ist?«

»Du hast keinen Agenten«, sagt Anna, während sie zur Tür humpelt. Sie umgeht die Scherbe und zieht sich am Geländer die Treppe hoch. Sibylle steht an der geöffneten Tür. Sie hat ihre Finger zum Siegeszeichen erhoben. »Er macht es, der Gute. Du kannst Lily gleich hinbringen, hier ist die Adresse. Aber nur für zwei Tage, dann muss Daniel zu irgendeinem Kongress in Hamburg.«

Zwei Tage, denkt Anna, und wir haben nur Zeit gewonnen, aber vielleicht findet sich bis dahin eine Lösung, irgendeine. Optimismus in ausweglosen Situationen war immer schon ihre Stärke. Nur wenn das Leben wie ein träger, schmutziger Fluss ist, schwimmt sie in Pessimismus und Selbstmitleid.

»Ich danke dir. Und Fjodor nimmt Joy auf – gegen ein paar Scheine. Wir müssen sie wecken.«

»Ich mache das, und du bringst Lily zu Daniel. Ich hab ihm kurz erklärt, was los ist, und er hat zumindest verstanden, dass man gefallene Engel nicht einfach ausliefern darf. Und pass auf dich auf, ja. Was ist mit deinem Zeh passiert?«

»Die seelische Grausamkeit hat eine Glasscherbe vor der Tür liegen lassen.«

Sibylle schnauft vor Wut auf. »Sie will mich verklagen, stell dir vor. Diese Stadt ist ein Asyl für Irre jeder Art. Ich sage nur eins: Italien.« Sie sieht sich in ihrer Wohnung um: »Wie gut, dass ich noch nicht ausgepackt habe.«

Anna ruft übers Telefon ein Taxi, während Sibylle am Bett steht und eine schöne Blonde eher unsanft an den Schultern rüttelt. Anna stopft den Zettel mit Daniels Adresse in ihre Handtasche und humpelt die Treppe hinunter. In Schuhen, die immer noch schmerzen, jetzt noch viel mehr.

»Wartet auf mich in der Wohnung!«, ruft sie Fjodor zu, der sich von Freddy gerade den ultimativen Zungenkuss erklären lässt. Anna kann nur hoffen, dass Fjodor ihn nicht an Joy erprobt. Aber nein, er ist impotent. Sagt er. Die Ausrede von Männern, die keinen hochkriegen. Und sie sollte nicht immer an Sex denken. Sondern an Lily. Anna fühlt, dass sie sich beeilen muss. Lily und die Tiefkühltruhe warten, und wenn sie zu spät kommt, wird etwas Schreckliches geschehen.

Sie winkt der Taxe, die mit quietschenden Bremsen vor ihr hält. Der Fahrer trägt einen Turban. Er spricht kein Deutsch, nur Englisch, und aus dem Kassettenrekorder dringt laute indische Musik. Er hat ein wundervolles Lächeln und fährt sehr exotisch. Als er ein Motorrad überholt, sieht Anna nach hinten, weil sie meint, den Bullen erkannt zu haben. Doch es ist nur ein dicker Mann auf einer gewaltigen Maschine. Lily und die Leiche warten. Anna bittet den Fahrer, sich zu beeilen. Er lächelt so breit, dass sie sein Zahnfleisch sehen kann. »Time is honey«, sagt er und nimmt den Fuß vom Gaspedal.

21. Kapitel

Wenn es um Leben und Tod geht, stehen die Ampeln auf Rot. Blechlawinen wälzen sich durch die Stadt, und Fußsohlen treten auf Bremspedale, während Taxifahrer über schwule Verkehrspolitik lamentieren. Anna hat das Gefühl, dass sie ewig unterwegs war, erst mit und dann ohne Lily, und natürlich waren es Nichtrauchertaxis mit preußischen Griesgramen, die sich nicht bestechen ließen.

Bevor sie die Treppe zu Fjodors Wohnung hochläuft, zündet sie sich eine Zigarette an. Der Russe duldet keinen Rauch in seiner Wohnung. Sie sitzt auf der Treppe und zieht ihre Schuhe aus, inhaliert Gift und betrachtet das blutige Pflaster an ihrem Zeh mit Selbstmitleid und Ekel. Sie kann kein Blut sehen, konnte es nie. Ein wirklich guter Detektiv hasst Blut, heiratet nicht und ist im Grunde seines Herzens feige. Er begibt sich in Gefahr, um diese Schwäche zu umgehen. Die Regeln, gegen die sie bereits verstoßen hat, lösen Schwindelgefühle aus. Sie ist nicht mutig, nur meschugge.

Anna hat nicht nur die Pistole, sondern auch Lilys Nachthemd und Unterwäsche in ihre Handtasche gestopft, bevor sie aufbrachen. In dramatischen Situationen praktisch zu denken ist eine Folge leidenschaftsloser Erziehung. Und doch hat sie Glück gehabt, nicht als Lily aufgewachsen zu sein. Als Mensch, der zentimeterweise stirbt, während die anderen mit geschlossenen Augen zusehen. Sie hat Lily wie eine Puppe von Harrys Fensterbank gehoben und zum Taxi geführt und während all der Zeit beruhigend auf sie eingeredet. »Alles wird gut«, hat sie zu Lily gesagt und nicht daran geglaubt. Für gewisse Menschen wird diese Welt nie gut sein.

Lily wehrte sich nicht, doch sie sagte kein Wort. Sie drehte ihren Kopf in Richtung Gartenhaus, als sie abfuhren. »Hier stinkt's gewaltig«, sagte der Fahrer und versprühte Tannenduft, von dem Anna übel wurde. Lily legte ihren Kopf in Annas Schoß während der Fahrt und träumte mit offenen Augen.

»Ist sie krank?«, fragte der Preuße, und Anna gab ihm keine Antwort. Gespräche mit Taxifahrern hat sie sich in Berlin abgewöhnt. Sie hielt Lilys Hand fest. Kräftige Finger, alles an dem Zwerg war muskulös und stark, obwohl er so zierlich wirkte. Sie war wie eine Feder auf Annas Haut und so schwer wie Granit. Die Tränen weinte Anna, nicht Lily. Die war schon weit weg, in einem Land, das nur sie kannte. Anna wünschte für Lily, dass es schön sei und weit weg von Schuld und Sühne.

Sie übergab sie an Daniel und fühlte sich wie eine Verräterin. Er fragte nichts, wofür sie ihm dankbar war. Daniel nahm Lily in Empfang wie ein kostbares Paket und legte sie behutsam auf die Couch in seiner Praxis. »Sie ist sehr krank«, sagte Anna, und sein Blick erwiderte, dass diese Bemerkung überflüssig sei. Er hatte ein gutes Gesicht, und Anna konnte verstehen, dass Sibylle sich um seine Rückführung in die sexuelle Welt der Frauen bemüht hatte. »Nur zwei Tage«, sagte der Psychiater, und Anna nickte. In zwei Tagen wurde sie fünfzig, und es war gut möglich, dass bis dahin die Welt unterging. Oder ein Wunder geschah. Sie war viel zu müde und traurig, um eine Alternative in Betracht zu ziehen.

»Das Rauchen im Treppenhaus ist verboten«, sagt eine Stimme, und Anna hebt den Kopf. Fjodor steht vor ihr, mit einer Einkaufstüte in der Hand. Er sieht so satt und glücklich aus, dass Anna Lust verspürt, die Zigarette auf seinem Kinn auszudrücken.

»Was zum Teufel machst du hier? Warum bist du nicht bei Joy?«

Fjodor setzt die Tasche ab. »Laute Geräusche sind auch verboten. Du beleidigst mein Ohr. Joy schläft, und ich war einkaufen, weil nichts in der Wohnung war. Ich muss meine Gästin verpflegen, verstehst du? Oder soll ich sie des Hungers krepieren lassen?«

In der Tüte sind Flaschen. Anna steht auf und nimmt ihre Schuhe. »Sie muss doch einmal aufwachen. Wenn sie jetzt nicht mehr in der Wohnung ist, nehme ich dir das Geld wieder ab.«

Fjodor hebt seine Tüte auf und geht neben Anna die Treppen hoch. »Sie schläft. Ich hab ihr zwei Valium gegeben, weil sie so tobte, als ich sie der Kleidung entledigte. Jetzt schläft sie wieder. Du hast mir nicht gesagt, dass sie eine schreiende Person ist.«

Anna bleibt stehen und greift sich ans Herz. In der Region, in der sie es vermutet, fühlt sie Stiche, die Panik auslösen. Sie wird sterben und niemals wissen, wie alles endet, was sie angefangen hat.

Fjodor schreitet ungerührt weiter. Er hat ein dickes Gesäß, und der Gedanke, dass dies ihr letzter Blick auf die Welt sein könnte, lässt Anna tief einatmen. Es geht schon wieder. Sie stirbt noch nicht. Nicht jetzt, vielleicht in zwei Tagen. Sie hat ein starkes Herz, doch hat sie es oft weggeworfen. Nur wenige Menschen haben es berührt, und niemand hat es aufgehoben. »Hab ich dir gesagt, dass du sie ausziehen sollst?«, schreit sie Fjodor hinterher.

Er bleibt stehen und dreht sich um. »Joy hat einen prächtigen Körper. Ich wollte ihn nur betrachten. Ich bin impotent, wie ich wiederholt versichere. Warum bist du so gebleicht?«

Anna setzt ihre Füße Stufe um Stufe. Der Schmerz ist vergangen, doch die Angst ist geblieben. »Es war ein Scheißtag. Ich bin müde und hungrig. Und niemand kümmert sich um *mich*. Ich könnte sterben, an Selbstmitleid zum Beispiel.«

Fjodor wartet auf sie. »Ich habe Vodka gekauft. Willst du ein Gläschen?«

Er hat das Richtige gesagt. Anna nickt dankbar, und sie gehen die letzten Stufen zusammen. An seiner Wohnungstür sind drei Schlösser angebracht, die Fjodor nacheinander aufschließt. Er hat nicht Angst um sich, nur um seine Stimme. »Ich bin ein unaufgeräumter Mensch«, erklärt er, als sie durch den Flur gehen, und Anna versteht, was er meint. Diese Wohnung ist chaotisch, eine Melange aus Büchern, Notenblättern, Zeitschriften, leeren Flaschen und schmutzigen Tellern. Im Nebenzimmer hört sie Joys Schnarchen. Immerhin, sie lebt noch, was beinahe mehr ist, als man von Anna behaupten könnte. Jetzt ist sie Fjodor dankbar für das Valium. Sie braucht eine Atempause vor dem nächsten Akt. Etwas zu trinken und einen bequemen Stuhl. Die friedliche Stille, unterbrochen von Schnarchgeräuschen.

Fjodor kommt aus der Küche mit zwei Wassergläsern Vodka, Weißbrot und fetten Würsten zurück. Er arrangiert alles auf dem Boden, weil Tisch und Stühle keinen Platz mehr bieten. Anna gleitet auf den Boden und greift zu. »Ich danke dir, Fjodor, du bist meine Rettung.«

»Ich weiß, ich bin ein Held. Und das ist guter Vodka, Anna, den ich mit dir teile. Ich werde Musik machen, um die Säge zu verstummen. Meine Ohren sind nicht für schnarchende Frauen geschaffen.«

Verdi erklingt und übertönt Joys Schlafgeräusche. Anna und Fjodor prosten einander zu und brechen das Brot und die Würste. Sie sind hart und fett und vermischen sich mit dem Weißbrot zu einer der besten Mahlzeiten, die Anna in letzter Zeit gegessen hat. Halb liegend und im Halbdunkel von Fjodors Zimmer fühlt sie sich wieder unter den Lebenden. Es war nur der Hunger. Die Leiche. Lilys Totenrede und die Flucht in das Dunkel ihrer Seele. Anna hätte sie gleich mitnehmen sollen, doch das war nur eine von vielen falschen Entscheidungen der letzten Tage. Sie muss Daniel anrufen. Später. »Was hat Joy gesagt, als sie wach war?«

Fjodor wischt sich Fett vom Kinn. »Nicht gesagt, gebrüllt! Und in Polnisch, Anna, eine Sprache, derer ich nicht übermächtig bin. Ich habe *Mörder* verstanden und irgendetwas von *Aufnahmen.* Dann hat sie um sich geschlagen, und ich habe ihr das Valium in den Mund gestopft und Wasser nachgegossen, damit es gleitet. Sie ist so totenschön, wenn sie schläft.«

»Du hast ihr doch nichts getan, oder?« Anna findet die Vorstellung so widerwärtig, dass sie die Bilder sofort verdrängt.

Fjodor lächelt gewissermaßen schmutzig, und Anna setzt sich auf. »Ich hetze dir die polnische Mafia auf den Hals, wenn du das getan hast. Die zerschneiden dir die Stimmbänder, ich sag es dir.«

Er lächelt nicht mehr, sondern greift sich an die Kehle. »Anna, beim Augenlicht meines Agenten und der Winzigkeit meines Penis: Ich habe sie nicht angerührt. Nur gesehen, was da lag.«

»Du hast keinen Agenten.«

»Aber einen Penis. Und ich mag ihn, auch wenn er klein ist. Willst du ihn sehen?«

»Nein«, sagt Anna und nimmt einen kräftigen Schluck. Das Glas ist leer, und es war ein großes Glas. Sie müsste betrunken sein, doch sie fühlt noch nichts. »Ich gehe jetzt in meine Wohnung, und du rufst mich an, wenn sie wach ist. Und danke für Essen und Trinken. Es geht mir schon viel besser.«

Sie hat unerhebliche Gleichgewichtsprobleme, als sie aufsteht. Doch sie vergisst nicht, ihre Schuhe und die Handtasche aufzuheben, und sie steigt vorsichtig über Fjodor, der auf dem Rücken liegt und mit geschlossenen Augen der Musik lauscht. Er sieht aus wie einer dieser Riesenfrösche, vor denen Anna sich als Kind geekelt hat. Das Märchen mit der Prinzessin und dem goldenen Ball hat sie nie gemocht. Sie geht zur Tür und schließt sie leise hinter sich. Das Treppenlicht funktioniert, was sie beinahe glücklich macht. Und sie findet ihren Schlüssel auf Anhieb, auch dies ist ein kleines Wunder. Anna öffnet die Tür… und schließt sie wieder.

Sie steht im Flur und holt tief Luft. Es ist genug geschehen an diesem Tag, mehr braucht sie nicht. Keine Wohnung, die durchwühlt wird. Sie hat ein Geräusch gehört und einen Schatten gesehen. Und jetzt stirbt das Flurlicht, und sie steht im Dunkeln. Ihr Herz hämmert, als ob es sie daran erinnern wollte, dass sie noch lebt und dies auch so bleiben sollte. Davonlaufen, schreit ihr ängstliches Herz. Die Polizei rufen…

Jemand öffnet die Tür von innen. »Möchten Sie nicht reinkommen? Es ist doch Ihre Wohnung.«

Anna blinzelt ins Licht, doch sie hat die warme Stimme sofort erkannt. Der Bulle steht vor ihr und lächelt sie freundlich an. Über absurde Situationen kann sie manchmal lachen, aber nicht jetzt. »Ja eben, es ist *meine* Wohnung. Wie kommen Sie dazu, hier einzubrechen? Haben Sie einen Durchsuchungsbefehl?«

Johannes Täufer nimmt Anna sanft am Arm und zieht sie in die Wohnung. »Wir wollen doch nicht gleich so förmlich werden. Ich habe mich nur ein bisschen umgesehen und auf Sie gewartet. Gefällt mir, was Sie aus der Bude gemacht haben. Sie ist sehr gemütlich.«

Anna geht an ihm vorbei in die Küche und hält ihr Gesicht unter den Wasserhahn. Sie sollte besorgt sein: wegen Joy und Lily und all ihren Vertuschungsaktionen. Vor allem aber ist sie wütend. Vielleicht auch betrunken. Dieser Bulle ist ihr in allem überlegen und ein Stück voraus. Und er weiß es und spielt mit ihr. So liebenswürdig, und doch ahnt sie, dass die Freundlichkeit eine Waffe ist, die er gegen sie einsetzt. Außerdem ist Unterlegenheit ein hassenswertes Gefühl.

»Haben Sie bei Ihrer illegalen Aktion etwas Nennenswertes gefunden?«, fragt Anna, während sie sich das Gesicht mit dem Geschirrtuch abtrocknet. Es sollte ironisch klingen, doch ihre Stimme zittert.

Er ist ihr in die Küche gefolgt, und steht am Kühlschrank. Ein breiter Rücken, umhüllt von einer schwarzen Lederjacke. Das Bullen-Klischee, aber in seinem Fall beschränkt es sich auf Äußerlichkeiten. Anarchisten erkennen einander, auch wenn sie sich geschmeidig tarnen.

Er öffnet die Kühlschranktür. »Wollen Sie auch ein Bier?«

»Nein, danke. Aber fühlen Sie sich wie zu Hause.«

Anna schiebt ihre Handtasche, in der sich immerhin eine Tatwaffe befindet, mit dem Fuß in den Hohlraum neben der Spüle. Und fleht unbekannte höhere Wesen an, dass Joy nicht aufwachen und Fjodor nicht anrufen möge.

Er öffnet die Flasche mit der Geschicklichkeit eines Gewohnheitstrinkers. »Nein, ich habe nichts entdeckt, was mich in der Sache weiterbringen würde. Aber Sie sollten mal den Steuerberater wechseln. Sieht übel aus.«

»Ich hasse Bullen«, erwidert Anna.

Er lächelt gewinnend. »Ich liebe Detektivinnen. Wissen Sie, dass ich dachte, Sie hätten Joy hier versteckt? Der blonde Engel ist viel zu furchtsam, um sich allein durch die Welt zu schlagen. Sie braucht jemanden, der ihr sagt, wo es langgeht. Marilyn hat das getan. Aber sie ist tot. Und ich möchte, verdammt noch mal, ihren Mörder finden. Bei der Obduktion wurden übrigens Druckspuren an Armen und Beinen festgestellt. Keine Fingerabdrücke natürlich, er oder sie trug Handschuhe.«

Anna denkt an Lily. Nein, Lily hatte keinen Grund, das Mädchen umzubringen. Sie war es nicht, und einmal ist Anna ihrer Sache ganz sicher. »Nun, da Sie meine Wohnung durchforstet und mein Bier getrunken haben, könnten Sie eigentlich gehen.«

Er trank aus der Flasche, doch es wirkte eher anmutig als vulgär. Anna möchte alle positiven Eindrücke löschen und ihn verabscheuen. Es gelingt ihr nicht. Vielleicht ist es das Lacheln oder die schöne Hässlichkeit seines Gesichts.

Johannes Täufer gehört zu den Männern, die einen Raum ausfüllen, sobald sie ihn betreten. Oder so: Die Anwesenden haben das Gefühl, schrumpfen zu müssen, um ihm Platz zu machen. Sie hätte nicht so viel Vodka trinken sollen.

In seiner Gegenwart braucht sie einen klaren Kopf, und davon kann nicht die Rede sein.

Der Bulle lehnt gegen die Tür ihres amerikanischen Kühlschranks. Er verdeckt ihn beinahe. »Was halten Sie von Benno Mackeroth?«

»Was hat er mit Marilyn zu tun?«, fragt Anna zurück.

»Mann liebt Frau, die übliche Geschichte, meine Liebe. Tun Sie nicht so, als ob Sie jenseits der großen Gefühle leben.«

Schon viel zu lange, denkt Anna und sagt: »Sie war so unbeschreiblich schön, dass sich vermutlich jeder Mann in sie verliebt hat. Aber warum sollte Mackeroth sie umbringen? Außerdem hat er ein Alibi, er war mit Hanni Pelzer joggen. Das haben Sie doch gesagt.«

»Alibis, an denen nur zwei Leute beteiligt sind, taugen nichts. Außerdem liefen die beiden ganz zufällig in der Nähe der Marx-Allee. Ich habe schon lange aufgehört, an Zufälle zu glauben. Und an all die Lügen, die mir erzählt werden. Hanni Pelzer hat Jacob Lenz überredet, ihrem geliebten Benno das Videoband zu geben. So sieht das aus: Alle sind miteinander verbandelt in Liebe oder Hass oder gemeiner Erpressung. Das Pack arrangiert sich. Nur unsere polnische Märchenprinzessin ist auf der Strecke geblieben. Sie hat das Spiel nicht verstanden, weil sie immer mehr wollte, als die anderen zu geben bereit waren.«

Sein Gesicht verändert sich, wenn er über sie spricht, denkt Anna. Es wird härter, undurchsichtiger. Ihren fragenden Blick erwidert er mit einem Zwinkern.

»In meiner zarteren Jugend war ich Kommunist, aber geblieben ist nur eine gewisse Abscheu gegen die arrogante Bagage mit ihrer tiefen Angst, das Gold wieder zu verlieren, für das sie ihre Seele verkauft haben. Es zu besitzen und zu wissen, dass es nichts wert ist: Das ist die große Kunst.«

Er ist ein Mann, der mit Worten verführt, denkt Anna. Vor allem aber daran, dass sie ihn unbedingt loswerden muss, bevor Fjodor anruft. »Was wollen Sie von mir?«

Der Bullenblick ist beinahe zärtlich: »Einiges, aber zunächst würde ich Sie gern auf Benno Mackeroth ansetzen. Er weiß, dass wir Joy noch nicht gefunden haben. Aber Sie könnten doch zu ihm gehen und ihm sagen, dass Sie wissen, wo das Mädchen ist. Die große Frage ist doch, was ihm unsere Freundin wert ist. Wenn sie etwas weiß, wovon ich ausgehe, wird ihm die Information einiges wert sein. Und dann setze ich ihn unter Druck. Er ist keiner, der lange Widerstand leistet, wenn man ihn einmal in die Enge getrieben hat. Und ich bin, mit Verlaub, ein erbarmungsloser Jäger.«

Anna glaubt ihm das. Aber die Geschichte gefällt ihr nicht. Sein Drehbuch, und sie fragt sich immer noch, wo das Motiv liegen könnte. »Warum?«

»Weil er besessen von ihr war. Und sie eine gottvolle Hure. Vielleicht hat sie auch versucht, ihn zu erpressen. Sie hat schnell gelernt, dass in dieser Stadt Wissen Macht bedeutet und Macht Geld. Agnes Pelcic war ein gutes Mädchen in schlechter Gesellschaft. Wollen Sie mir helfen, Anna?«

Und Anna sagt, was böse Mädchen sagen: »Was kriege ich dafür?«

Der Bulle lacht kurz auf, als ob er diese Frage längst erwartet und für sich beantwortet hat. Anna wünscht sich, sie könnte diesen Satz zurücknehmen. *Nein* wäre sehr viel besser gewesen. Sie wird es nie lernen.

»Sie können es sich aussuchen«, sagt der Täufer. »Entweder einen Stundensatz von fünfzig Euro … oder einen Vorsprung.«

22. Kapitel

Das Klingeln des Telefons weckt Anna aus Albträumen, in denen sie mit Harry und Lily in einer Tiefkühltruhe saß, in der tropische Temperaturen herrschten. Schweiß liegt auf ihrer Haut, als sie mit der rechten Hand nach dem Hörer tastet. Vergeblich, denn das Telefon steht auf dem Schreibtisch, und sie liegt auf der Couch, wo sie irgendwann über der Frage eingeschlafen war, was zum Teufel der Bulle mit *Vorsprung* gemeint hatte.

Der Aschenbecher, den sie abends nicht mehr geleert hatte, fällt zu Boden, und Anna springt auf und ist mit drei Schritten am Schreibtisch, dort, wo alles begonnen hat, als sie ihre Hand nach Rosi Starks Geldscheinen ausstreckte. Der Apparat verstummt in dem Augenblick, als ihre Hand den Hörer ergreift. Es ist immer so, und natürlich hat sie vergessen, den Anrufbeantworter einzuschalten. *Scheiße*, murmelt Anna und beginnt, die Welt um sich wahrzunehmen. Sie steht in ihrem Büro, und dieser Gummibaum ist das abscheulichste Ding, das sie je gesehen hat. Die Vormieter hatten ihn zurückgelassen, und sie hat sich nie aufraffen können, das Monster zu entsorgen. Also hat sie versucht, ihn liebzugewinnen und als Hutständer zu benutzen. Marlowe-Hüte auf Gummibaum. Sie ist Privatdetektivin, einen Tag entfernt von der Mitte des Lebens, die in Wirklichkeit das letzte Viertel ankündigt. Jeder Tag zählt, doch das begreift man erst, wenn es zu spät ist.

Es ist die Zeit, in der Vampire in ihre Särge steigen. Kurz vor Morgengrauen, nicht mehr dunkel und noch nicht hell, die fahle Zeit, die sie immer gehasst hat, wenn sie wach und allein war.

Oben bei Fjodor schläft Joy, Lily ist bei Daniel untergebracht, und Harry verwest vor sich hin. Rafael hat sich feige davongemacht, und Sibylle ist schwanger. Der Bulle wollte ihr nicht sagen, was er mit *Vorsprung* gemeint hatte. Er ging, ohne ihre Antwort abzuwarten. Orson Welles oder der Dritte Mann oder einfach nur ein Bulle, der sich mit Worten wichtig macht. Nachdem er weg war, hat sie sich einen Whisky eingeschenkt, eine Flasche Wasser getrunken, sich auf die

Couch gelegt, geraucht, über den rätselhaften Polizisten nachgedacht und auf Fjodors Anruf gewartet. Eines Tages wird sie über der Zigarette einschlafen und sterben.

Anna wählt Fjodors Nummer und wartet, doch niemand hebt ab. Sie schlafen noch. Sie sind tot. Es hat zu viele Tote gegeben, und Anna fühlt sich diesem Morgengrauen nicht gewachsen. Sie sollte hochgehen und bei Fjodor klingeln. Oder sich nochmals auf die Couch legen ... und wieder läutet das Telefon, und sie greift rechtzeitig zu ...

Sibylles Stimme klingt sehr wach. Sie sagt: »Stehst du oder liegst du?«

»Irgendetwas dazwischen. Sag mir nichts, das mich umwirft.«

»Lily ist verschwunden. Daniel hat mich eben angerufen. Er hat ihr irgendwas gegeben und sie ins Bett gelegt und ... na ja, sie wird abgehauen sein. Der Idiot hat die Tür nicht versperrt. Es tut mir so leid, Anna ... Anna? Bist du noch da?«

Das Pflaster ist blutrot. Anna hat ihren Zeh vergessen, und jetzt fühlt sie nichts mehr. Keinen Schmerz. »Ich stehe noch, und es war richtig, dass er Lily nicht eingesperrt hat. Vielleicht geht sie nur spazieren und kommt zurück?«

»Und bringt unterwegs ein paar Leute um ... du hast vielleicht Nerven. Daniel ist jetzt wütend auf mich, weil ich ihn in diese Sache reingezogen habe. Nein, seine Stimme zitterte vor Angst. Wir müssen ihn da raushalten.«

Raushalten ist ein Wort, das Anna nicht mag. »Natürlich tun wir das«, sagt sie sanft. »Es ist alles meine Schuld. Ich hätte Lily nicht irgendwo deponieren dürfen. Sie ist mein Problem.«

Sibylles Stimme gewinnt an Schärfe. »Nein, ist sie nicht. Du tust so, als ob sie deine Tochter wäre. Du hast sie vor ein paar Tagen zufällig getroffen, sie hat zwei Leute umgebracht, und wenn sie krank ist, muss sie … na, du weißt schon. Klapsmühle. Oder ist dir etwas Besseres eingefallen?«

Anna hält den Hörer ein Stück vom Ohr entfernt. Belehrende Töne sind ihr ein Gräuel, seit sie zur Schule gegangen ist. Dass Sibylle mit dem, was sie sagt, Recht hat, steht auf einem anderen Blatt. »Nein, ich bin nicht klüger, nur müde und verkatert. Außerdem zählt Behinderung der Justiz zu meinen schönsten Hobbys. Und ich denke mir, dass alles, was geschieht, richtig sein könnte.«

»Wie meinst du das?«

Anna versucht verständlich zu machen, was sie selbst nicht ganz versteht. »Lily war nie so ganz von dieser Welt. Und das, was von ihr präsent war, wurde gnadenlos kaputtgemacht. Sie hat zwei Leute getötet, weil sie krank vor Liebe war. Liebeskranke wissen nicht, was sie tun … klinge ich wie ein Psychiater?«

»Unterste Schublade«, erwidert Sibylle. Sie ist eine beste Freundin und manchmal ein grässliches Weib.

Anna träumt: »Vielleicht hat sie sich aufgelöst … ist einfach verschwunden. Wie im Märchen, weißt du.«

Sibylle schnauft am anderen Ende der Leitung: »Du hast sie nicht alle. Aber immerhin wäre eines deiner Probleme gelöst, wenn sie nicht mehr auftaucht. Was macht das andere?«

»Liegt in Fjodors Bett und schläft.«

»Wir sollten nach Italien ziehen, bevor sie uns einsperren«, sagt Sibylle mit sanfter Stimme. »Und ich werde jetzt weiterschlafen, während du den Rächer der Enterbten gibst. Ruf mich an, wenn du im Gefängnis sitzt. Ich bring dir was zu essen.«

»Du bist ein wahrer Freund«, sagt Anna, bevor sie auflegt. Sie hat großen Hunger, ein sicheres Zeichen für eine Krise, besonders dann, wenn sie vor dem offenen Kühlschrank sitzt und wahllos in den Mund nimmt, was die spärlichen Vorräte hergeben. Dazu trinkt sie Milch aus der Flasche, ihr einziger Beitrag zu gesunder Ernährung. Sie schämt sich und kann doch nicht aufhören, bis das letzte Essbare vom Kühlschrank in ihren Bauch gewechselt ist.

Der Tag beginnt mit Straßenlärm und dem diffusen Licht der Zwischenzeit. Anna steht rauchend am Fenster und sieht über die Hinterhöfe hinauf zum Himmel. Wo immer Lily ist, es wäre schön, jetzt an Engel zu glauben. An eine überirdische Gerechtigkeit, sodass die Menschen Lily nichts mehr anhaben können. Es sind kitschige Gedanken und sentimentale Tränen, und der Himmel gibt nichts her, was sie trösten könnte, nicht einmal einen Stern. Zu spät, zu früh, sie hat immer mehr gewollt, als sie kriegen konnte – und das meist zum falschen Zeitpunkt.

Anna legt sich in die Badewanne und träumt weiter. *Wahr sind nur die Gedanken, die sich selbst nicht verstehen.* Wahr ist auch, dass sie jetzt am liebsten aufhören möchte und den letzten Satz dieser Geschichte mit einem Fragezeichen versehen, um sie so stehen zu lassen. Offen für alle Wünsche und Wunder, an die man glauben möchte. Sie will nicht daran denken, was mit Lily geschehen könnte. Will nicht wissen, was Joy über Marylins Mörder zu erzählen hat. Nicht in die Abgründe der anderen eintauchen, nur um die Wahrheit an Land zu bringen. Wahrheit ist grausam, manchmal unerträglich. Anna will im heißen Wasser liegen, den Geruch von Rosenöl einatmen und den Schimmelfleck an der Decke studieren. Die Unvollkommenheit preisen, die ihr Leben umgibt. Diese Einsamkeit, die immer von der Sehnsucht lebte, dass eines Tages einer kommen würde, der sie ihr abnimmt. Sie stand immer an der falschen Haltestelle.

Nicht sentimental werden, Anna, es endet immer in Weltschmerz, der zum Lachen reizt. Und nicht einschlafen, denn Wasserleichen sehen so unappetitlich aus. Die Liste des *Nicht* ist länger als alles andere. Sie sollte jetzt kalt duschen, um endgültig aufzuwachen und das Gegenteil dessen zu tun, was sie erträumt. Doch vorher taucht sie noch einmal unter. In die Wärme, in den kleinen Weltuntergang, der nicht stattfindet. Anna steigt frierend aus der Wanne. Die Welt ist kalt.

23. Kapitel

»Rosi war so pleite, dass die Geier schon den Boden streiften.«

Benno Mackeroth trägt einen Zweitagebart und sieht aus wie der Avantgarde-Schauspieler, der er gerne sein möchte. Er trinkt Espresso, der in Sibylles Kneipe so stark ist, dass die Gäste nach dem ersten Schluck einen Ausdruck starren Entsetzens annehmen. Auch Mackeroth, der jetzt zu seiner Pfeife greift, die er sich aus Imagegründen zugelegt hat. Zigaretten rauchen kann jeder. Nich trauchen auch, aber er findet, dass Laster ihm besser zu Gesicht stehen. Er sieht Anna Marx aus leicht blutunterlaufenen Augen an. »Aber Sie wollten mich nicht treffen, um über Rosi zu sprechen, oder?«

Anna hat die vertraute Umgebung gewählt, weil sie sich hier sicherer fühlt. Das fragile Gleichgewicht, verbunden mit Schlafmangel, verträgt keine größeren Ortswechsel. Sie schlug am Telefon neutralen Boden vor und war erstaunt, wie schnell er einem Treffen zustimmte. Sie hatte nur den Namen Joy erwähnt.

»Nein, aber erzählen Sie es mir trotzdem. Es interessiert mich.«

Mackeroth versteht, dass das Spiel nach ihren Regeln gespielt wird. Sie kreisen noch um ein Thema, das ihn brennend interessiert. »Rosi hatte immer ein Cash-Problem. Die Kosten explodieren, und wenn ein Film floppt, bist du tot. Na ja, ist sie ja auch. Obwohl sie es im letzten Augenblick immer wieder geschafft hat, sich mit einer Fernsehserie zu sanieren. Aber das große Stark-Ziel war ein zweiter, ein richtiger Oscar, und deshalb produzierte sie immer wieder Kinofilme. Zu viel Ehrgeiz: Der letzte war teuer und mehr als ein Flop.«

»Haben Sie nicht die Hauptrolle gespielt?«

Benno lächelt schief. »Nicht ganz freiwillig, meine Liebe. Der Film war Scheiße, alle haben es gewusst, aber keiner hat es ihr gesagt. Rosi hegte eine gewisse Allergie gegen jede Art von Widerspruch.«

»Ich weiß«, sagt Anna. »Heißt das, dass die Firma jetzt in Konkurs geht?«

Er bestellt noch einen Espresso. Er ist ein starker Mann mit Umgangsformen von pornografischer Höflichkeit. »Nein, Hanni wird es schaffen, die Pleite abzuwenden. Wir brauchen nur einen Teilhaber, der Geld einbringt, das ist alles. Es laufen schon Gespräche mit Schweizer Investoren … aber das bleibt unter uns, bis die Sache spruchreif ist. Bisher halten die Banken noch still …«

»Wieso *wir*?«, fragt Anna.

»Na ja, wir haben uns sozusagen zusammengetan. Ich kriege einen kleinen Anteil an der Firma, wenn alles klappt. Und dann kann ich endlich die Filme machen, die meinem Talent entsprechen.«

Anna kreist. Sie ist der Greif, den ein Bulle auf einen eitlen Bock angesetzt hat. Mackeroth: ein Mörder? Sie kann es nicht glauben. »Anspruchsvolle Filme?«

»Blödsinn. Actionstreifen im amerikanischen Stil. Das, was

die Massen wirklich anturnt. So gut wie Schwarzenegger bin ich lange, das können Sie mir glauben.«

Anna glaubt es sofort. Und einer längst ruinierten Kunstform kann auch ein Benno Schwarzenegger nichts mehr anhaben. »Aber was sagt Jacob Lenz zu alledem? Ihm gehört doch die Hälfte, oder?«

Benno lächelt jetzt ein wenig gemein. »Hanni hat ihn ausgetrickst. Fragen Sie mich besser nicht, wie! Sie ist ein wirklich talentiertes Mädchen, und ich schätze sie ungemein. Schöne Frauen öden mich ohnehin an…«

Dann hat sich die Crème der Bagage ja gefunden, denkt Anna, und weil er das Stichwort gegeben hat, kreist sie tiefer. »Aber in Marilyn alias Agnes Pelcic waren Sie doch wahnsinnig verliebt?«

Mackeroth ist Schauspieler, sein Gesichtausdruck bleibt auf blasierte Weise freundlich. »Welcher Vogel hat Ihnen das ins Ohr gezwitschert? Ist im Übrigen leicht übertrieben. Wir hatten tatsächlich eine kurze, heiße Affäre, aber schließlich war sie nur eine Hure.«

Nicht mehr als du, ist Annas unausgesprochene Antwort. Sie sagt etwas ganz anderes: »Die Polizei glaubt, dass Sie Agnes vom Balkon gestoßen haben. Und sie sucht Agnes' Freundin Joy, die das vielleicht bestätigen kann…«

Die Geräuschkulisse erscheint plötzlich ganz leise. Hat sie zu laut gesprochen? Anna sieht Sibylle, die hinter der Bar steht und ihr zulächelt, allerdings eher besorgt. Freddy trinkt leise und beharrlich vor sich hin, denn er trauert um seinen Boxer, der ihn doch noch verlassen hat.

Mackeroth ist blass geworden, die Maske verrutscht für einen Augenblick, dann hat er sich wieder unter Kontrolle.

Er zischt seine Sätze im Ton entrüsteter Unschuld: »Sind Sie völlig übergeschnappt? Wenn ich all meine Exfrauen ermordet hätte, wäre Berlin halb entvölkert. So einen Quatsch kann sich auch nur dieser verrückte Bulle ausdenken. Er hat es auf mich abgesehen, das ist mir klar. Er will mich fertigmachen! Aber nicht mit Benno Mackeroth… außerdem hab ich ein Alibi.« Sich an die Brust greifend, was Anna als *overplayed* empfindet: »Und ein Herz weiß wie Schnee.«

»Warum«, fragt sie sanft, »sind Sie dann sofort gekommen, als ich am Telefon Joy erwähnte?«

»Was geht Sie diese ganze Scheiße überhaupt an?«, fragt er zurück. Unhöfliche Pornografie. Er zieht an seiner Pfeife, die kalt geworden ist.

»Ich neige zur Einmischung«, erwidert Anna. »Außerdem möchte ich nicht, dass dem Mädchen etwas passiert.«

Benno beugt sich zu ihr, und sie riecht Pfeifenatem. »Wenn sie die kleinen Kassetten hat, sollte sie tatsächlich auf sich aufpassen.«

Das Wort hört Anna zum ersten Mal. Und ahnt den Zusammenhang, worauf sie beinahe stolz ist. Der Zweitagebart schimmert schwarzblau, und seine Augen sind der blinde Spiegel einer unerheblichen Seele. »Sie meinen die Bänder, die Marilyn aufgenommen hat bei allen Gelagen, an denen sie teilnahm.«

»Bingo.« Mackeroth zieht sein Gesicht zurück. »Und das, meine Teuerste, ist auch der Grund, weshalb ich mich für die kleine Nutte interessiere. Es wäre doch blöd, wenn sie in falsche Hände kämen. In die Presse zum Beispiel. Gerade jetzt, wo die Gespräche mit den Investoren laufen, könnte das sehr destruktiv sein. Hanni ist bereit, dafür dreißigtausend hinzulegen. Das können Sie der Dame ausrichten. Für alle Bänder natürlich… ich weiß nicht, wie viele Marilyn im Verlauf ihrer erotischen Existenz aufgenommen hat… es werden nicht wenige sein.«

»Und sie alle handeln von Sex und Geld und Korruption«, sagt Anna.

Der missglückte Versuch eines Schwarzenegger-Lächelns. »Könnte man sagen. Die gute Marilyn war zu gierig, das wird wohl der Grund für ihr vorzeitiges Ableben gewesen sein. Aber ich war's nicht. Sie könnte praktisch jeden erpresst haben… und das weiß dieser verdammte Polizist ganz genau. Ich hab nun mal nicht das Zeug zu einem Mörder.«

»Nicht mal zum Folterer«, sagt Anna und denkt, dass er unter gegebenen Umständen alles sein könnte, nur nicht ein anständiger Mensch. Aber auch, dass sie ihm glaubt, ganz im Gegensatz zu Johannes Täufer. Mackeroth ist nicht der Typ, der aus Leidenschaft oder Verzweiflung oder Sadismus mordet. Er ist überheblich und feige, was gegen ihn, aber für seine Unschuld spricht.

»Sie haben's kapiert.« Mackeroth legt einen Geldschein auf den Tisch, der seinem Verzehr entspricht. »Also sagen Sie Joy, sie soll das Geld nehmen, die Bänder liefern und sich aus dem Staub machen. Hier sind meine Nummern, sie soll mich anrufen… Oh verdammt, ich muss zu den Außenaufnahmen… also dann…«

»Was spielen Sie?«, fragt Anna, als er ihr schon halb den Rücken zugewendet hat.

»Einen Widerstandskämpfer.« Mackeroth ist schon an der Tür, und er dreht sich nicht mehr zu ihr um. Sie nimmt seine Karte in die Hand und murmelt: »Fehlbesetzung.« Doch dies ist belanglos im Vergleich zu der Frage, wo Joy die Tonbänder versteckt hat. Ein neuer Joker im Spiel, und Mackeroth hat Recht: ein gefährlicher. Joy, vielleicht noch benommen von den Tabletten, hatte sich am Morgen jedem Gespräch verweigert.

Sie saß im Bett und trank mit Fjodor Kaffee, als Anna hochkam. Dass ein Wesen, auf der Flucht oder im Tiefschlaf und mit verschmiertem Make-up, so schön aussehen konnte wie Joy in diesem Bett, erboste Anna augenblicklich. Sie traut sich morgens kaum, in den Spiegel zu sehen – und wenn, wendet sie sich mit Grausen.

Fjodor hatte sie nicht gerade herzlich empfangen. Anna störte, daran ließ er keinen Zweifel, als er die Tür öffnete. Denn Fjodor gab den verliebten Eunuchen, der seinen Schatz vor Eindringlingen zu beschützen suchte.

»Sie muss erst zu Kraft und Saft kommen«, sagte er zu Anna, die ihre Kühlschrankorgie bereits zutiefst bereute. Er schmierte Brot mit Marmelade und reichte sie dem Wesen, das im Bett saß und das Laken über die Brüste gezogen hatte, aber so, dass man den wundervollen Ansatz sehen konnte.

»Sie muss reden«, sagte Anna, »sonst kann ich ihr nicht helfen.«

Joy sprach ein paar Sätze in Russisch, und Fjodor übersetzte: »Sie will erst essen, dann baden und sich ihrer Schönheitschirurgie widmen, mit ihrer Mutter telefonieren und dann mit dir sprechen. In dieser Folge … ist sie nicht anbetungswürdig?«

»Nein«, erwiderte Anna, »sie ist eine Nervensäge, von der ich dachte, dass sie in Todesängsten schwebt. Wieso sind mir die Täter oft näher am Herzen als die Opfer, kannst du mir das sagen?«

Joy sah Anna an, als würde sie jedes Wort verstehen. Märchenhaft blaue Augen in einem Gesicht von perfekter Symmetrie. Der Ausdruck von Unschuld und Naivität kann echt oder gespielt sein, dachte Anna, und dass ihre Freundin sie an Schönheit dennoch übertroffen hatte. Aber Marilyn war tot.

»Du bist nur neidisch«, zwitscherte Fjodor.

»Besser neidisch als impotent.« Anna beherrschte sich,

sein Gesicht nicht in ein Marmeladenbrot zu tunken. Joy sah Anna schläfrig an und streckte ihre Hand aus, um das verschonte Brot entgegenzunehmen.

»Das war bodenlose Gürtellinie, Anna. Ich denke, du solltest auch frühstücken und später wiederkommen. Der hohle Magen macht dich reizvoll.«

»Reizbar«, korrigierte Anna, »und sag deiner Angebeteten, dass ich in circa zwei bis drei Stunden wiederkomme. Wenn sie dann immer noch nicht reden möchte, übergebe ich sie der Polizei. Ich bin's nämlich leid, von allen verarscht zu werden.«

Die weißen Zähne zermalmten Weizen, Fett und Zucker, und die blassroten Lippen lächelten wundersam. Anna tat es schon leid, was sie gesagt hatte. Sie drehte sich um und schlug zwei Türen hinter sich zu, erst die im Schlafzimmer und dann im Flur. Es knallte herrlich und besänftigte sie ein wenig.

Sie ging die Treppen hinunter in ihre Wohnung, in ihr Büro, und rief Mackeroth an, um sich mit ihm zu verabreden. Marlowe ruht nicht, bis die Wahrheit ans Licht des Tages kommt.

Philip Marlowe ist von seinem Schöpfer als Verlierer angelegt worden. Unter anderem, weil er kein Geld hat. Anna sieht die Parallelen und tröstet sich damit, in guter Gesellschaft zu sein. Viele gelten als Versager, nur weil ihre Tugenden und Talente nicht in die Zeit passen. Andererseits ist Marlowe ein Kunstgeschöpf und sie die real existierende Verliererin. Pleite und nicht einmal im Besitz der Wahrheit. Die streunende Katze hat sie auch nicht gefunden, wofür sie von der untröstlichen Besitzerin auf dem Anrufbeantworter gescholten wurde.

»Willst du etwas essen?« Sibylle glaubt, das Rezept gegen Annas Anflüge von Weltschmerz zu kennen. Und wenn sie so dasitzt, den Kopf in die Hände gestützt und den Blick ins Nichts gerichtet, ist dies ein sicheres Zeichen.

»Danke, nein. Ich bin heute Morgen vor dem Kühlschrank ausgerutscht. Irgendeine Nachricht von Lily?«

Sibylle schüttelt den Kopf. Nachdem sich Daniel beruhigt hat, neigt sie dazu, sich Annas Meinung anzuschließen: Lily ist verschwunden, und das ist gut so. »Das war doch der Schauspieler, wie heißt er noch?«

»Benno Mackeroth. Er zählt zum Kreis der üblichen Verdächtigen, aber ich glaube nicht, dass er es war. Er will bloß Marilyns Tonbänder wegen der Schweizer Investoren.«

»Muss ich das verstehen?«

»Nein. Ich sollte jetzt nach Hause gehen und die Sache mit Joy hinter mich bringen. Aber irgendetwas sagt mir, dass ich hier bleiben und mich stattdessen betrinken sollte. Hab ich das zweite Gesicht?«

Sibylle hat mit ihrer Schwester telefoniert, die ihr dringend empfahl, das Baby abzutreiben, weil die zweifache Mutter und vorbildliche Ehefrau der Meinung war, dass ein Kind nicht in ein Leben passe, wie es Sibylle führt. Es gibt ein Anwaltschreiben in Sachen Putzfrau, Freddy beleidigt die Gäste aus Liebeskummer, und in der Küche sitzt ein Koreaner und betet inbrünstig zu Gott, statt zu kochen. Anna hat ihr zweites Gesicht entdeckt, und das erste gibt keinen Anlass zur Freude. Es ist doch gut zu sehen, dass es auch anderen schlecht geht. »Denk an Italien, Anna, und tue, was eine Frau tun muss.«

Anna beginnt zu lachen. »Du hast Recht. Das Leben ist schön. Besonders, wenn es so beschissen ist wie jetzt. Ich komm später vorbei. Schreibst du an?«

Sie humpelt ein wenig beim Hinausgehen. Der große Zeh. Eine geringfügige Verletzung in Anbetracht all jener, die das Leben einem zufügen könnte.

24. Kapitel

»Ich glaub das einfach nicht«, sagt Anna, und sieht von einem zum anderen.

Fjodor hebt die Hände in einer operettenhaften Geste zum Himmel, der eine vergilbte Decke ist. Joy, geschminkt und in dem roten Lederrock, in dem Anna sie schon im Fernsehen gesehen hat, schlägt ihre Augen zu Boden. »Sorry«, sagt sie leise, denn sie ist ein kleines Mädchen, das nur ein paar Worte Englisch spricht.

»Sie hat also die Kassetten in die Spree geworfen«, wiederholt Anna Fjodors Übersetzung.

»Sie war in gigantischer Panik, Anna, das musst du verstehen. Ihre Freundin war abgemurkst worden, und sie lief vor der Polizei davon. Die Bänder waren gefährlich. Und Joy schlussfolgerte, dass es besser wäre, wenn sie absaufen.«

Anna versucht, eine bequeme Stellung am Boden zu finden, während Fjodor und Joy auf dem Bett sitzen wie ein Paar nach dem Liebesspiel. Was ja nicht sein kann, denkt Anna, und dass die Vernichtungsvariante einiges für sich hat. So viel Gier, in Töne verewigt, hätte diese Stadt in Aufruhr gebracht. Die Politiker, die Produzenten und Prominenten wären in Panik geraten und hätten untertauchend dementiert, während die Medien in moralisierender Häme über sie hergefallen wären.

Schade andererseits, denn es hätte auch Spaß gemacht. Anna hört auf Joys für sie unverständlichen Wortfluss und wartet geduldig auf weitere Enthüllungen in Fjodors Version, die der deutschen Sprache zumindest ähnlich ist.

»Marilyn hat Joy mit den Kassetten weggeschickt, während sie ihren Freund in Empfang nahm. Sie dachte, das sei eine sichere Nummer, wenn das Corpus Delicti aus der Wohnung ist. Weil Marilyn nämlich in Furcht vor diesem Mann war. Er hatte ihr das winzige Gerät besorgt, weißt du, und er wollte abkassieren und dann mit Marilyn nach Mexiko abheben. Nicht zu viel Geld, von jedem einen entbehrlichen Obolus, aber in der Summe schon gewaltig. Na ja, und dann passierte der Irrtum: Er hat sie trotzdem geschubst, gläubig vermutlich, dass er die Bänder in der Bude finden würde. Als Joy zurückkam, war schon Tohuwabohu, und sie dachte, das Beste wäre, zu entschwinden und die Bänder zu entsorgen. Ist sie nicht ein kluges Mädchen, Anna?«

»Wer ist der Mann, wie heißt er?«

Fjodor übersetzt die Frage, und Anna verdächtigt ihn, ihre Worte mit blumigen Komplimenten auszuschmücken, denn es dauert lange, bis er die Antwort übersetzt.

»Joy kennt ihn nicht persönlich, ich meine, sie weiß seinen Namen nicht, sie hat ihn nur einmal in gewisser Entfernung erspäht. Sie sagt, dass er sehr alt und hässlich sei. Marilyn hat ihn gar nicht geliebt, aber schon mit ihm geschlafen, weil er nutzvoll war. Aber mit ihm nach Mexiko fliegen wollte sie nicht. Da flog sie hinunter.«

Fjodor kichert verhalten über seinen kleinen Scherz, und Joy beginnt zu weinen. Sie sieht sehr hübsch dabei aus, und Fjodor tröstet sie mit einem weißen Taschentuch. Anna seufzt: Alt und hässlich trifft auf die Hälfte der männlichen Bevölkerung Berlins zu, das bringt sie nicht weiter. Wenn sie jetzt Polizistin wäre, könnte man ein Phantombild anfertigen oder ihr Fotos zeigen. Denn auch auf Nachfragen fallen Joy weder Haar- noch Augenfarbe ein, sie sagt nur, dass Marilyns Freund »gefährlich« ausgesehen habe. Sie weint, ohne rote Augen zu bekommen.

»Sie ist furchtsam vor diesem Mann«, sagt Fjodor, »und sie

will nach Hause zu ihrer Mutter. Aber sie hat keine Penunze, denn die wurde von Marilyn gemanagt, und was in der Wohnung liegt, da kommt sie auch nicht ran, weil sie guten Gewissens davor zurückscheut, die Stätte des Grauens zu besuchen. Es ist eine Tragödie, Anna, und Onkel Wanja ist auch im Exil. Sie benetzt mein einziges Taschentuch, ist sie nicht entzückend?«

»Würde sie den Mann wiedererkennen?« Anna reicht Fjodor eine Packung Papiertaschentücher aus ihrer Handtasche.

Er übersetzt die Frage. Joy zuckt mit den Achseln. »Sie weiß nicht genau … vielleicht.«

Anna langt nach einem Stapel Zeitschriften, der neben dem Bett auf dem Boden liegt. Sie blättert und findet einen Bildbericht über Rosi Starks Begräbnis. Anna zeigt mit dem Finger auf ein Foto des Witwers: »Kann er es sein?«

Das Mädchen schüttelt den Kopf, studiert die Bilder der Trauergäste und legt die Zeitschrift weg, um eine Träne von der Wange zu tupfen. »Sie hat nichts gefunden«, sagt Fjodor. »Der Meuchelmörder ist nicht zum Begräbnis geschritten.«

»Wär ja auch zu schön gewesen.« Anna ist dankbar, dass Joy nicht mehr weint. »Kann sie nicht Geld von der Bank abheben?«

Fjodor stellt die Frage auf Russisch und übersetzt die Antwort. »Das hat Marilyn gemacht, sie weiß nicht einmal die Kontonummer, das ärmste Wesen. Ist aber auch ein bisschen dumm, muss man sagen. Kannst du nicht in die Wohnung gehen, Anna?«

Sie ist jedermanns Liebling, wenn es darum geht, unangenehme Aufträge zu erfüllen. Anna denkt nach, doch ihr fällt keine Alternative ein. Wenn Joy nach Hause will, braucht sie Geld, und das findet sie nur in der Wohnung. Nicht bei Fjodor oder Anna. Rosi Starks Geld war das letzte, das sie eingenommen hat. Gute Detektive sind immer Verlierer. Tröstet dieser Satz?

»Wir fahren zusammen hin«, sagt Anna. »Ich weiß ja nicht, wo das Geld versteckt ist.«

Fjodor übersetzt, und Joy schüttelt den Kopf.

»Ich passe auf sie auf. Es wird ihr nichts passieren. Sie kann auch noch einen Koffer packen, und dann setze ich sie in den Zug nach Polen. Einen Hausschlüssel hat sie ja wohl?«

Joy zieht triumphierend einen Schlüsselbund aus ihrer Handtasche. Anna späht in die offene Tasche, weil es ja immer noch die Möglichkeit gäbe, dass Joy gelogen hat. Dass sie die Bänder doch nicht weggeworfen hat. Doch sie sieht nichts, was winzigen Kassetten gleichkäme. »Also gut, dann bestell uns ein Taxi. Einer U-Bahn-Fahrt fühle ich mich heute nicht mehr gewachsen.«

Joy redet auf Fjodor ein, der Annas Hand ergreift. »Nicht so schnell mit den alten Pferden. Sie will vorher noch ihre Mutter anrufen und ihr sagen, dass sie kommt.«

»Nur zu, ich benutze inzwischen deine Toilette, wenn ich darf.«

»Ihr Handy ist leer gebrannt.«

Anna steht und blickt auf Fjodor hinab. »Sie ist so allumfassend hilfsbedürftig, dass ich schreien könnte. Also gut: Sie kann in meinem Büro telefonieren, das ist billiger als mein Handy. Aber dann fahren wir. Ich will das jetzt hinter mich bringen. Und außerdem habe ich einen Bullen auf den Fersen.«

»In der Stadt gibt es keine Kühe.« Fjodor kratzt sich am Dreifachkinn, bevor er Joy zuflötet, dass er sie vermissen werde und sie natürlich auch in seiner Kemenate Zuflucht fände. Doch die Schöne will nach Hause. Sie streicht ihm zärtlich über den Kopf und steht dann auf, um Anna zu folgen. Die Handtasche aus rot gefärbtem Schlangenleder presst sie an ihre Brust. Irgendetwas ist in dieser Tasche, denkt Anna, und dass sie sie in einem günstigen Moment durchsuchen wird.

»Danke, Fjodor«, sagt Joy in perfektem Deutsch, als sie die Wohnung verlassen. Anna muss dringend zur Toilette und findet ihren Schlüssel nicht. Also leert sie ihre Tasche vor der Tür aus, findet ihn, sperrt auf und schiebt den Tascheninhalt mit dem Fuß ins Innere ihrer Wohnung. Joy steigt graziös über den Haufen hinweg, und Anna weist mit der Hand in Richtung Telefon. Dann hastet sie ins Bad und versperrt die Tür. Was Rosi Stark besser auch getan hätte… nie wieder in ihrem Leben wird Anna in einer Toilette sitzen, ohne daran denken zu müssen. Oh Gott, sie hat vergessen, den Täufer anzurufen, um ihm von ihrem Treffen mit Mackeroth zu berichten. Sie wird ihn natürlich belügen und nichts von den Kassetten erzählen. Anna brütet über einer guten Geschichte, während sie sich die Hände wäscht und ihr blasses Gesicht mit Missvergnügen betrachtet, als es an der Tür klingelt…

Sie denkt, dass es Fjodor ist, der sich nicht von seiner neuen Liebe trennen kann, und läuft über den Flur, um ihm zu öffnen.

Es war ein Fehler, vorher nicht durch das Guckloch zu sehen. Als Anna die Tür wieder schließen will, stellt er seinen Fuß hinein. Er trägt teure, schwarz glänzende Schuhe. Es ist der Bulle.

»Ich kann ohne Sie nicht mehr leben. Und Sie wollten mich doch anrufen. Warum vergessen Sie mich immer, Anna?«

Sie geht rückwärts und er vorwärts. Sie denkt an Joy, die im Büro telefoniert, und daran, dass er wie eine Dampfwalze ist, die sich nicht aufhalten lässt. Die zwitschernde Stimme ist deutlich zu hören, Joy hat die Bürotür offen gelassen.

»Ich wusste gar nicht, dass Sie sich eine Sekretärin leisten können«, sagt der Bulle.

Anna bleibt stehen und verschränkt die Arme. »Mackeroth hat mit der Sache nichts zu tun. Und ich möchte, dass Sie jetzt gehen.«

Er steht vor ihr und streicht mit dem Handrücken über ihre Wange. Er ist ein sanfter, gefährlicher Mann, denkt Anna und fragt sich, wie diese Kombination möglich ist.

»Sie spricht Polnisch, Ihre Sekretärin.« Er nimmt Annas Arm und geht mit ihr bis ans Ende des Flurs durch die Tür, die zum Büro führt. Joy sitzt auf dem Schreibtisch und hält den Hörer in der Hand. Sie wippt mit den Beinen und sieht sehr hübsch aus. Und dann blickt sie auf und sieht erst auf Anna, dann auf den Mann neben ihr …

… und Anna versteht mit einem Mal alles. Joys Blick, Täufers Worte, seine Anwesenheit in der Wohnung, die Sache mit den Kassetten. Er ist ein hässlicher, alter, gefährlicher Mann, hat Joy gesagt. Und er hat über Marilyn gesprochen wie über einen Menschen, der ihm nicht erst als Leiche begegnet ist. Er ist hinter Joy her, weil sie ihn verraten könnte und weil er glaubt, dass sie die Kassetten besitzt. Jetzt hat er sie gefunden, dank Annas Hilfe.

Nichts ist schrecklicher als der Zorn, der sich gegen einen selbst richtet. Also ist Anna eher wütend als ängstlich. Sie stellt sich vor Joy, die den Hörer auf die Gabel sinken ließ. Der Bulle lächelt, und es sieht gemein aus. Wie konnte sie ihn jemals für gütig halten?

»Geben Sie auf, Anna, und trösten Sie sich damit, dass Ihre Bemühungen redlich waren. Aber ich muss die Zeugin jetzt mit in mein Büro nehmen. Sie wollen doch nicht einen Polizisten an der Ausübung seiner Pflicht hindern, oder?«

»Nein«, sagt Joy hinter Anna. Sie hat die Stimme eines kleinen, hilflosen Mädchens, und Anna fühlt sich wie Marlowe und Mutter Courage.

»Wenn Sie mit ihr die Wohnung verlassen, ruf ich die Polizei an«, erwidert sie mit einer Stimme, die sie für fest hält. Die Pistole, sie liegt irgendwo in dem Berg, den sie in den Flur geschoben hat. Täufer ist darüber hinweggestiegen, er hat sie nicht gesehen. Und die Tatsache ist nicht von der Hand zu weisen, dass sie die Waffe jetzt gebrauchen könnte. Denn sie hat sich mit ihrem Satz verraten, sie sieht es an seinem Blick. Er ist erstaunt, dieser Blick, vermutlich ob ihrer Dummheit, und auch ein bisschen angeekelt, weil er nun zwei Weiber am Hals hat, von denen er eine lieber mit Charme losgeworden wäre. Nie hat sie es geschafft, in kritischen Situationen den Mund zu halten. Gute Detektive sind die geborenen Verlierer. Im Film. Aber Filme enden meist gut, und dies hier ist die beklagenswerte Wirklichkeit.

Johannes Täufer hat eine Waffe gezogen und richtet sie auf die beiden Frauen. »Es tut mir aufrichtig leid, dass es so weit kommen musste. Keine Ahnung, was ich mit euch anstelle, aber irgendwie muss die Sache ja zu Ende gebracht werden. Der Domino-Effekt, man kann nicht mittendrin aufhören, auch wenn es kompliziert wird. Doch zunächst möchte ich um die Kassetten bitten.«

Joy weint, dieses Mal richtig, und Anna denkt tatsächlich daran, dass sie ohnehin nie fünfzig werden wollte. Aber so? Sie erklärt dem Bullen, dem Mörder, dass Joy sie nicht mehr besitze, sie in die Spree geworfen habe. Er glaubt ihr nicht und bedroht Joy, die aufheult, als er ihr die Waffe an die Schläfe setzt.

Zeit gewinnen, denkt Anna, und dass er ihr in den Rücken schießen würde, wenn sie jetzt den Versuch unternähme, zur Haustür zu sprinten. Irgendwo am Boden liegt die Pistole.

Seine hat einen Schalldämpfer, obwohl sich in diesem Haus ohnehin keiner kümmern würde, wenn es knallte. Joy murmelt jetzt etwas in Polnisch, das wie ein Gebet klingt. »Sie hat die Kassetten versenkt«, sagt Anna, »und es gibt nichts, was sie daran ändern können. Haben Sie Marilyn hinunter gestoßen, weil sie nicht mehr mitmachen wollte?«

Der Bulle lässt seine Waffe an Joys Schläfe. Er sieht Anna an, als wüsste er genau, was sie vorhat. »Sie sind unsäglich neugierig, Anna. Bis zum bitteren Ende, nicht wahr? Ich würde sagen, es war eine Mischung aus Geld und Liebe. Sie wollte nicht nach Mexiko. Sie wollte das ganze schöne Geld für sich allein haben, weil sie ja doch nur den IQ einer Hure hatte. Marilyn unterschätzte die Männer, die sie begehrten, sie hätte die Erpressungsnummer allein ohnehin nicht geschafft. Vor allem aber unterschätzte sie mich. Das Komische ist übrigens, dass ich sie gar nicht umbringen wollte. Ich drohte ihr, sie zu töten, falls sie mir nicht sagt, wo die Bänder sind. Ich hab sie festgehalten und über das Geländer gebeugt, aber die hysterische Kuh hat sich so gewehrt und herumgezappelt, dass sie mir buchstäblich entglitten ist. Ich bin kein Mörder, Marx. Genau genommen war es ein Unfall mit Todesfolge.«

»Sie sind kein Mörder«, wiederholt Anna, mehr aus Angst denn aus Überzeugung, denn sie denkt an die Handschuhe. »Und die Bänder sind Fischfutter, also könnten wir jetzt alle aufhören und die Geschichte so stehen lassen.« Sie glaubt nicht einmal selbst an das, was sie sagt.

Joy hat die Hände wie zum Gebet gefaltet, und sie schluchzt nur noch leise. Der Bulle hat seine Waffe gesenkt und sieht Anna nachdenklich an. »Reden wir hier von Vernunft oder Moral?«

»Hat es nicht miteinander zu tun?« Anna versucht ein Vertrauen erweckendes Lächeln, weil es ja möglich ist, dass sie um ihr Leben redet… und das von Joy, was ihr im Augenblick weniger wichtig erscheint. »Und nach Mexiko können Sie immer noch fliegen…«

»Von einer Beamtenpension? Ich bin in der ungünstigen Lage, das reiche Gesindel zu verabscheuen, nicht aber die Freiheit des Handelns, das es durch das Geld gewinnt.«

»Wenn Sie das Geld haben, ist es nichts mehr wert«, sagt Anna.

»Klugscheißerin.« Er richtet seine Waffe jetzt auf sie, während er Joy mit einem Arm festhält. Sie betet immer noch, und es scheint zu helfen, denn sie weint nicht mehr. »Es gab eine Zeit, da hab ich an schöne Ideen geglaubt, an schöne Worte und an schöne Frauen. Aber es hat sich verloren, Anna, irgendwann in dieser miesen, mediokren Existenz. Wissen Sie, was die größte Freiheit ist?«

»Der Tod.« Anna sagt es und sieht in seinen Augen, dass sie besser geschwiegen hätte. Sie ist eine Klugscheißerin, die mit ihrem Leben spielt. Das ist nicht komisch. Und der Marlowe-Hut ist vom Gummibaum gefallen, der jetzt in seiner Nacktheit wirklich obszön aussieht. Ist das das Ende?

Johannes Täufer schiebt Joy mit einer unsanften Bewegung vom Schreibtisch, und sie leistet keinerlei Widerstand. Die Demut, die Anna fehlt, trotz aller Furcht. Sie würde gern eine Zigarette rauchen. Sie liegen im Flur auf dem Boden, so wie die Pistole, mit der Lily Harry erschossen hat, weil er sie nicht genug liebte, um sie zu verstehen. Sie und der Bulle starren einander an, als gäbe es ein Duell der Blicke und nur einer könnte als Sieger überleben. Anna senkt die Augen. In seinen lag nichts, was auf Gnade schließen ließe.

Johannes der Mörder spricht mit sanfter Stimme: »Wir gehen jetzt in meine Wohnung, und dort reden wir weiter. Mir fehlt an diesem Ort die Inspiration. Ich hoffe doch, die Damen haben nichts dagegen, mich zu begleiten?« Er schiebt die Pistole in Joys Rücken, sie macht sich steif und sieht Anna an, als wüsste diese von einem Happy End, das Joy noch nicht begriffen hat. »Wenn Sie etwas Dummes tun, Anna, erschieße ich erst den Hasen und dann Sie. Man neigt dazu, Polizisten die unwahrscheinlichsten Dinge zu glauben.«

Anna widerspricht ihm nicht. Sie redet mit sich selbst, mit der Stimme des Widerstands, die ihr sagt, dass sie ihm auf keinen Fall folgen dürfen wie die Lämmer zur Schlachtbank. »Darf ich den Inhalt meiner Tasche aufsammeln, der im Flur liegt? Ich möchte wenigstens meine Zigaretten dabei haben.«

»Rauchen schadet der Gesundheit. Aber wenn es Sie beruhigt...« Er zieht Joy neben sich her und wartet im Flur, während Anna vor der Tür und auf Knien, ihm den Rücken zugewandt, ihre unglaubliche Sammlung unnützer Dinge in die Tasche schiebt. Bis auf die Pistole, die sie jetzt in der Hand hält und entsichert. Sie weiß nicht einmal, ob sie geladen ist. Vielleicht hat Lily das Magazin leer geschossen, als sie glaubte, dass es nur noch einen Weg gibt. Manchmal glaubt man das. Und tut es, ohne an Risiken oder Konsequenzen zu denken. Tue es einfach.

»Sind Sie endlich fertig?«

Die Stimme klingt hart in ihrem Rücken. Wie ein Maschinengewehr. Er wird nie wieder eine sanfte Stimme haben, der Bulle, der Mörder. Tue es.

Anna steht auf und hält mit einer Hand ihre Tasche über der Waffe, die sie mit der anderen umklammert. Sie hasst Gewalt. Detektive sind Verlierer, die schießen müssen. Tue es.

Sie dreht sich um. Er steht neben Joy, seine Pistole ist auf den Boden gerichtet. Er bietet ein breites Ziel. Tue es.

Anna schießt.

25. Kapitel

»Herzlichen Glückwunsch zum Geburtstag!«

Die Torte trägt fünfzig Kerzen und ist das Kunstwerk eines depressiven Koreaners, der sie vor Anna hält wie die Kronjuwelen. Er strahlt, denn für einen flüchtigen Augenblick glaubt er, dass die Menschen ihn lieben, weil er ein Genie ist – oder zumindest Teil einer Gemeinschaft, die füreinander da ist.

Mondsichelförmige Luftballons schmücken Sibylles Kneipe, und Freddy schwebt mit einem Tablett voller Sektgläser durch die Gästeschar, denn er ist verliebt, und dies ist der einzige Zustand, den er für angemessen hält.

Der Filmagent spielt mit seinem Porscheschlüssel, um eine großwüchsige Blondine zu beeindrucken.

Fjodor sitzt vor einer halb leeren Vodkaflasche, denkt leidenschaftlich an eine polnische Schönheit und verflucht seinen Penis, bevor ihn der Gedanke tröstet, dass er vor großem Publikum singen wird. Vielleicht ist ein Impresario dabei, der ihn entdecken wird. Oder ein Agent…

Die üblichen Verdächtigen ohne Einladung betrinken sich auf Kosten des Hauses.

Sibylle trägt ein unförmiges Umstandskleid, das ihr viel zu weit ist. Sie umarmt Anna, die zu Tränen gerührt murmelt, dass diese Überraschung nun wirklich gelungen sei. »Leider bin ich schon über die Fünfzig hinweg.«

»Aber du lebst noch. Darauf sollte man trinken! Und auf alles, was kommt…«

Anna sieht auf Sibylles Bauch. Sie hat auf seinen Bauch gezielt, weil es das Größte und Einfachste schien. Leider traf sie etwas daneben oder besser gesagt darunter. Ein sexistischer Schuss, absichtslos und nicht tödlich, was zu preisen ist.

Johannes Täufer liegt im Gefängniskrankenhaus. Den Fall von Notwehr haben sie ihr schließlich geglaubt und sie gehen lassen, als sie über fünfzig war. Anna hatte einen guten Anwalt, den sie sich nicht leisten kann.

»Unser Geschenk«, sagt Sibylle und überreicht ihr einen Umschlag. »Wir haben gesammelt – für den Rechtsbeistand.«

Anna umklammert ihr Geschenk und blickt in die Runde strahlender Gesichter. Dies ist ein Freudentag, und sie weint. Um Lily, die verschwunden blieb, und Marilyn, die wie ihr großes Idol zu früh starb. Joy ist in Polen, wohin man sie ohnehin abgeschoben hätte.

Als der Bulle schon am Boden lag und Joy über ihn hinwegstieg ganz ohne Erbarmen, da drückte sie Anna ein winziges Tonband in die Hand, das einzige, das sie nicht versenkt hatte. Eine Art von Dank für einen Schuss, den Anna sich nie zugetraut hätte.

Die Kassette liegt in der Schublade ihres Schreibtisches. Anna holt sie manchmal heraus, hat sich aber noch nie entschließen können, sie abzuhören. Sie wird es tun, eines Tages, weil ihre Neugierde immer stärker war als das bisschen Vernunft.

»Fjodor singt für uns«, sagt Sibylle. »Sein Geburtstagsgeschenk.«

»Kann man ihn nicht aufhalten?«

»Du müsstest ihn schon erschießen.«